Helene Hübener

Die Nachbarn

Verlag
der Francke-Buchhandlung GmbH
Marburg an der Lahn

CIP-Kurztitelaufnahme der Deutschen Bibliothek

Hübener Helene:
Die Nachbarn / Helene Hübener. — Marburg an der Lahn:
Francke, 1986.
(Edition C:H; Nr. 29)
ISBN 3-88224-473-9
NE: Edition C / H

3550 Marburg an der Lahn
Umschlaggestaltung: Gudrun Wagner
Satz Knipp. EDV-gesteuerter Lichtsatz, Wetter
Druck: Druckhaus Gummersbach

Edition C, Nr. H 29

Inhalt

1. Die Fremde

»Frau Rösel, wie ist es? Sie kommen doch in dieser Woche zu mir?«

Mit diesen Worten ging eine feingekleidete Dame auf ein Häuschen zu, das schmuck und sauber anzusehen war. Es lag ziemlich am Ende der Stadt, an der Straße, die nach dem Bahnhof führte. So blank und sauber wie das Häuschen war auch die Frau anzusehen, die in der offenen Haustüre stand. Über einem Kleid von dunklem Wollstoff war eine helle, frischgewaschene Schürze gebunden, das Haar, das schon Silberfäden zeigte, war glatt gescheitelt, das Gesicht machte einen treuherzigen Eindruck, man konnte auf den ersten Blick Zutrauen zu der Frau gewinnen.

»Zum Waschen kann ich in dieser Woche nicht kommen, Frau Belzer; ich habe ein Erlebnis gehabt.«

»Was ist denn passiert, liebe Frau? Ihrem Mann ist doch kein Unglück zugestoßen? Sie sehen sorgenvoll aus.« —

»Mein Mann ist frisch und gesund. Er ist heute morgen, wie gewöhnlich, auf Arbeit gegangen. Die Zimmerleute haben jetzt bei dem großen Bau des neuen Krankenhauses viel zu tun. Aber kommen Sie herein, Frau Belzer, ich muß Ihnen alles erzählen, wie es gekommen, es ist eine lange Geschichte.«

Voll Bewunderung folgte Frau Belzer der Alten in das kleine, rechts von der Haustüre gelegene Zimmer, das einen durchaus einfachen, aber behaglichen Eindruck machte. Frau Rösel nötigte die Dame auf das mit schwarzem Ledertuch überzogene Sofa und begann:

»Ich will Ihnen nur gleich sagen, Frau Belzer, daß ich im Oberstübchen eine kranke Dame liegen habe, eine Fremde, von der ich weder Namen noch Stand weiß. Und was dazu kommt, — sie hat ein Baby bei sich, das kaum ein Vierteljahr zu sein scheint. O, Sie können sich denken, was ich seit gestern abend durchgemacht habe.«

»Ich bitte Sie, liebste Frau, wie können Sie sich so etwas aufladen, Sie, die Sie täglich Ihre Arbeit bei fremden Leuten haben, fast nie zu Hause sind!«

»Hören Sie nur, Sie werden sehen, daß ich nicht anders handeln konnte. Also, ich gehe gestern abend nach dem Bahnhof zu, um etliche Besorgungen zu machen. Die Reisenden, die mit dem 8 Uhrzug gekommen, waren längst vorüber. Da sehe ich, wie eine Dame, den bessern Ständen angehörig, langsam daherwankt, ein großes Bündel im Arm. Als ich mich nähere und sie verwundert ansehe, kommt sie plötzlich auf mich zu, legt mir das Bündel in den Arm und stöhnt: ›Ich kann nicht weiter, nehmen Sie sich meines Kindleins an.‹ Als ich merkte, daß es sich um ein Kind handelte, nahm ich das Kleine kunstgerecht in meine Arme. Sie wissen, Frau Belzer, mit so etwas weiß ich umzugehen. Die Frau aber sank auf eine Bank, vor der wir gerade standen, und jammerte: ›Meine Kräfte sind zu Ende, nehmen Sie sich meines Kindes an.‹

›I wo!‹ sagte ich. ›Stützen Sie sich auf mich, mein Häuschen ist hier ganz in der Nähe, dahin werden Sie schon kommen, nur Mut, liebe Dame.‹

Sie raffte sich auf, sah mich mit dankbarem Blick an, nahm meinen Arm, so gelangten wir glücklich bis hierher. Erschöpft ließ sie sich auf dies Sofa nieder und begann bitterlich zu weinen. Ich ging mit dem Bündel in unsere Schlafkammer, enthüllte es und sah ein wunderliebliches, schlafendes Kind vor mir.

Eine Wohltat, daß es schlief, so konnte ich mich der Fremden widmen, die meiner Hilfe dringend zu bedürfen schien. Ich legte das Kindlein behutsam auf mein Bett und begab mich wieder zu der Unbekannten. Jetzt erst sah ich, daß sie todesblaß war, daß sie abgemagert und elend aussah. Sie hatte aufgehört zu weinen und streckte mir die Hand entgegen.

›Haben Sie tausend Dank, liebe Frau. O, welche Wohltat, hier ausruhen zu dürfen.‹

Da ich mir denken konnte, daß sie hungrig war, ging ich in die Küche, etwas Suppe zu wärmen, die vom Mittag übrig war. Als ich mit dem Teller hereinkam, wollte sie aufstehen, um sich an den Tisch zu setzen. Da, auf einmal schlug sie hin und blieb wie tot liegen. Sie können sich denken, wie ich erschrak. Ich kniete neben ihr, rieb ihr die Schläfen mit Essig, löste ihr die Kleider, aber alles Leben schien aus ihr gewichen. Da tat sich die Tür auf, mein Mann trat ein. Es war eine Erlösung. Der liebe Gott hilft doch immer zur rechten Zeit. Ich gab ihm ein Zeichen, er solle die Frau aufs Sofa legen, auf der Erde konnten wir sie ja nicht liegen lassen. Mit seiner Hilfe ging nun alles besser. Ich verständigte mich leise mit ihm, daß ich schnell hinaufgehen wollte, um das Bett, das wir immer für unsern Sohn bereit stehen haben, in Ordnung zu bringen, während er unten bleiben mußte zur Aufsicht. Dann haben wir das arme Weib, das unterdes wieder zur Besinnung gekommen war, hinaufgetragen, das Baby hernach auch, und ich habe beiden zu trinken gegeben. Dann erst erzählte ich meinem Mann, wie alles gekommen. Wir haben lange beratschlagt, ob wir die Fremde behalten sollten, bis sie gesund ist, oder sie ins Krankenhaus bringen. Sie scheint recht krank zu sein.«

Frau Belzer hatte mit Spannung dem Bericht gelauscht. Sie meinte, es sei eine eigene Sache. Jedenfalls müsse, wenn die Frau nicht genau Auskunft zu geben vermöge woher und wohin, der Fall der Polizei gemeldet werden. Es könne indes sein, daß die Dame unterwegs von einem Unwohlsein erfaßt worden, daß sie mit Geld versehen sei und wahrscheinlich Verwandte besuchen wolle, vielleicht gar am hiesigen Ort.

Frau Belzer sah nachdenklich vor sich hin. »Wissen Sie, Frau Rösel, ich werde einmal hinaufgehen und sehen, was für eine Bewandtnis es mit der Unbekannten hat.«

»Wenn Sie das möchten, Frau Belzer, ich würde Ihnen sehr dankbar sein. Es ist für mich schwer, wenn ich die ganze Verantwortung auf mich nehmen soll.«

Die beiden Frauen erstiegen die ziemlich steile Treppe des kleinen Hauses und näherten sich leise der Tür des Oberstübchens. Da ertönte eine helle, weinende Kinderstimme.

»Die Kleine hat Hunger«, rief Frau Rösel, »sie hat seit heute früh um sieben nichts bekommen, jetzt ist's gleich elf Uhr.« Sie öffnete die Tür mit den Worten: »Ich will vorangehen, Frau Belzer, die Dame möchte erschrecken vor dem fremden Gesicht.«

Frau Belzer hielt sich im Hintergrund, bis Frau Rösel das Kind genommen und die Fremde gefragt hatte, ob sie möchte, daß jemand, der ein mitfühlendes Herz habe, sie besuche.

Die Kranke nickte zustimmend, ja es schien, als habe sie das Bedürfnis, sich gegen jemand auszusprechen. Frau Rösel ging mit dem Kindchen nach unten und

Frau Belzer näherte sich leise der Kranken. Sie reichte ihr die Hand und redete sie mit liebreichen Worten an. Als sie fragte: »Unterwegs krank geworden?« nickte sie, fügte aber leise stockend hinzu: »Ich war schon vorher krank, es ist nur schlimmer geworden.«

»Wollten Sie jemand besuchen?«

»Meine Mutter«, war die kaum hörbare Antwort.

»Wohnt die Mutter hier am Ort?«

»Noch einige Stationen weiter, in B.«

Frau Belzer erschrak. »In der Reichshauptstadt! Warum fuhren Sie nicht gleich durch?«

»Ich fürchtete mich vor dem großen Menschengewirre, vor dem Gedränge auf dem Bahnhof und vor« — jetzt zitterten ihre Lippen, sie begann zu schluchzen.

»Regen Sie sich nicht auf, beste Frau! Sie sind verheiratet?«

»Nicht mehr«, schluchzte sie.

»Ist der Mann gestorben?«

Die Antwort ließ lange auf sich warten. Endlich kam das Wort heraus. »Er ist mir untreu geworden und hat mich verlassen.« Das also war es. Frau Belzer, die in so glücklicher Ehe lebte mit ihrem Manne, konnte das Schwere kaum fassen. Nun mochte sie nichts weiter fragen; sie konnte sich den Zusammenhang denken. Die Frau hatte sich mit ihrem Kinde aufgemacht, um Zuflucht bei der Mutter zu suchen und war unterwegs zusammengebrochen.

Sie sah, wie die Frau erschöpft in die Kissen zurücksank und fragte deshalb leise, ob sie einmal wiederkommen dürfte. Da ergriff die Fremde mit ihren abgezehrten Händen die Rechte der mitleidigen Frau und sagte:

»Ich bitte Sie dringend darum wiederzukommen,

aber bald, wenn möglich. Ich habe eine Bitte an Sie, kann aber jetzt nicht mehr.«

Ruhebedürftig war die Arme, sie durfte nicht mehr sprechen. Frau Belzer ging ans Fenster und zog die Vorhänge zu, damit die warme Junisonne die Kranke nicht belästige. Dann ging sie nach unten.

Dort saß Frau Rösel ganz vergnügt und spielte mit dem Kindlein.

»Sehen Sie nur das reizende Mädelchen. Jetzt habe ich ihr zu trinken gegeben, hab' mir schnell ein Fläschchen vom Glashändler drüben geholt. Nun, da sie satt ist, lachte sich mich an, es ist doch etwas Wonniges um solch ein Kindlein!«

»Ja, wenn alles so wäre, wie es sein müßte, da könnte man sich freuen. Aber das arme Wesen hat keinen Vater mehr.« Sie erzählte nun mit kurzen Worten, was sie aus der Kranken herausgebracht hatte, bat Frau Rösel alles zu tun, um die Frau zu kräftigen, sie selbst werde ein Fläschchen Wein schicken und gegen Abend noch einmal wiederkommen. Bis jetzt wisse sie noch nicht, wie die Frau heiße und wo die Mutter wohne. Sie glaube nicht, daß sie es lange machen werde. Sollte sich die Krankheit in die Länge ziehen, so müsse sie natürlich ins Krankenhaus. Sollte es nur ein Schwächezustand sein, so werde sie vielleicht in einigen Tagen zur Mutter reisen können. »Nun«, fuhr sie fort, »muß ich eilen nach Hause zu kommen, mein armer Mann, der an Pünktlichkeit gewöhnt ist, wird nicht wissen, wo ich bleibe.«

Die beiden Frauen besprachen sich rasch, daß die Wäsche auf künftige Woche verschoben werden müsse, und schnellen Schrittes eilte Frau Belzer ihrer Wohnung zu.

Dieselbe befand sich in der Hauptstraße des Städtchens in der ersten Etage eines ansehnlichen Hauses. Die Fenster waren geöffnet, ein Herr beugte sich eben hinaus und sah sich forschend um, als suche er etwas. Frau Belzer nickte freundlich hinauf, rief: »Ich komme!« und eilte die Treppe hinan.

Oben stand der Mann und harrte ihrer.

»Nun, Frauchen«, sagte er beinahe vorwurfsvoll, »man ist es gar nicht gewohnt, daß man seine Frau mittags nicht in der Küche findet. Minna war auch ratlos. Die Frau sei schon stundenlang fort, sie wisse nicht Bescheid, das Essen würde wohl spät werden.«

»Liebster Mann, entschuldige mich diesmal, es wird alles noch fertig. Ich habe viel erlebt und erzähle es dir später.« Mit diesen Worten schob sie ihn freundlich ins Wohnzimmer, entledigte sich schnell ihrer Sachen und eilte in die Küche, wo Minna mit verblüfftem Gesicht am Herde stand, nicht wissend, was nun tun. Durch die schnellen praktischen Anordnungen der Hausfrau sowie durch ihre tätige Mithilfe war alles bald beschickt.

Als Minna den Tisch gedeckt, die Speisen aufgetragen und das Zimmer verlassen hatte, erzählte Frau Belzer ihrem Mann von ihren Erlebnissen. Er schüttelte den Kopf, sagte, Frau Rösel täte ihm leid, sie könne durch die Sache in große Ungelegenheiten kommen.

Darauf die Frau: »Aber, liebster Mann, sie konnte das arme Weib doch nicht auf der Straße liegen lassen.«

»Sie hätte die Fremde gleich in das städtische Krankenhaus überführen lassen müssen. Dann wäre für die Frau gesorgt und sie hätte keine Verantwortung gehabt. Aber so seid ihr Frauen, ihr laßt immer zuerst das mitleidige Herz sprechen, und die Vernunft kommt erst später.«

»Wir müssen uns aber doch der Armen und Elenden annehmen. Heißt es doch: Brich dem Hungrigen dein Brot, und die im Elend sind, führe in das Haus.«

»So schlägst du mich immer, da muß ich schon schweigen. Aber Frauchen, wie du dich erregt hast, deine Wangen glühen.«

»Das kommt vom Herdfeuer, auch von der Wärme da draußen. Ich bin so schnell gegangen, um dich nicht warten zu lassen.«

»Gutes Lieschen!« Er strich ihr liebevoll die Wangen.

Gegen Abend trieb es sie wieder zu der Kranken, die sie als ihrer Pflege bedürftig betrachtete. Sie war etwas kräftiger als am Morgen, dank dem stärkenden Wein und der kräftigen Suppe, die Frau Belzer durch das Mädchen geschickt hatte. Die Fremde hatte scheinbar schon auf Frau Belzer gewartet und Frau Rösel gebeten, die Kleine mit nach unten zu nehmen und sie mit der Dame, die so freundliches Interesse an ihr nahm, allein zu lassen. Frau Belzer hörte nun eine betrübte Geschichte, wie sie leider oft im Leben vorkommt. Ein Mädchen, das sich von einem Mann hatte betören lassen, das mit ihm davongegangen, heimlich, das sich ohne Einwilligung der Mutter, einer Witwe, hatte trauen lassen und nun sehr bald erfahren mußte, daß sie ihre Liebe an einen Unwürdigen verschwendet hatte. Die Mutter war, nach Beschreibung der Frau, hart und streng gewesen und hatte sich von der Tochter losgesagt. Diese, nun in äußerster Not, wollte versuchen, das Herz der Mutter zu erweichen, ihre Vergebung zu erlangen.

»Sollte ich mich erholen, so hoffe ich, in den nächsten Tagen meine Reise fortzusetzen, sollte Gott es anders beschlossen haben, so habe ich eine große Bitte an Sie, verehrte Frau.«

»Wenn ich sie erfüllen kann, will ich es gerne tun, wenn es aber etwas ist, das außerhalb meines Bereiches liegt« —

»Nein, das ist es nicht. Es handelt sich nur um die kleine Reise von hier nach B. Wenn Sie, falls ich sterben sollte, mein Töchterchen zu meiner Mutter bringen möchten und sie bitten, dasselbe an ihr Herz zu nehmen. Sie kann und wird sich nicht dagegen verschließen. Ich würde Ihnen ewig dankbar sein.«

Frau Belzer antwortete nicht gleich. Es war ihr ein schwerer Gedanke, diese Aufgabe, die ihr neu und unerwartet entgegentrat, zu erfüllen. Nach einer Pause entgegnete sie, etwas verzagt:

»Ich weiß nicht, ob ich dazu die geeignete Persönlichkeit bin. Haben Sie gar keine Angehörige oder vielleicht eine Freundin der Mutter, die Sie damit beauftragen könnten? Es wäre überhaupt wohl besser, wenn wir jemand benachrichtigen von Ihrer Krankheit.«

»Nur das nicht!« rief die Kranke erregt. Es zeigten sich wieder die verdächtigen roten Flecke auf den Wangen »Nur das nicht, liebe Dame; sie sind ja alle gegen mich eingenommen; d. h. Angehörige habe ich nicht; ich war einziges Kind, aber die Freundinnen meiner Mutter, sie verachten mich, ich möchte bei keiner anklopfen.«

»Wenn das freilich der Fall ist, so muß ich mich schon dazu entschließen, Ihre Bitte zu erfüllen. Aber hoffen wir, daß es morgen besser geht, dann bringen Sie Ihre Kleine selbst zur Mutter, und das Großmutterherz wird sich bald erweichen lassen.«

»Sie wissen nicht, wie hart sie ist.« Das waren ihre letzten Worte, dann war die Kraft für heute zu Ende. Die roten Flecke schwanden, eine fahle Blässe bedeckte das schmale Gesicht; sie lag da mit geschlossenen Augen. Frau Belzer war tief bewegt von dem Unglück dieser Frau. Sie war sich nun klar, daß sie die Bitte nicht abschlagen konnte.

Als die Kranke nach einer Weile die Augen wieder aufschlug, erfaßte Frau Belzer ihre Hand und versprach ihr, falls Gott der Herr sie abrufen sollte, die Kleine sicher an Ort und Stelle zu bringen. Dann, nachdem sie ihr etwas Milch, die in einem Glase bereit stand, eingeflößt, auch noch einige tröstende Worte gesprochen hatte, ging sie, um mit ihrem Mann, der gewiß schon wieder wartete, den üblichen Abendspaziergang zu machen.

2. Die Großmutter

Herr Belzer, ein tüchtiger Rechtsanwalt, hatte sein Büro im Parterre des Hauses, dessen ersten Stock das Ehepaar bewohnte. Er stand an seinem Pult, an dem er einige wichtige Sachen erledigt hatte, mit denen er einen seiner Schreiber auf die Post geschickt, da klopfte es. Auf ein »Herein« erschien Minna in der halbgeöffneten Tür und brachte die Bitte von Frau Belzer, ob der Herr Rechtsanwalt nicht schnell nach oben kommen wollte, die Frau möchte den Herrn gern sprechen.

»Was ist denn wieder los?« murmelte er etwas unwirsch, denn viel Arbeit lag vor ihm. Er folgte aber doch dem Ruf und begab sich in das Wohnzimmer seiner Frau.

»Was willst du, Lieschen? Du weißt, ich lasse mich nicht gern stören.«

Da verstummte er plötzlich und sah mit Staunen auf seine Frau, die auf dem Sofa saß, mit einem kleinen Kinde auf dem Schoß.

»Denk dir, Gustav, die Fremde ist plötzlich gestorben, der Arzt sagt, es sei ein Herzschlag gewesen, nun sitzen wir mit dem Kinde da.«

»Das hast du nun davon«, sagte er ärgerlich, »wir können es doch nicht behalten.«

»Nein, das wollen wir auch nicht. Aber die Fremde hat mich gebeten, es zu ihrer Mutter nach B. zu bringen; nun möchte ich dich fragen, wann ein Zug dorthin geht, ob ich abends wieder zurückkommen kann? Du weißt, ich bin in diesen Sachen sehr unsicher.«

»Frauchen, was hast du dir eingebrockt«, sagte er kopfschüttelnd. »Davon hast du mir ja gar nichts gesagt.«

»Ich wollte dich gestern abend beim Spaziergang nicht beunruhigen, hoffte auch, die Frau würde sich erholen und bald reisen können.«

»Heute kannst du auf keinen Fall nach B. Der Zug geht in einer Viertelstunde, und der Bahnhof ist weit. Kann denn nicht jemand anders das Kind zu seiner Großmutter bringen? Frau Rösel ist, meine ich, die geeignete Persönlichkeit dazu. Laß sie das nur bewerkstelligen, sie wird besser damit fertig als du.«

»Frau Rösel hat so viel zu tun mit der Beerdigung der Entschlafenen, sie weiß gar nicht, wo ihr der Kopf steht. Sie hat es bei der Polizei gemeldet und muß noch viele andere Gänge tun. Sie ist ganz unglücklich, daß dies über sie gekommen ist. Ihr Mitleid kommt sie teuer zu stehen. Ich habe das Kind mitgenommen, sie kann es jetzt doch nicht versorgen. Wann meinst du, daß ich fahren soll? Ist es dir recht, wenn die kleine Eva bis morgen hierbleibt?«

»Es bleibt ja nichts anderes übrig«, lächelte er.

»Wer A sagt, muß auch B sagen.«

»Sieh nur, wie das Kind mich anlächelt, o, es ist ein herziges, kleines Wesen, man muß es lieb haben.«

Er trat ein wenig näher. »Ein niedliches Kindchen! Arme Kleine!«

»Ich denke, sie wird mit Liebe von der Großmutter aufgenommen. Sie muß sich freuen über ein solches Vermächtnis.« Er zuckte die Achseln. »Das ist die große Frage. Du kennst die Welt nicht, Lieschen. Doch ich habe heute viel zu erledigen. Weiter wünschtest du nichts von mir?« Eine leise Ungeduld war nicht zu verkennen.

»Vorderhand nicht.« Sie seufzte, und der Rechtsanwalt war schon zur Tür hinaus. Sie hörte ihn mit schnellen Tritten die Treppe hinuntereilen. Während der Bürostunden liebte er durchaus nicht gestört zu werden. Aber dies war ein so besonderer Fall, da mußte sie ihn holen lassen. Also morgen sollte die Reise vor sich gehen, da wollte sie sich heute an dem Kindlein erfreuen. Welche Frau fühlte nicht mütterlich einem so kleinen hilflosen Wesen gegenüber! Minna werde sie wohl mitnehmen müssen, sie konnte nicht allein mit dem Baby auf Reisen gehen. Sie wollte mit Frau Watzky reden, die auf dem Hof eine kleine Wohnung inne hatte. Sie war Kochfrau und ging in fremde Häuser, um hier und dort auszuhelfen, sie sollte ihren Mann versorgen. Er war eigen und hatte es nicht gern, wenn es an etwas fehlte, ihm sollte nichts abgehen. Und für Minna war es ein Vergnügen. Das Landkind hatte schon gestrahlt, als sie ihr angedeutet, daß sie mit ihr und dem Kind eine kleine Reise vorhabe. So gingen die Gedanken der kleinen Frau hin und her. Frau Rösel hatte es bestimmt schwerer als sie, wenn die nur erst alles hinter sich hätte!

Jetzt klopfte es. Da kam die gute Frau und berichtete. Sie war bei verschiedenen Behörden gewesen, man hatte die Adresse der Mutter verlangt, um zu telegraphieren; am Nachmittag sollte die Verstorbene dann abgeholt und in die Halle des Friedhofes gebracht werden. Dann hatte sie nichts weiter mit der Sache zu tun.

»Meine liebe Frau Belzer, Sie können mir's glauben, ich bin gern gefällig und barmherzig, aber so etwas möchte ich nicht gleich wieder erleben. Seit gestern geht alles drunter und drüber bei mir. Ich habe zu tun, bis ich in meinem Häuschen wieder Ordnung hergestellt habe!«

»Lassen Sie es sich nicht leid sein, meine gute Frau. Gott wird es Ihnen lohnen, was Sie an der Verlassenen getan haben.«

Die Frau konnte sich nicht lange aufhalten. Auch Frau Belzer hatte mit Vorbereitungen zu tun. Sie legte das Kindlein in ihre Schlafstube auf ihr eigenes Bett und ging, zunächst ein Lager für die Kleine herzurichten. —

Nicht den folgenden Tag, auch nicht den dritten kam es zur Reise, erst den vierten, nachdem die Mutter des Kindes bestattet war, wurde früh morgens aufgebrochen, mit dem Zuge, der bereits um sieben Uhr das Städtchen verließ.

Es schien ein heißer Tag werden zu wollen. Der Himmel war wolkenlos, und die Sonne meinte es schon jetzt gut. Frau Belzer ist auf dem Weg zum Bahnhof. Minna schreitet vergnügt neben ihr, die kleine Eva sorgsam tragend. »Sehen Sie, Frau Belzer, jetzt schlägt sie die Augen auf.« »Ja, du, jetzt geht es zur Großmutter. Ei, da wirst du's aber gut haben. Da bekommst du ein eigenes Bettchen und flaumenweiche Kissen darin. Und alle Tage schöne Milch. Du wirst's aber gut haben.« So plauderte sie mit dem Kinde, während Frau Belzer gar nicht froh gestimmt war. Man hatte ihr erzählt, daß auf das Telegramm keine Antwort erfolgt sei. Nun war von der Stadt wegen an Frau Röder geschrieben worden, daß sie als Mutter der Verstorbenen die Unkosten zu tragen habe. Wie würde die Dame das alles aufgefaßt haben? Es mußte doch schwer sein für eine Mutter, so etwas zu erleben. Wie, wenn sie an ihrem Kinde, das Gott früh zu sich gerufen, Ähnliches erleben müßte? Das hätte sie nicht überstanden. Doch jetzt war keine Zeit, ihren Gedanken nachzuhängen. Sie waren am Bahnhof, da galt es, Fahrkarten zu lösen und sich auf den Bahnsteig zu begeben.

Man wußte im Städtchen natürlich von der Begebenheit. Minna, die mit dem Kindlein auf ihre Herrin wartete, stand bald umringt von neugierigen Menschen, die die Kleine, die ein so trauriges Geschick hatte, sehen und bedauern wollten.

»Zu bedauern ist das Kindchen nicht. Es kommt zur Großmutter, da wird die Kleine es besser haben als bei der Mutter«, belehrte Minna die Umstehenden. Als nun die Leute forschten und mehr von der Geschichte zu hören begehrten, rief das Mädchen: »Da kommt meine Frau, jetzt muß ich fort«, und rannte eilig mit dem Kinde davon.

Die Fahrt war nicht lang, nach 1 1/2 Stunden waren sie am Ort ihrer Bestimmung. Frau Belzer nahm eine Droschke, mit der sie durch viele Straßen, über manche Plätze fuhr, bevor sie an die von der Verstorbenen angegebene Adresse kam. Minna sah glückstrahlend aus. Als Mädchen vom Lande war ihr alles neu.

»Siehst du«, sagte sie zu der Kleinen, »nun fahren wir in einer Kutsche zur Großmama!« Dem Kinde war es gleich; es schlummerte sanft, unbekümmert um sein Erdenlos.

»Hier ist es«, sagte Frau Belzer, als sie in die Landstraße einbogen, »nun sind wir gleich da«. Das Herz schlug ihr hörbar, während Minna in ihrer Glückseligkeit über die große Stadt staunend ausrief: »O, Frau Belzer, die vielen hohen Häuser, da müssen aber viele Menschen drinnen wohnen! Ob sie sich wohl alle miteinander vertragen? Evchen, jetzt sind wir da! Ei, was wird Großmama sagen über das schöne Kind!«

»Laß sie doch schlafen, Minna«, wehrte Frau Belzer, »damit sie nicht anfängt zu schreien.«

Auf das Klingeln wurde in dem zweiten Stock nicht gleich geöffnet. Man hörte wohl Schritte und drinnen das Öffnen einer Tür, aber sonst blieb alles still. Frau Belzer klingelte energisch ein zweites Mal, wieder vernahm man Schritte, aufgemacht wurde nicht. Jetzt schellte sie lange und mit Nachdruck, da endlich tat sich die Türe ein klein wenig auf, und durch die Spalte kam es leise: »Hören Sie doch auf mit dem Klingeln und gehen Sie wieder, hier ist doch niemand zu sprechen.«

»Wir bringen etwas ganz Wichtiges. Eine Dame steht draußen, die Frau Röder durchaus sprechen muß.«

Da wurde Einlaß gewährt. Ein älteres Mädchen sah erstaunt auf die Gruppe.

»Was wünschen Sie denn?« Mit einem Blick auf das Baby fuhr sie fort: »Hier wohnt nur eine alte Dame. Wir glaubten, es sei wieder ein Herr aus der Umgegend, mit dem es schon Unannehmlichkeiten genug gegeben hat.«

»Wir kommen wahrscheinlich in derselben Angelegenheit. Nehmen Sie das Mädchen hier mit dem Kinde in die Küche und melden Sie mich bei Ihrer Herrin an. Frau Rechtsanwalt Belzer aus N. wünscht Frau Röder zu sprechen in einer dringenden Angelegenheit.« Jetzt wachte das Kind auf und fing an zu nörgeln. Minna wiegte es auf den Armen hin und her und flüsterte: »Ganz still muß Kindchen sein, wir sind jetzt bei Großmama.« Frau Belzer sah Minna unzufrieden an, über des Mädchens Gesicht aber ging ein Aufleuchten des Verständnisses. Sie sagte höflich, aber freundlich: »Frau Rechtsanwalt, wenn ich Ihnen raten soll, kehren Sie sofort um. Wenn das ein Kind von der Tochter der

Herrin ist, so ist nimmer Hoffnung, daß die Frau es behält.«

»Ich bitte, daß Sie mich melden.« Diese Worte wurden mit solchem Nachdruck gesprochen, daß das Mädchen keinen Widerspruch wagte und langsamen, zögernden Schrittes der Tür zuging. Frau Belzer zeigte auf ein offenstehendes kleines Zimmer und bedeutete Minna, sich dort mit dem Kinde zu setzen. Sie selbst stand im Vorsaal und harrte geduldig der Dinge, die da kommen sollten.

Aber was kam, das hatte sie nicht erwartet. Ein Toben und ein solches Wutgeschrei erfolgte, begleitet von Schimpfreden, wie Frau Belzer sie nie vernommen; es wurde ihr angst und bange. »Ich habe keine Tochter, weiß von keiner Tochter, und nun soll ich mich gar mit einem Baby befassen?« Ein höhnisches Lachen und Gespotte, Worte, die sie nicht wiederholen mochte, dazwischen leises Flüstern, dann kam das Mädchen heraus. »Sie haben es wohl gehört«, sagte sie verlegen. »Ich sagte es Ihnen gleich, Frau Rechtsanwalt, es nutzt nichts, Sie müssen wieder gehen.«

Frau Belzer schwieg. Sie war so erregt, daß alles in ihr zitterte. »Was soll denn mit dem armen Würmchen werden?« stieß sie endlich hervor.

»Wenn Sie es nicht behalten wollen, muß es in ein Waisenhaus gebracht werden. Einen anderen Rat weiß ich auch nicht«, versetzte das Mädchen mitleidig und fügte gleichsam entschuldigend hinzu: »Meine Frau hat zuviel Schmerz mit der Tochter erlebt, davon ist sie so geworden.«

»Bitte, dann übergeben Sie ihr wenigstens diesen Brief. Er ist von ihrer verstorbenen Tochter, sie hat ihn mir selbst übergeben; ich habe versprochen, ihn eigenhändig der Mutter abzuliefern.«

»Sie würde ihn sofort in Fetzen zerreißen, ich kenne sie.«

»Nun, dann muß ich ihn wieder mitnehmen«, seufzte sie. Sie winkte ihrer Minna, die in der offenen Tür atemlos gelauscht hatte und nun mit dem Kinde herzukam. »Sehen Sie doch das süße kleine Mädchen! Und das will die Großmutter nicht haben. Es wird ihr noch bitter leid werden, das sagen Sie ihr nur«, konnte Minna nicht unterlassen, dem Mädchen zu verstehen zu geben. Dann sich zum Kind wendend: »Sei du nur ganz zufrieden, nun behalten wir dich. Frau Belzer wird nun deine Mutter und Herr Belzer dein Vater. Ei, das ist einmal ein guter Vater. Weine nur nicht, Kleinchen.«
»Es ist die große Frage, ob wir das Kind behalten, Minna. Gut, daß sie nicht versteht, was du sagst, schwatze ihr nicht so viel vor. Wir wollen jetzt gehen, es ist die höchste Zeit.« Ja, es war die höchste Zeit, denn die Kleine erhob plötzlich ein großes Geschrei, so daß das Mädchen die Küchentür aufmachte und Minna mit dem Kinde schnell hineinschob. »Ich will ihr etwas zu trinken geben, sie ist gewiß hungrig.«

»Danke, wir haben Milch bei uns. Lassen Sie uns ein paar Minuten hier bleiben, so können wir nicht auf die Straße.« Schnell hatte Frau Belzer die Milch ausgepackt, und kaum hatte die Kleine die Flasche im Mund, so trat Stille ein. In diesem Augenblick rief eine schrille Stimme laut und ärgerlich nach dem Mädchen, das ängstlich dem Ruf folgte. Frau Belzer verließ schleunigst diese Stätte des Unfriedens und befahl Minna, ihr nachzukommen, sobald die Kleine befriedigt sei. Gleich an der Ecke rief sie eine Droschke herbei und begab sich, als

Minna mit dem Kinde erschien, an den Bahnhof zurück. In der Nähe ließ sie sich ein kleines Zimmer geben. Hier wurde ausgeruht nach den körperlichen und seelischen Aufregungen. Sie mochte, um nicht Aufsehen zu erregen, nicht mit dem Nachmittagszug zurückfahren, sondern beschloß, bis zum Abend zu bleiben. Sie schickte Minna, nachdem sie etwas genossen hatten, in die Stadt, da sie merkte, welch ein Vergnügen es dem Mädchen machte, die Läden in den Straßen anzusehen und sich über alles, was sie sah und hörte, zu verwundern, gab ihr aber die Weisung, sich Straße und Hausnummer zu merken, nicht zu lange zu bleiben und sich pünktlich wieder einzufinden. Sie selbst bedurfte der Ruhe und blieb bei dem nun wieder schlafenden Kinde.

Herr Rechtsanwalt Belzer schloß die Bücher in seinem Büro. Er hatte die Schreiber entlassen und schickte sich an, Feierabend zu machen. Nachdem er die unteren Räume geschlossen, ging er nicht wie sonst nach oben, sondern begab sich an den Bahnhof, um seine Frau, ohne die er nicht gut sein konnte, abzuholen. Nicht wenig erschrak er, als der Zug kam und sie das Kind wieder mitbrachte.

»Etwas Ähnliches habe ich mir schon gedacht«, sagte er nur. Weiter zunächst nichts. Er sah es seiner Frau an, daß sie gelitten hatte und erschöpft war. Minna wurde beauftragt, schnell mit dem Kinde voranzugehen; er ging mit seiner Frau langsam nach. Sie sagte nur: »Ich erzähle dir zu Hause alles, du glaubst nicht, was ich durchgemacht habe.« »Du kennst die Welt nicht, wie ich sie kenne. Es passieren unglaubliche Dinge, auch zwischen den nächsten Angehörigen.« Dann gingen sie schweigend nach Hause.

Spät am Abend saß das Ehepaar lange beieinander. Sie redeten für und wider die Sache. Die Frau bedauerte, daß sie gegen ihren Willen in die Geschichte hineingezogen war.

»Aber ich konnte ja nicht anders handeln, ich konnte mein Herz nicht gegen eine Kranke und Sterbende verschließen, es wäre gegen Gottes Gebot gewesen. In das Waisenhaus mag ich das Kind nicht geben.«

»Es wird uns nichts anderes übrig bleiben. Wir haben keine Verpflichtungen gegen die Kleine. Du bist nur gebeten, das Kind an die Großmutter abzuliefern. Wenn sie verweigert, es anzunehmen, hast du nichts weiter damit zu tun.«

Sie sah ihn traurig an. »Heute, hast du daran gedacht, ist der Sterbetag unseres Töchterchens. Sollte Gott uns an dem Tage, da er uns das Kind genommen, einen Ersatz geben wollen? Ich habe das kleine süße Herz schon lieb gewonnen; meine mütterlichen Gefühle sind stark erwacht. Gustav, laß uns das Kind behalten, wir können uns einen Gotteslohn daran verdienen.«

»Minna hat mich ja schon der Kleinen als ›Papa‹ vorgestellt«, sagte er lächelnd, fast schon überwunden. »Warum hatte denn das Mädchen so verweinte Augen?« »Sie hat im Zug bitterlich geweint über die böse Großmutter, die das Kind nicht behalten wollte. Sie hat ein gutes Herz und ist sehr kinderlieb. Man würde ihr die Kleine ruhig anvertrauen können. Laß sie uns behalten, Gustav«, bat die Frau noch einmal.

»In Gottes Namen denn, mein Lieschen.«

»Ich danke dir, Gustav; ich habe es lange gewünscht, ich hatte nur Sorge, daß es dich stören würde. Unser eigenes Kind ist seit mehreren Jahren tot, du bist die Unruhe nicht mehr gewöhnt.«

»Der Mensch muß sich an alles gewöhnen«, sagte er ergeben. »Nur nachts darfst du sie nicht schreien lassen, meine Ruhe muß ich haben nach anstrengender Tagesarbeit.« So wurde der Entschluß gefaßt. Er versprach, alles Geschäftliche zu besorgen, es war ihm ein Leichtes bei seinem juristischen Beruf. Die Frau nahm mit Liebe den schweren Teil auf sich.

Herr Belzer meinte, die Großmutter würde doch im Laufe der Zeit wiederkommen und das Kind begehren, ahnte aber nicht, daß die Frau weder nach Namen noch Ort gefragt hatte.

Sie wollten es behalten, großziehen und pflegen, als ob es ihr eigenes sei.

Die Pflegeeltern hatten Freude und Segen davon. Die kleine Eva wuchs heran, wurde nicht nur ein hübsches, sondern auch ein gehorsames Kind, mit guten Fähigkeiten zum Lernen. Herr und Frau Belzer sorgten später für guten Unterricht; sie waren wohlhabend, aber nicht reich. Große Schätze konnten sie dem Kinde einst nicht hinterlassen, deshalb dachten sie daran, es für das Leben so auszustatten, daß es einst imstande sein möge, auf eigenen Füßen zu stehen.

3. Familie Dunker

Fernab von diesem Städtchen, in einem anderen Teil des deutschen Reiches, lag die Stadt P., eine größere Mittelstadt, die lebhaften Handel trieb, viele Fabriken aufwies, ein Gymnasium, ein Gericht und eine Amtshauptmannschaft hatte und dergleichen mehr Die Stadt war von schöner Landschaft umgeben. Berge und Täler wechselten einander ab. Die Berge waren teils mit Wald bedeckt, teils wurden die Abhänge bepflanzt oder Korn angebaut. Die Landwirtschaft war jedoch schwierig zu betreiben, zumal der Acker viel Steine zeigte, die oft mühsam herausgebracht werden mußten. Darum gingen viele Leute, die nicht eigenen Grundbesitz hatten, in die Stadt, um in den Fabriken zu arbeiten, was verhältnismäßig leichter war, als den harten Boden zu bestellen. Die Fabrikbesitzer waren meist wohlhabende Leute, doch gab es auch solche, die kleinere Fabriken besaßen und gegen die Konkurrenz nicht aufkommen konnten. Ein Herr Dunker, der eine solche Fabrik geerbt hatte von seinem Vater und dessen Bruder, einem unverheirateten Junggesellen, hatte mit Schwierigkeiten zu kämpfen, um Stand zu halten. Die Löhne für die Arbeiter waren gestiegen, das Rohmaterial war bedeutend teurer geworden, dazu hatte er eine ziemlich große Familie und bedeutende Ausgaben zu leisten.

Der Vater und sein Bruder hatten eine bessere Zeit erlebt. Sie hatten jeder ein eigenes Haus, und zwar waren die Häuser ganz gleichartig gebaut, sie sahen fast wie Zwillingshäuser aus, lagen nahe zusammen, nur durch einen Garten getrennt, und befanden sich am äußersten

Ende der Stadt. Frische reine Luft wehte dort von den Bergen her, der Rauch der Fabriken am anderen Ende der Stadt konnte sie nicht erreichen. Der alte Junggeselle hatte wunderbarerweise alles, was er sich erworben, der Stadt vermacht, obwohl er mit dem Bruder auf gutem Fuß stand. Auch einer Haushälterin, die ihn treu versorgt hatte, glaubte er ein Legat hinterlassen zu müssen. Sein Bruder, der Vater des Herrn Dunker, von dem hier erzählt werden soll, hatte außer diesem Sohn noch einen. Er wünschte sehr, daß seine beiden Söhne das Geschäft gemeinsam übernehmen möchten. Doch der jüngere Sohn hatte eine Abneigung dagegen und setzte es beim Vater durch, daß er studierte. Er wurde Philologe und bekam am Gymnasium, das erst neu gegründet war, eine Stelle als Oberlehrer. Das Haus des Onkels war dem Neffen verblieben. Als der Vater gestorben war, wohnte Herr Dunker in dem Haus des Vaters, sein Bruder in dem des Junggesellen. Es herrschte große Eintracht, ja innige Liebe, zwischen den Brüdern und ihren Familien. Auch die Frauen liebten sich und verkehrten als Freundinnen miteinander.

Nun bekam der Lehrer einen Ruf an das Gymnasium einer fern gelegenen Stadt mit größerem Gehalt und mit der Aussicht, dort einmal Direktor zu werden. Er hatte lange geschwankt, ob er die Heimat, den Bruder verlassen sollte, aber er glaubte es doch seinen Kindern schuldig zu sein, um für deren Zukunft besser sorgen zu können. Das Haus hatte er günstig verkauft an einen Häuserspekulanten, der Vorteil vom Wiederverkauf zu erlangen hoffte. Herr Dunker und seine Familie beklagten den Verlust sehr. Die Kinder waren fast wie Geschwister aufgewachsen; sie waren außer den Schulstunden immer beisammen, entweder in einem Garten oder in dem andern oder in beiden Gärten zugleich. Denn eine Tür war schon von den Eltern als Verbindung angebracht, und wenn sich die Kinder haschten oder Kampfspiele vorhatten, so stand die Tür weit geöffnet. Mit Jubel und Lustgeschrei wurde durch die Gärten getobt, und die Eltern freuten sich des Frohsinns ihrer Kinder. Sie durften nicht über Blumen und Gemüsebeete laufen, mußten auch sonst achtsam sein, daß sie nichts verdarben. Das wußten sie und sahen sich vor. Kam einer auf Abwege, so ermahnten die anderen, er bog schnell in die erlaubten Wege ein. Ja, es war ein fröhliches, harmonisches Zusammenleben der beiden Familien Dunker. Sie wurden oft als Vorbilder angeführt in bezug auf Verträglichkeit und gute Nachbarschaft.

Nun war alles vorbei. Die Möbelwagen waren abgegangen, um mit der Bahn weitergeführt zu werden. Das Haus war leer, die Familie Dunker jun. war einige Tage zum Bruder in das Nachbarhaus gezogen, während in ihrem Heim Verwirrung und Unordnung herrschte.

Heute war der letzte Abend. Es war wieder Sommer wie damals vor zehn Jahren, als Frau Belzer das Erlebnis hatte mit der sterbenden Frau im Städtchen R. Nur war es etwas später im Jahr, in der zweiten Hälfte der großen Sommerferien, als dieser Aufbruch geschah.

Frau Dunker jun., Frau Emilie wollen wir sie nennen, ließ sich erschöpft in einen Gartenstuhl nieder unter der großen Linde, die im Sommer immer als Sammelplatz der Familie galt. Der Baum breitete weithin seine mächtigen Zweige und Äste aus und spendete in der heißen Zeit erquickenden Schatten. Die Schwägerin, Frau Maria Dunker, kam eben mit einem Glas Limonade zur Gartentür herein. »Gott sei Dank, daß du da bist, Emilie. Bist du endlich fertig, die Möbelwagen sind ja schon lange fort.«

»Ich hatte noch viel zu packen und zu kramen. Verschiedene alte und arme Leute hatte ich kommen lassen, um Sachen, die wir nicht gebrauchen, zu verschenken. Die Freude der Frauen war groß. Die Kinder haben Spielsachen weggegeben, mit denen sie nicht mehr spielen, dann habe ich die Koffer gepackt, die wir mit auf die Reise nehmen, und endlich habe ich Trina und Frau Martens angestellt, daß sie morgen das ganze Haus gründlich scheuern, damit alles ordentlich abgeliefert wird. Heute abend wollen die Kinder noch ein wenig darin toben, das haben sie sich als Abschiedsfest ausgedacht. Die ganze Gesellschaft ist drüben.«

Frau Maria lachte herzlich. »Das gönne ich ihnen, sie kommen so jung nicht wieder zusammen. Nun trinke erst einmal und erhole dich ein wenig. Ich gehe indes in die Küche, um mit Rieke das Abendbrot zu bereiten. Um acht Uhr kommen die Herren.«

Frau Emilie tat die Ruhe wohl. Es war nach dem heißen Tag und nach der anstrengenden Arbeit etwas Kühle eingetreten. Leise bewegten sich die Blätter in der Linde, leise tönte der Vöglein Abendlied. Von fernher hörte sie das Hämmern und Pochen in den Fabriken, auch ihre Schläfen pochten und das Herz klopfte laut. Alles wogte und gärte in ihr, der Abschied von der Heimat, das Einleben in fremde Verhältnisse, es machte sie alles unruhig und besorgt. Von drüben aus dem leeren Hause tönte das Lustgeschrei der Kinder.

»Sie wissen noch nicht, was Abschied bedeutet, sie werden es schon noch merken, wenn sie ihre Vettern und Basen nicht mehr haben, wenn sie in einer Mietswohnung hausen und den Garten entbehren müssen«, dachte sie.

Jetzt kam die Schar durch die offene Tür, welche die beiden Gärten verband, gestürmt. »Mutter«, riefen einige, »Tante Emilie« die anderen, »sieh nur, was wir auf dem Boden in einer Ecke noch gefunden haben einen ganz guten Schlitten, aber er ist schon recht alt.«

»Der stammt gewiß noch aus Onkels Jugendjahren, ich habe ihn nie gesehen.«

»Wir haben ihn unter dem Dach hervorgezogen, er war auf dem obersten Boden fest eingeklemmt, aber er ist noch ganz schön«, rief der zehnjährige Willi.

»Wir wollen ihn nun verschenken, mitnehmen können wir das alte Ding auf keinen Fall.«

Die Kinder baten sehr, ihn behalten zu dürfen, es sei ein ganz absonderlicher Schlitten, jedenfalls könnten mehrere zugleich daraufsitzen, das sei immer vorteilhaft. Die Mutter, die sehr ungern noch mehr Handgepäck mitnehmen wollte, gab schließlich den stürmischen Bitten nach und ordnete an, daß sie das Ding zu den Koffern stellen sollten, damit es nicht vergessen würde.

Sie stürmten alle davon, nur Frau Maria's ältester Sohn, ein 16jähriger Gymnasiast, setzte sich höflich zu Tante Emilie und unterhielt sie.

»Was hast du denn da, Trudchen«, sagte sie zu einer Sechsjährigen, die auch zurückgeblieben war und eine alte Puppe im Arm hatte. Gertrud war Maria's Jüngste. Sie war ein liebliches, mehr stilles Kind, wurde aber, wenn sie mit dem ganzen Troß zusammen war, immer mit fortgerissen. »Die Puppe gehört mir, Tante Emilie. Ich habe sie im vorigen Jahr in eurem Hause verloren. Wir spielten Verstecken mit unseren Puppen. Da hatte Klärchen meine so versteckt auf dem Boden, daß wir sie alle nicht wiederfinden konnten. Da hab' ich so viel geweint, weißt du es nicht mehr, Tante Emilie?«

»Ich weiß es nicht mehr, mein liebes Kind«, sagte sie freundlich und zog sie auf ihren Schoß. »Es ist aber ein Glück, daß du dein Kind wiedergefunden hast, nun wirst du es doppelt lieb haben.«

»Laß es nur erst von Staub und Schmutz reinigen, Trude, du machst dich selbst ganz schmutzig damit«, rief der ältere Bruder.

»Wer weiß, Tante, was sich da auf dem alten Boden noch alles findet, vielleicht entdecken wir noch einen ganzen Beutel voll Geld, den der alte Großonkel dort versteckt haben mag.«

»Das war nicht des Onkels Art«, warf Frau Maria ein, die eben wieder erschien und mit Rieke's Hilfe den großen runden Tisch unter der Linde deckte. »Nein, Onkel hätte das Geld lieber verschenkt, als daß er es auf dem Boden verborgen hätte.«

»Er konnte es aber lieber unseren beiden Familien hinterlassen, als der Stadt, die reich genug ist«, grollte Frau Emilie.

»Der Zufriedene ist der glücklichste«, versetzte Frau Maria. »Wir haben noch nie Not gelitten.«

Die Schritte der beiden Herren ließen sich hören. Die Kinder, die sich immer rechtzeitig einstellten, wenn es etwas zu essen gab, rückten auch heran. Bald saßen die beiden Brüder mit Frau und Kindern um den großen Familientisch, der sie, ach wie oft, vereinigt hatte.

»Heute zum letztenmal, Ernst, ich kann es mir kaum denken, daß ihr in weite Ferne zieht und uns allein zurücklaßt«, sagte der ältere Dunker.

»Es war ein selten schönes Zusammenleben. Sogar

..sere Frauen haben sich musterhaft vertragen«, bemerkte Herr Ernst und sah die Damen neckisch an.

»Wir haben uns doch so lieb gehabt«, rief Frau Maria. »Weißt du nicht, Ernst, daß wir schon vorher Freundinnen waren?« Sie reichte Emilie über den Tisch die Hand. »Die Liebe ist nicht an Zeit und Ort gebunden, meine Liebe geht mit dir.«

»Und die meine bleibt hier.«

Heitere und ernste Gespräche würzten das Mahl, doch war heute ein ernster Ton vorherrschend. Als mit den Gläsern auf ein fröhliches Wiedersehen angestoßen wurde, da glänzten in der Eltern Augen Tränen, während die Kinder, die noch nicht wußten, was Abschied zu bedeuten hatte, lachten und scherzten, sich neckten und allerlei Allotria trieben. Heute ließen die Eltern sie gewähren, sonst wurde auf gesittetes Betragen bei Tisch gehalten, heute hob die Fröhlichkeit der Kinder sie über die Traurigkeit des Abschieds hinweg.

Das Sitzen beim Abendbrot währte an diesem Abend länger als gewöhnlich. Die Jugend begann schon eine gewisse Unruhe in den Beinen zu entfalten, und als einer sich das Herz gefaßt hatte zu sagen: »Vater, dürfen wir aufstehen?« und derselbe mit dem Kopf genickt, da stoben sie davon. Sie mußten etwas Besonderes vorhaben.

Während Rieke hin- und herging und den Tisch abräumte, saßen die Eltern in traulichen Gesprächen beisammen. Es dunkelte allmählich. Da — was war das? Eine Rakete stieg empor, da noch eine und wieder eine, auch Feuerräder und bengalische Flammen, welche letztere den Garten magisch beleuchteten.

»Das ist die Überraschung, die die Kinder vorhatten«, rief Frau Maria. »Ich wunderte mich auch, daß unser Ältester mit der Gesellschaft aufstand, er pflegt sonst gern bei den Erwachsenen zu bleiben.«

»Die Kinder machen es aber einzig nett. Wo stecken sie nur?« ließ sich Tante Emilie vernehmen.

»Unten im Garten, auf dem freien Platz, der eignet sich gut dazu.«

»Mich wundert nur, daß Trudchen es nicht verraten hat, das ist sonst eine kleine Plaudertasche.«

»Von Feuer hat sie zu mir gesprochen«, berichtete Tante Emilie. »Ich verstand nur nicht, was das Kind wollte. Aber horcht, was ist das?«

Das Feuerwerk war zu Ende. Ein lieblicher Gesang ertönte von unten herauf, begleitet von der Violine des Ältesten. »Es ist bestimmt in Gottes Rat, daß man vom Liebsten, was man hat, muß scheiden — ja scheiden usw.«

»Die Kinder haben mehr Verständnis von der Sache, als wir glaubten«, sagte Dunker, der Ältere.

»Man merkt, daß ihnen das Scheiden von der Heimat auch nicht leicht wird«, stimmte der Bruder bei.

»Sie werden es noch mehr empfinden, wenn sie in der großen Stadt das eigene Haus und den Garten entbehren müssen.«

»Ach, Ernst, es ist doch etwas Köstliches um Bruderliebe und Freundschaft, wie weh ist mir ums Herz, diese hinfort entbehren zu müssen.«

»Es geht mir auch so, lieber Bruder. Ich möchte euch recht gute Nachbarn wünschen, mit denen ihr, wenn auch nicht eng, doch freundschaftlich verkehren könnt. Möchte die Tür zwischen beiden Gärten immer, wie sonst, den Verkehr vermitteln.«

Man sprach dann von etwaigen Käufern des Hauses. Der Häusermakler würde ja, sobald er konnte, es an jemand wieder verkaufen. Otto Dunker nannte diesen und jenen, der vielleicht Lust haben könnte, Genaueres wußte man nicht. Nun kamen die Kinder aus dem Garten herauf, wurden gelobt wegen der hübschen Überraschung, dann verfügte sich groß und klein ins Haus, wo Familie Dunker jun. noch eine Nacht unter dem gastlichen Dach des Bruders zubrachte. Am anderen Morgen war alles zeitig wach. Nach dem Kaffee rüstete man zum Aufbruch. Die Kinder, die alle ihre liebsten Habseligkeiten selber trugen, gingen voran. Der alte aufgestöberte Schlitten spielte eine Hauptrolle, fast beneideten die Hiergebliebenen die Abreisenden darum. Einer der Knaben trug einen kleinen Papierdrachen, der sich nicht hatte mit einpacken lassen, die kleine achtjährige Erna war mit einem Puppenwagen beladen, so hatte jedes seine Bürde. Hinter den Kindern schritten die Eltern, voraus war schon der Gepäckträger mit den Koffern.

Am Bahnhof wurde alles schnell erledigt, die Karten gelöst, dann mußte man eilen, an den Zug zu kommen. Herzinniger Abschied, Einsteigen, mehrmaliges Winken und Rufen, fort brauste der Zug in die weite Ferne.

4. Die neuen Nachbarn

»So, nun sind wir nur fünf, sechs weniger als sonst«, sagte der zehnjährige Georg, als sie hinter den Eltern herschritten auf dem Nachhauseweg zum Bahnhof. »Jetzt wird das Spielen lange nicht mehr so gut gehen.«

»Bitte, mich überhaupt vom Mitspielen auszuschließen, ich habe euch zu Gefallen beim Soldatenspiel mitunter den Hauptmann gemacht, jetzt habe ich stramm zu arbeiten, dergleichen Sachen passen nicht mehr für mich.« Bei diesen Worten richtete sich der Sekundaner Christian hoch auf und schritt würdig voran, während Heinrich, gewöhnlich Heinz genannt, seinem Bruder Georg zuflüsterte: »Er wird schon noch manchmal mittun, es gefällt ihm doch gar zu sehr, uns zu befehlen.«

»Aber wir beide wollen auch keine Soldaten mehr sein«, erklärte die zwölfjährige Margarete. »Nicht wahr, Trude, wir machen uns lieber mit unseren Puppen zu tun?«

»Aber sechs weniger, Gretchen! Die Vettern und Cousinen sind nun fort, dann bleiben ja nur Heinz und Georg mit sich allein!« ließ sich Trudchen vernehmen.

»O, es werden schon wieder Nachbarskinder kommen, vielleicht sind es lauter Jungen, da wird es schon wieder lebendig werden!«

So plauderten die Kinder, sich mit neuen Hoffnungen tröstend, während die Eltern still und bewegt nebeneinander hergingen. »So, liebe Maria«, sagte Herr Dunker nach längerem Schweigen, »nun geht alles wieder seinen gewohnten Gang, wir müssen uns jetzt ohne die Geschwister zurechtfinden, die Arbeit wird uns am besten darüber weghelfen. Ich gehe jetzt in die Stadt in mein Kontor, habe viele Briefe zu erledigen. Sieh, daß du die Kinder etwas bändigst jetzt in der langen Ferienzeit, den ganzen Tag dürfen sie nicht ohne Beschäftigung sein.«

Er ging und sie eilte, umringt von ihrer Schar, dem Hause zu.

»Was hast du vor, Christian?« redete sie ihren Ältesten an, als sie das Haus erreicht hatten.

»Ich gehe ein bißchen in meine Kammer und experimentiere, Muttchen.« Mit diesen Worte enteilte er nach oben, wo ihm eine besondere Kammer zu seinen Liebhabereien eingeräumt war. Hier gab es Fläschchen und Flaschen aller Art mit verschiedenen Flüssigkeiten, Gefäße und Tiegel zum Kochen und Versuchen. Es war den Eltern längst klar, daß Christian ein geborener Chemiker war, deshalb sollte er, wenn er sein Abiturium gemacht haben würde, sich frei entscheiden für das Studium, das ihn am meisten fesselte, wozu er die besten Anlagen zeigte.

»Ihr Mädchen«, fuhr die Mutter fort, »sollt mir Himbeeren und Johannisbeeren pflücken, lege deine Puppe jetzt weg, Gertrud, heute nachmittag kannst du wieder spielen. Und ihr beiden Wilden, Georg und Heinz, was macht ihr jetzt?«

»Wir helfen den Schwestern«, riefen sie wie aus einem Munde, »gebt nur Teller und Schüssel her, wir pflücken gerne mit.«

So war mit einem Schlage Ruhe im Hause. Die Mutter half Rieke beim Ordnen der Gastzimmer, das Haus war in den letzten Tagen etwas in Unordnung geraten, und Frau Maria war eine tüchtige Hausfrau, die am liebsten hatte, wenn alles um sie her funkelte und blitzte. —

Es mochten etwa 14 Tage vergangen sein nach dem eben Erzählten, da brachte Herr Dunker eines Tages die Nachricht aus der Stadt mit, Herr Rein, der Häusermakler, habe ihr liebes Nachbarhaus wirklich verkauft, und zwar an einen Fremden, der mit Weib und Kind herziehen werde. Er sei kürzlich selbst hier gewesen, um sich das Haus anzusehen, und habe den Kauf gleich beschlossen.

Nun gab es ein Staunen und Wundern, wer es wohl sein möge, was der Herr wäre, ob er viele Kinder habe usw.

»Mir soll alles recht sein, wenn's nur eine gute Nachbarschaft gibt, bin ich zufrieden«, erklärte Frau Maria.

Später, als Dunker wieder in die Stadt gegangen war, saß sie sinnend am Fenster. Sie überdachte alle die Jahre, die sie in Herzensgemeinschaft mit der Schwägerin verbracht hatte. Alles hatten sie miteinander beraten, über Kindererziehung, über geistige Interessen, über ihr Glaubensleben hatten sie sich ausgesprochen, Rezepte für die Küche einander mitgeteilt, geborgt hatte eine von der andern, wenn dies oder jenes im Haushalt fehlte. Wie schnell konnten sie durch die Gartenpforte zueinander schlüpfen! Ein so inniges Zusammenleben würde, ja könnte sich gar nicht mit einer Unbekannten anspinnen, sie wollte dankbar sein, wenn ihr Verhältnis zueinander sich aufrichtig und freundlich gestaltete. Man war sehr gespannt, wann die Fremdlinge in Sicht sein würden. Vorderhand kamen Handwerker ins Haus, die verschiedene Ausbesserungen vornahmen. Etliche Zimmer wurden tapeziert, ein neuer Herd gesetzt usw.

Eines Tages aber, es war die letzte Ferienwoche, stürzten Georg und Heinz zur Mutter, die in der Küche beschäftigt war, und riefen: »Mutter, sie kommen! Wir haben zwei große Möbelwagen gesehen, sie kommen die Bergstraße herauf.«

»Ruhig, Kinder, gemach! Nicht so stürmisch! Und wenn sie es wirklich sind, so haltet euch bescheiden im Hintergrund. Man darf sich bei fremden Leuten nicht aufdrängen, darf nicht neugierig sein.«

»Nein, Mutter, wir bleiben auf unserem Revier!«

Damit stürmten sie wieder fort. Frau Maria hörte das dumpfe, schwere Heranfahren der bereits angekündigten Möbelwagen. Jetzt hielten sie. Unwillkürlich legte sie ihre Hände zusammen und betete leise die Worte aus der vierten Bitte: »Herr Gott, gib uns getreue Nachbarn.«

Sie war eine fromme Seele, die das Wort: »Haltet an am Gebet« zu allen Zeiten festhielt. Bei allen Arbeiten, bei den verschiedensten Vorkommnissen im Leben, bei Freude und Leid, immer gedachte sie ihres Gottes, aus dessen Fülle sie täglich Gnade um Gnade nahm. Es wußte niemand von dieser ihrer inneren Gemeinschaft mit Gott; nur wer Sinn dafür hatte, konnte es spüren an dem immer zufriedenen, glücklichen Ausdruck auf ihrem Gesicht, an ihrem ganzen Sein und Wesen.

»Na, nun sind ja unsere Nachbarn da!« rief der Hausherr, als er zu Tische kam. »Da scheint eine ganze Menge Jungengesellschaft beisammen zu sein, es tobte schon arg um die Wagen herum.«

»Ich glaube«, sagte Georg mit überlegener Miene, »sie werden nicht ganz zu uns passen.«

»Das ist die Strafe für eure Neugierde«, lachte Christian, »es ist euch schon recht.«

»Daß ihr ihnen nicht etwa mit gleichen Dingen dient«, warnte der Vater. »Ihr werdet euch, das hoffe ich, stets als gebildete, gut erzogene Knaben erweisen.«

»Sie warfen sich auch schon mit Steinen«, wagte Heinz zu berichten, in selbstgerechter Erkenntnis, welch ein tugendhafter Knabe er sei.

»Nun, nur still, mein Junge, wir sind auch nicht immer, wie wir sein sollten.«

Beschämt senkte Heinz die Augen. Er wußte wohl, daß er oft genug vom Pfade der Tugend abirrte und schon manches auf dem Kerbholz hatte.

Frau Maria sah ernst drein und schwieg. Sie hatte zufällig aus dem Fenster schon einige Beobachtungen gemacht.

»Ob wir den Leuten uns wohl nähern müßten in diesen Tagen?« begann sie nach einer Weile. »Sie sind nicht eingerichtet, sind hier fremd.«

»Es ist in der Stadt wohl nicht Sitte«, äußerte Dunker, »Doch tu', was du willst. Freundliche Begegnung macht immer einen guten Eindruck.«

Daraufhin wurde Rieke nach Tisch heruntergeschickt mit der Anfrage: ob Frau Dunker den Herrschaften mit irgend etwas behilflich sein könne?

Das Mädchen blieb lange. Endlich erschien sie wieder mit verlegen lächelnder Miene.

»O, Frau Dunker, wie sah es drüben aus! Alles stand über- und durcheinander. Die Frau konnte ich gar nicht sprechen, sie war in einen langen Streit verwickelt mit dem Möbelfuhrmann. Der hatte sie überteuert; sie wollte nicht bezahlen und er wollte sein Geld haben. Sie schrieen sich an, bis er sagte, er wolle sie verklagen. Dazwischen tobten die Jungen und warfen sich mit den Bettstücken. Ich stand und wartete, bis der Streit zu Ende war. Da fuhr mich die Frau an: ›Was stehen Sie denn und halten Maulaffen feil, was wollen Sie hier?‹

Ich brachte meine Bestellung an, da rief sie kurz: ›Wir brauchen nichts, wir sind mit allem versehen.‹ Da bin ich eiligst weggelaufen, aber erst bekam ich noch von den Jungen ein Kopfkissen an den Kopf.«

»Nun, es war doch kein Stein«, lächelte Frau Dunker. »Rieke, rede nicht gleich zu anderen Leuten davon.«

»Frau Dunker wissen, daß ich nicht aus dem Hause spreche.«

»Gute Rieke, das weiß ich. Aber wir wollen alles tun, um es den Leuten bald heimisch zu machen. Die Frau hat sicher großen Ärger mit dem Fuhrmann gehabt, daher kam die üble Laune. War denn der Herr nicht da?«

»Den habe ich nicht gesehen.«

»Was für einen Beruf soll er haben?«

»Er soll Bankbeamter sein.«

Auch Herr Dunker brachte abends die Nachricht mit, daß der neue Besitzer des Nachbarhauses eine Anstellung an der städtischen Bank habe und Kramer heiße.

»Glücklicherweise kommt der Name oft vor«, fügte er hinzu, »er erweckt noch heute unangenehme Erinnerungen von der Schulzeit her bei mir. Du weißt, wir hatten in früheren Jahren, als ich jung war, noch kein Gymnasium hier, ich war deshalb in der Hauptstadt in Pension und erlebte dort mit einem Schüler dieses Namens eine böse Geschichte. Doch das ist nun längst überwunden.«

»Ich erinnere mich, daß du früher einmal eine Andeutung machtest. Was war es denn?«

»Laß mich darüber schweigen, ich möchte das längst Vergangene nicht wieder ans Tageslicht ziehen. Halte es nicht für einen Mangel an Vertrauen.«

»Von deinem Vertrauen bin ich fest überzeugt, lieber Mann, wenn du mir auch nicht alles erzählst, was du erlebt hast.«

»Es ist jedenfalls besser, das Böse ganz aus seinem Gedächtnis schwinden zu lassen.«

Frau Maria hätte lieber gesehen, ihr Mann hätte die Äußerung überhaupt nicht getan, denn ohne daß sie es wollte, stürmten unliebsame Gedanken auf sie ein. Wenn es nun der Kramer wäre, mit dem ihr Mann etwas Unangenehmes gehabt — er hatte von etwas Bösem gesprochen, es mußte also ein Unrecht gewesen sein, das er ihm zugefügt hatte. Nun, vielleicht, dachte sie weiter, ist es ein ganz anderer Kramer, warum sollte es nun auch gerade der frühere Mitschüler ihres Mannes sein.

Sie schlug sich die Gedanken aus dem Sinn, kämpfte dagegen, aber von Zeit zu Zeit tauchten sie wieder auf.

Bis jetzt war der Herr Kramer noch nicht sichtbar gewesen, auch ihr Mann hatte ihn noch nicht gesehen. Vielleicht war er noch gar nicht da, weil die Frau alle äußeren Angelegenheiten zu besorgen schien.

Die Frau hörte man allerdings mit lauter Stimme in Haus, Hof und Garten herumwirtschaften. Das Mädchen, das man mitgebracht hatte, wurde gescholten, die Kinder bekamen Knüffe und Ohrfeigen und liefen heulend davon.

Frau Dunker hätte so gern helfend eingegriffen, aber sie konnte natürlich nicht ihre Hilfe zum zweitenmal anbieten. Sie hatte heute ihre Kinder in das Dorf geschickt, wo sie eine Bestellung zu machen hatten. Sie bezweckte damit, daß sie noch nicht mit den Nachbarskindern in Berührung kommen sollten, bis sich alles ein wenig geklärt hatte. Es war für ihre Kinder immer ein Vergnügen, in das nahgelegene Dorf zu gehen, um Einkäufe zu machen. Gretchen hatte einen Korb am Arm und kaufte frische Eier bei der freundlichen Bäuerin. Georg und Heinz aber trugen miteinander einen Korb mit frühreifen Birnen, deren die Bäuerin so schöne hatte. Trudchen war daheim geblieben, da der Weg für die Kleine zu weit war. Sie war's zufrieden, sie spielte mit ihrer so lang entbehrten Puppe und ließ nichts von sich hören.

Als aber die Mutter am späten Nachmittag an ihrem Nähtisch bei der Arbeit saß, war es ihr, als hörte sie Weinen. Sie glaubte erst, sie möchte sich getäuscht haben, aber nein, jetzt vernahm sie lautes Schluchzen. Schnell stand sie auf und ging hinaus. Da stand Trudchen, die Puppe nachlässig im Arm, und Rieke kauerte vor ihr, strich ihr die blonden Locken aus dem Gesicht und trocknete ihr die Tränen, die, als die Mutter kam, immer reichlicher flossen.

»Trudchen, mein Kind, was ist denn! Hast du dir weh getan, sage es mir doch.«

»Frau Kramer hat sie aus dem Garten gejagt«, flüsterte Rieke der Herrin zu.

»Aus dem Garten gejagt?« fragte diese ungläubig. »Aus unserem Garten?«

»Nein, die Tür hat wohl aufgestanden, da ist das Trudchen mit der Puppe in den Nachbarsgarten spaziert.«

»Ja, wir wollten gern einen weiten Spaziergang machen«, schluchzte das Kind, »und als ich durch die Tür kam und in Onkel Ernst's Garten auf und abging und meine Puppe an den schönen Blumen riechen ließ, da kam die böse Frau, kniff mich in den Arm und sagte: ›Was tust du hier in unsrem Garten, du pflückst hier wohl Blumen ab. Marsch hinaus.‹ Da hat sie mich ganz fest angepackt, mich zur Tür hinausgesetzt und die Tür fest zugemacht.« Im Andenken an diese beleidigende Tat fing sie aufs neue an zu schluchzen.

Frau Maria nahm das Kind mit in die Stube, bedeutete ihr, daß der Garten nicht mehr dem Onkel gehöre, sondern fremden Leuten. Sie dürfe also nicht mehr, wie sonst, durch die Tür schlüpfen, müsse fein im eigenen Garten bleiben.

Trudchen holte nach: »Es waren zwei Jungen, die riefen: Mutter, ein fremdes Mädel in unserem Garten. Da kam die böse Frau.«

»Ich glaubte, mein kleines Mädchen wüßte, daß fremde Leute eingezogen wären.«

»Ich habe gar nicht daran gedacht.«

»Aber nun wirst du immer daran denken, nicht wahr, mein Mäuschen?«

Sie schmiegte sich an das treue Mutterherz und versprach zu folgen. Trudchen war der Liebling aller, sie hörte kaum ein hartes Wort. Strenge war nicht nötig, da sie ein außerordentlich gutes und gehorsames Kind war, nur leicht zum Weinen geneigt und etwas empfindsam. Aber jetzt kamen die Geschwister fröhlich und guter Dinge. Die Brüder setzten den schweren Birnenkorb auf die Erde und die Mutter teilte aus. Das ließ Trudchens Tränen bald versiegen, und herzliches Lachen trat an die Stelle der Traurigkeit.

Wie leicht ist bei Kindern der Kummer gestillt; dagegen legte sich auf Frau Maria's Gemüt ein Druck, den sie nicht gleich wieder los wurde.

Die Sorge wuchs, als Herr Dunker eines Abends, nachdem die Kinder zu Bett waren, zu seiner Frau sagte:

»Maria, ich habe Herrn Kramer gesehen. Wenn ich nicht irre, ist es der frühere Mitschüler von mir. Er wurde mir von dem Bankdirektor, mit dem ich gerade sprach, vorgestellt. Wir sahen uns einen Augenblick an, dann schlug er die Blicke nieder. Ich glaubte, bekannte Züge wiederzufinden, und als der Direktor fortfuhr: ›Sie sind, wie ich höre, Nachbarn, ich wünsche gute Nachbarschaft‹, da sah er mich mit einem Blick an, der nicht vielversprechend war.« »Ach«, fuhr Dunker mit einem Seufzer fort, »ich wollte, mein Bruder wäre hiergeblieben und hätte sein Haus behalten.«

»Ich merkte dir schon heute mittag an, daß eine Sorge dich bedrückt, lieber Otto. Aber laß gut sein, wir wollen den Leuten freundlich begegnen, da können sie uns nichts anhaben. Wenn nur mit den Kindern alles gut geht, das ist meine größte Sorge. Wir Eltern wollen uns schon in acht nehmen, daß wir nicht anstoßen.«

»Nicht anstoßen«, wiederholte er langsam, »das ist es nicht, ich fürchte, es wird von seiner Seite Haß gegen mich sein.«

Jetzt war Frau Dunker wieder in Versuchung zu fragen: »Was habt ihr denn miteinander gehabt?« aber sie unterließ es, es mußte doch etwas sein, worüber ihr geliebter Mann nicht gern sprach. Sie fuhr fort. »Trudchen ist auch schon aus dem Garten verwiesen, sie kam weinend ins Haus.«

»Die Kinder haben dort jetzt nichts zu tun. Ich werde es ihnen einschärfen, daß sie die Tür nicht mehr zum Durchgang benutzen, die Zeiten sind andere geworden«, erwiderte er streng. »Maria«, fügte er dann weich hinzu, »du wirst dich daran gewöhnen müssen, statt Liebe Unfreundlichkeiten, ja sogar Haß entgegennehmen zu müssen. Wirst du das mit deinem weichen, liebebedürftigen Herzen ertragen können?«

»Mit Gottes Hilfe, lieber Mann. Aber ich glaube, du siehst zu schwarz.«

»Wollte Gott, es wäre nicht so«, seufzte er. Maria schien recht behalten zu sollen. Die Wellen legten sich allmählich. Es wurde drüben ruhiger, man hörte nicht mehr die scheltende Stimme der Frau. Vom Mann sah man überhaupt nichts. Die Ferien waren zu Ende. Die Kinder suchten ihre Bücher, repetierten und wanderten eines Tages wieder in die Schule, die Knaben aufs Gymnasium. Es fehlte ihnen freilich sehr, daß die Vettern und Basen nicht, wie sonst, aus der Haustür stürzten, um mit ihnen gemeinsam den Schulweg zu machen. Die Nachbarskinder – ja, mit denen war noch kein Bund geschlossen. Sie hatten aber viele andere Freunde in der Stadt, an die sie sich zunächst anschlossen, da der Vater gesagt hatte, sie sollten sich zurückhalten und abwarten, ob die im anderen Hause Lust zeigen würden, mit ihnen zu verkehren. Für diese war Schule und Stadt neu, die Schüler ihnen alle fremd, das Einleben war nicht leicht. Es gab andere Bücher, andere Lehrer, kurz alles war anders als in der alten Heimat. Da waren sie anfangs schüchtern und befangen, aber kaum waren acht Tage vergangen, so zeigten sie sich in ihrem eigentlichen Wesen, es waren freche, übermütige Burschen. Sie schlossen sich bald an solche an, die nicht zu den Besten gehörten, ignorierten vorderhand ihre Nachbarn oder machten ihnen schiefe Gesichter, wenn sie sich begegneten. Ihr Vater hatte ihnen gesagt, sie sollten sich nicht mit den Nachbarskindern abgeben, er kenne die Gesellschaft von früher und wünsche keinen Umgang.

Dem Verkäufer des Hauses machte er Vorwürfe, daß er ihm nicht gesagt habe, wer nebenan wohne. Er habe nur von einem Herrn Dunker gesprochen, dem das Haus gehört habe, aber der weggezogen sei.

Herr Rein hatte Herrn Kramer verwundert angesehen und gesagt: »Über Ihren Nachbarn werden Sie nie Grund haben, sich zu beklagen. Der Mann steht in der ganzen Stadt in großer Achtung, schon seine Vorfahren lebten hier in Ansehen. Seine Frau ist ein Engel an Tugend und Güte, die Kinder sind gehorsam und wohlerzogen. Mein bester Herr, über diese Nachbarn werden Sie nicht nötig haben, sich zu beschweren.«

»Ja, es sind alles Engel, ich merke es schon«, hatte Kramer erwidert und war gegangen.

Es war an einem wunderschönen Herbstmorgen. Frau Dunker war mit Rieke im Garten beschäftigt, die Kinder in der Schule. Da sah sie, wie auf dem Nachbarhofe großes Leben sich entfaltete. Man brachte Betten heraus, den ganzen Hof voll. Frau Kramer, eine starke, robuste Frau, war selbst mit tätig. Wie gern hätte Frau Maria ihr ein freundliches Wort zugerufen. Aber man hatte keinen Besuch drüben gemacht, man hatte in keiner Weise Annäherung gesucht, also mußte sie auch ihre Herzensgesinnung, die der Nachbarin freundlich gewogen war, unterdrücken. Gegen Mittag verdunkelte sich die Luft, es donnerte in der Ferne, ein Gewitter schien heraufzuziehen, die Betten lagen immer noch da. Niemand rührte sich. Da auf einmal kam ein Sturmwind, einzelne große Tropfen fielen schon, nun wurde Leben drüben.

»Komm schnell, Rieke, jetzt helfen wir«, rief Frau Dunker. Sie eilten hinaus durch den Garten in den Nachbarhof und mit den Worten: »Sie erlauben uns«, halfen sie mit gewandter Hand, die Betten ins Haus tragen. Das Mädchen war ausgeschickt, Frau Kramer allein zu Haus. Da war die Hilfe angebracht. Verlegen dankte sie der kleinen Frau. Diese reichte ihr freundlich die Hand und sagte einfach: »In der Not steht man einander so gern bei. Sehen Sie, Frau Kramer«, fügte sie freundlich hinzu, »es ist mitunter ganz gut, wenn Verbindung zwischen beiden Gärten ist, man kann in der Not schneller zueinander!«

»Ja, die Tür«, sagte Frau Kramer wieder verlegen, »mein Mann wollte sie schon immer zunageln lassen, er hat es wohl wieder vergessen.«

Das war nicht gerade vertrauenserweckend. Darum nahm Frau Maria gleich Gelegenheit, sich zu verabschieden. Sie stand zum ersten Male seit langer Zeit wieder im Nachbarhause und ging nun durch die Haustür in ihre Behausung, während Rieke längst den altgewohnten Weg durch den Garten genommen hatte. Der Gewitterregen währte übrigens nicht lange; doch war Frau Dunker froh, daß sie einmal Fühlung mit der Nachbarin gewonnen hatte.

Mit den Kindern war es inzwischen zu allerlei Häkeleien gekommen. Die Kramerschen Jungen fingen an, die Dunkers zu hänseln, sie nachzuäffen, ja sogar ab und an mit Steinen zu werfen. Das mochten Georg und Heinz sich nicht gefallen lassen. Sie hänselten wohl wieder, wenn die anderen es zu arg machten, aber im ganzen hielten sie sich tapfer, so daß die Mutter sich oft im stillen freute.

Einmal aber machte es der Kleine, sie nannten ihn Reinhold, doch zu arg. Nachdem er die kleine Gertrud, die zu gleicher Zeit mit ihm aus der Schule kam, fortwährend geneckt hatte, fing er an, sie mit kleinen Steinen zu bombardieren, da kam gerade Christian, ihr ältester Bruder, des Wegs.

»Warte, Junge, jetzt werde ich einmal den Vater spielen.« Reinhold erschrak, schleuderte den Stein, den er in der Hand hatte, von sich, so daß er Trudchens Stirn traf, die, während Christian den kleinen Bösewicht mit ein paar tüchtigen Hieben abstrafte, jämmerlich zu weinen begann. Auch Reinhold erhob ein Geheul und schrie: »Das sag' ich meinem Vater.« Christian nahm sein Schwesterchen bei der Hand und wischte das Blut, das aus der Stirn sickerte, mit seinem Taschentuch ab.

So ging es nicht länger. Herr Dunker schrieb höflich aber bestimmt an den Vater, daß er bäte, seinen Kindern das Steinewerfen zu untersagen, worauf die Antwort erfolgte, Herr Kramer verbitte sich entschieden, daß seine Söhne von dem großen Schüler geschlagen würden, das Strafamt wolle er, wenn es sein müsse, selber übernehmen. Überhaupt wünsche er aus gewissen Gründen, daß jeglicher Umgang zwischen ihren Familien unterbliebe. So waren die Grenzen gewiesen, in denen man sich künftig zu bewegen hatte.

»Mutter«, sagte die Kleine am Abend, sich schmiegend, »muß ich Reinhold auch lieben?« »Wir sollen alle Menschen liebhaben, das weiß mein Töchterchen. Du darfst ihm nichts zuleide tun, ihm auch nichts Böses wünschen.«

Einige Tage darauf saß die Kleine, das Köpfchen war noch verbunden, im Garten an der Hecke, die den anderen Garten von dem ihren trennte. Da hörte sie, wie jemand an der anderen Seite lernte. Es war Reinholds Stimme. Erst gab es Geographie, dann kam Religion, zunächst sagte er sich den Katechismus auf, dann kamen Sprüche daran, namentlich wiederholte er den einen immer wieder, der Trudchen sehr zu interessieren schien. Es war, als ob er ihn nicht behalten könne. Jetzt fing er noch einmal an: »Liebet eure Feinde, segnet die euch fluchen, tut wohl denen, die euch beleidigen und verfolgen, auf daß ihr Kinder seid eures Vaters im Himmel.«

Da guckte Trudchen über die Hecke. »Du«, sagte sie, »du bist mein Feind, aber ich will dich doch lieb haben, hier hast du einen Apfel.« Mit diesen Worten warf sie ihm einen schönen, rotbackigen Apfel hinüber, dann stieg sie schnell von der Bank und lief fort. Reinhold wurde bis über die Ohren rot, als er die Kleine mit verbundener Stirn sah. Da sie diese Worte zu ihm sprach, wußte er sich vor Verlegenheit kaum zu lassen. Als er sah, daß sie verschwunden war, bückte er sich nach dem Apfel, steckte ihn in die Tasche und schlich still ins Haus.

5. Allerlei Veränderungen

Es blieb nicht aus, daß die Kinder trotz allem Verbot zusammentrafen. Aber nach der zuletzt beschriebenen Szene war es doch, als ob die täglichen Neckereien ein Ende hätten. Man ging gleichgültig aneinander vorüber, jeder hatte seine Freunde, die ihm zusagten. Die Tür zwischen den Gärten wurde wirklich mit einem mächtigen Brett vernagelt, was in Frau Marias Herzen ein wehmütiges Gefühl erweckte.

»Laß gut sein, Mutter«, tröstete Dunker seine Frau, »du hast viele Freunde in der Stadt, wenn die Nachbarn nicht Freundschaft halten wollen, zwingen können wir sie nicht.«

Frau Maria merkte bald, daß die Erziehung im Nachbarhause an vielem Schuld war. Die Eltern kümmerten sich zu wenig um die Kinder. Sie konnten tun und lassen, so daß Georg und Heinz oft mit stillem Neid bemerkten, daß die Knaben alles hatten, wonach ihr Sinn längst gestanden, was sie sich aber hatten versagen müssen, weil die Eltern nicht in der Lage waren, ihnen jeden Wunsch zu gewähren, es auch nicht richtig fanden. Hatten die Kramer'schen Jungen ihre Spielsachen zerbrochen, so wurden sie einfach weggeworfen und durch neue ersetzt, waren die Anzüge beschmutzt oder zerrissen, so wurden sie verschenkt und neue Kostüme angeschafft. Es war kein sparsamer Haushalt. Frau Kramer hielt sehr auf elegante Toilette, sie fand bald Familien, die ihr zusagten, sie ging oft aus und fing an, Gesellschaften zu geben. Es herrschte viel Luxus in der Stadt, einer wollte es dem anderen zuvor tun, einer vor dem anderen glänzen und reich scheinen. So verbreiteten auch Kramers bald den Schein großen Reichtums um sich, die Familien, mit denen sie in Verkehr getreten waren, ließen es sich wohl bei ihnen sein. Herr Kramer, der Tag für Tag seine bestimmten Bankstunden hatte, bei Quartalwechsel mehr als gewöhnlich, war abends in der Regel in einem ihm zusagenden Restaurant; hatten sie Gesellschaft, so war er ein liebenswürdiger Wirt und guter Unterhalter. Die Leute sagten bald, er müsse wohl von den Eltern große Reichtümer geerbt haben; denn ein Bankbeamter, wenn er nicht Direktor sei, könne so etwas von seinem Gehalt nicht bestreiten. So hieß es bald: »Die reichen Kramers«, und dies Prädikat schien ihnen, wenn sie es hörten, zu gefallen.

Nicht so Dunkers. Die Überschüsse, die er aus seiner kleinen Fabrik zog, waren nicht so reich, daß sie große Sprünge machen konnten, dabei die Arbeitslöhne so hoch, daß ihm der Kopf schwirrte, wenn es wöchentlich ans Auszahlen ging. Er hatte schon oft erwogen, ob es nicht besser sei, das ganze Anwesen zu verkaufen und selbst eine andere Tätigkeit zu suchen, das Geld aber zur Erziehung der Kinder, zum Studium der Söhne anzulegen. Aber es war ihm schmerzlich, das Erbe der Väter zu veräußern. Frau und Kinder wollten nichts davon wissen, besonders widerstanden sie, als er einst in einer trüben Stunde äußerte, er möchte am liebsten Haus und Garten auch dran geben und in eine andere Stadt ziehen, um von der unliebsamen Nachbarschaft befreit zu werden.

Es mußte ihm doch schwer sein, diesen Mann in seiner Nähe zu haben, wiewohl er fast gar nicht mit ihm in Berührung kam. Besonders im Winter, als das Leben im Garten aufhörte, sah und hörte man nicht viel voneinander, zudem verkehrten Dunkers in anderen Kreisen als die Nachbarn. Sie hatten wohl auch im Winter ihre kleinen geselligen Vereinigungen, aber meistens waren sie abends zu Hause und lebten mit ihren Kindern. Es wurde vorgelesen, musiziert oder der Vater sprach mit den Söhnen über das, was in der Schule im Geschichts- oder Religionsunterricht behandelt wurde und förderte sie so durch anregende Gespräche. Das Leben in den beiden Nachbarhäusern war ein ganz verschiedenes, während es sich früher so harmonisch gestaltet hatte. Da hatten die Kinder oft hübsche Aufführungen vorgenommen oder aus den Klassikern gelesen, wobei der Herr Oberlehrer Anweisungen gab. Wie anregend und vergnüglich war das! Die Kramer'schen Kinder saßen viel allein, zankten und prügelten sich und trieben allerlei Dummheiten, wenn die Eltern nicht daheim waren.

Man gewöhnte sich schließlich daran, daß beide Häuser keine Zusammengehörigkeiten hatten, ja, daß nicht einmal freundliche Beziehungen zwischen beiden Familien bestehen konnten. Und doch blieb es nicht aus, daß ein oder das andere der Kinder sich zu einem der Nachbarskinder hingezogen fühlte. Es war eine 13jährige Tochter bei Kramers, die mit Gretchen dieselbe höhere Töchterschule besuchte, ja mit ihr in einer Klasse war. Da kam es vor, daß sie oft nicht mit den Arbeiten zurecht kam und sich dann einmal auf dem Schulweg an Gretchen anschloß, sie nach diesem und jenem fragte. Als sie erst merkte, daß diese immer freundlich und gefällig Auskunft gab, wandte sie sich öfter an sie, fing an, sie freundlich zu grüßen und sich mit ihr zu unterhalten. Reinhold neckte Gertrud nicht mehr, es war sogar vorgekommen, daß er ihr hier und da kleine Aufmerksamkeiten erwies, aber ganz unauffällig. Es war ein großer Hund in der Nähe, vor dem die Kleine Furcht hatte. Wenn er in Sicht kam und Trudchen anfing zu laufen, merkte sie, daß er ihn fortjagte. Dadurch entstand ein dankbares Gefühl gegen ihn in ihrem Herzen, ja es geschah ab und an, daß sie ihm freundlich zunickte. Die anderen Jungen, vier oder fünf an der Zahl, blieben wie sie waren, Georg und Heinz hatten nichts mit ihnen gemein. —

So verging ein Jahr nach dem anderen in gleicher Weise, und wenn wir sechs Jahre nach dem eben Erzählten wieder bei Herrn und Frau Dunker einkehren, wie sie an einem Sonnabend zusammen unter der großen Linde sitzen, so merken wir, daß sie beide älter geworden sind. Herr Dunker hat einen grauen Kopf bekommen, etwas früh für seine Jahre, aber Sorgen mögen ihn gedrückt haben und ihn vor der Zeit ergrauen lassen. Frau Maria hat noch immer ihre schönen goldblonden Haare, obwohl sie behauptet, auch schon Silberfäden gefunden zu haben.

»Mutter, du siehst noch so jung aus, als wärest du unsere Schwester«, hatte Christian auf diese Behauptung hin geäußert. »Dein Aussehen ist jung, dein Gang elastisch, und wenn man denkt, was du noch leistest« —

»Nun, übertreibe nur nicht«, hatte sie dem jungen, lang aufgeschossenen Studenten geantwortet. »Es geht alles nicht mehr wie sonst.«

Heute waren die Eltern allein. Die Kinder machten einen gemeinsamen Ausflug in die Umgegend und waren noch nicht zurück. »Otto«, sagte Frau Dunker und streckte ihm die Hand hin, »du müßtest etwas für deine Gesundheit tun. Der Arzt will, du sollst einige Wochen an die See gehen, das würde wesentlich zu deiner Erholung beitragen.«

»Es wird nicht gehen, Maria.«

»Warum sollte es nicht gehen? Die Fabrik ist günstig verkauft, alle darauf liegenden Schulden gedeckt, es bleibt so viel, daß wir anständig davon leben können.«

»Aber ich muß an das Studium meiner Söhne denken, an das Freiwilligenjahr von Christian und muß irgendeine Tätigkeit suchen, die mir Einnahme und Befriedigung bringt. Ich habe schon mit Herrn Kommerzienrat Grote gesprochen, er will mir gern eine Vertrauensstelle in seinem Kontor einräumen. Ohne Arbeit kann ich noch nicht sein, das würde mich krank machen.«

»Das weiß ich, Herzensmann, und eine Tätigkeit gönne ich dir von Herzen, aber erst mußt du eine Erholungszeit haben, du bist im höchsten Grade abgespannt und angegriffen.«

»Dann müßt ihr alle mitkommen. Ohne dich und die Kinder gehe ich nicht.«

»Dann hätte es in den Ferien sein müssen, während der Schulzeit geht es nicht. Nein, Otto, wir bleiben hübsch daheim und du hast mehr Ruhe, wenn du einige Wochen allein nur deiner Gesundheit lebst. Doch jetzt kommen die Kinder, wir wollen hören, was die meinen!«

Es wurde Leben im Hause. Man suchte die Eltern, wußte sie aber bald zu finden an dem gewöhnlichen Sammelplatz der Familie. Da kam das schlanke achtzehnjährige Gretchen, zwar blond wie die Mutter, sonst mehr dem Vater ähnlich. Sie war nicht hübsch, ein breites Gesicht mit einem Stumpfnäschen, aber treuherzige blaue Vergißmeinnichtaugen mit einem gutherzigen Ausdruck. Sie trug einen großen Feldblumenstrauß und legte ihn vor die Mutter hin. Christian hatte seltene Steine gefunden, die er dem Vater zur Prüfung vorlegte.

Georg und Heinz, jetzt höhere Gymnasiasten, hatten allerlei seltene Farnkräuter und Pflanzen, die sie pressen wollten. Die zwölfjährige Gertrud hatte nichts; sie meinte, sie hätte die Feldblumen für die Mutter pflücken helfen. »Ja, einige wohl«, lachte Gretchen. »Sie ist aber mit Reinhold auf den Hügeln herumgeklettert und hat Brombeeren gegessen.«

»Ist denn Reinhold mitgewesen?«

»Ja, denkt nur, er und Lieschen fragten, ob wir sie mitnehmen wollten. Sie müssen im Garten gewesen sein, als wir davon sprachen und kamen hinter uns her, als wir schon aus der Stadt waren.«

»Kinder, seht euch vor«, warnte der Vater. »Ihr wißt, die Eltern wünschen keinen Umgang.«

»Diese beiden sind die nettesten. Sie tun sich immer wieder zu uns, wir können sie doch nicht fortweisen«, meinte Georg.

»Ich bin sogar schon im Nachbarhause bei Lieschen gewesen«, triumphierte Gretchen.

»Aber Gretchen, du weißt, daß wir es nicht wünschen, daß ihr drüben Besuche macht. Das Ende wird sein, daß man euch herauswirft«, tadelte der Vater.

»Lieschen sagte: Komm doch, die Eltern sind nicht zu Hause.«

»Darin liegt schon das Unrecht, daß ihr es heimlich tut. Ich habe nichts dagegen, wenn Lieschen dich hier besucht«, sagte die Mutter, »aber gehe du nicht zu ihr.«

»Wenn ihr es nicht wollt« –

»Reinhold und ich sprechen oft zusammen, obgleich wir Feinde sind«, ließ sich Trudchen vernehmen.

Alle lachten. »Das nennt man gerade keine Feindschaft mehr«, äußerte Christian. »Meine Hiebe von damals haben doch Wunder getan.« Er ahnte nicht, daß

Trudchen einst Worte gesprochen, die vielleicht dies Wunder bewirkt hatten.

»Etwas anderes, Kinder! Was sagt ihr, wenn wir unseren lieben Vater einige Wochen an die See schicken?«

»Ja, der Vater muß an die See!« »Der Vater muß eine Erholung haben.« »Vater sieht elend aus, er muß eine Erholung haben.« »Er muß einmal Ferien machen.« So schwirrte es durcheinander.

»Kinder, das Reisen kostet Geld«, rief der Vater. »Für uns hast du immer Geld, für dich willst du nie etwas tun, Vater«, rief Gretchen, und Christian fügte hinzu: »Vater, das teure Buch, um das ich dich kürzlich bat, brauchst du mir nicht mehr zu kaufen, ich kann es von einem Freund entleihen.«

»Und Heinz und ich«, versetzte Georg, »haben keine neuen Anzüge nötig, wie Mutter meinte. Unsere Sonntagsjacken sind noch ganz gut.«

»Ich will auch kein neues Kleid haben, wenn Vater an die See geht!« rief Gertrud. Sie wollte nicht nachstehen, wenn die anderen Geschwister es dem Vater erleichtern wollten.

»Also meine Kinder gönnen mir den Ausflug. Nun, Mutter, dann müssen wir wohl zur Reise rüsten.«

»Vater, du darfst nun sagen, in welches Bad du möchtest, dann lassen wir Prospekte kommen.«

»Mutter und Kinder befehlen, und der Vater muß gehorchen«, schmunzelte Herr Dunker.

6. Familie Kramer

Es wurde ernstlich gerüstet zu einer Erholungsreise für den Vater. Herr Dunker hatte alle die Jahre eine schwere Arbeitslast auf den Schultern gehabt, dabei die mancherlei Sorgen und nun zuletzt die Abwicklung der Geschäfte beim Verkauf der Fabrik sowie vieles Unangenehme, was damit zusammenhing. Dazu kam mancher stille Ärger mit dem Nachbar. Er sagte seiner Frau nicht alles, was er durch ihn zu leiden hatte. Sie trafen mitunter in der Stadt zusammen, wo Herrn Kramers feindselige Blicke ihn oft trafen. Leider mußte er auch wahrnehmen, daß er ihm anderweitig zu schaden trachtete. Er suchte oft, seinen Nachbar in ein gehässiges Licht zu stellen, so daß solche, welche ihn nicht kannten, gegen Herrn Dunker eingenommen wurden. So wußte der letztere, daß er ihm einen Käufer, der schon wegen der Fabrik in Unterhandlung mit ihm gewesen war, verscheucht hatte, ein Freund hatte es ihm verraten. Dunker wußte recht gut, woher die Feindschaft stammte, aber er war zu edel, um die alten Geschichten ans Licht zu ziehen. Besser Unrecht leiden, als Unrecht tun. Es fand sich schließlich ein anderer Käufer, und allmählich wickelte sich unter Gottes Beistand alles glücklich für ihn ab.

Und kam er nach mühevollem Tagewerk nach Hause, so empfing ihn Friede und Freude. Er fand immer ein freundliches Gesicht, ein harmonisches Wesen bei seiner Maria. Sie hatte stets Zeit für ihn, hatte keine Klagen, war nie durch Kleinigkeiten verstimmt oder übel gelaunt, wie es im Nachbarhause bei Frau Kramer leider oft der Fall war.

Heute z. B. war wieder ein böser Tag drüben. Ein großer Mädchenskandal. Das Mädchen war am Sonntagabend nicht, wie es sollte, nach Hause gekommen, sondern erst am Montag. Darob große Entrüstung, arge Schimpfworte flogen hin und her, denn das Mädchen, das erst kurze Zeit da war, antwortete mit gleicher Münze.

Auf einmal sah man das Mädchen aus der Hoftür rennen, etwas Unverständliches schreien, durch den Garten laufen, über den Zaun steigen und querfeldein über die Wiesen laufen.

Frau Maria, die mit Rieke in der Küche war, fragte diese, ob sie gehört habe, was Lotte geschrieen. »Sie rief, sie wolle ins Wasser gehen.«

»Sie wird es doch nicht tun«, sagte Frau Dunker erschrocken.

»Das tut sie. Das Mädchen ist leidenschaftlich, im Zorn weiß sie nicht, was sie tut.« »Lauf ihr nach, halte sie zurück«, bat Frau Maria.

»Sie ist längst über alle Berge, die hole ich nimmer ein.«

Die Kinder erzählten am Mittag, Reinhold hätte gesagt, ihre Lotte hätte sich im Fluß hinter ihren Gärten ertränkt.

»Redet keinen Unsinn, Kinder«, warnte der Vater.

»Ja, Vater, es wird wohl wahr sein«, stimmte Gretchen bei. »Lieschen bat mich vorhin, ich möchte mit ihr zu Lottes Mutter gehen, sie möchte nicht allein gehen. Sie sollte fragen, ob das Mädchen bei ihr sei. Die Mutter war ganz verwundert, als wir kamen, und sagte, sie habe ihre Tochter nicht gesehen, Lieschens Mutter müsse doch besser wissen als sie, wo sie sei. Lieschen ist es nun auch angst geworden, ebenso Frau Kramer, sie fürchten, daß Lotte ihr Vorhaben ausgeführt habe, weil sie ganz von Sinnen gewesen sei.«

»Die Leute gehen nicht so schnell ins Wasser, glaubt es mir«, meinte der Vater. »Wißt ihr übrigens schon, daß der alte Herr von Henning, unser Nachbar zur Linken, gestorben ist?«

»Nachbar, sagst du, Vater«, bemerkte Heinz. »Der wohnt doch ein ganzes Stück weg von uns.«

»Nächster Nachbar war er ja nicht, es liegen einige kleine Häuser dazwischen« –

»Und dann kommt noch ein Stück von dem Park, der zu Herrn von Hennings Villa gehört«, warf Georg dazwischen.

»Nun ja, Kinder, insofern habt ihr recht. Ich nenne ihn nur Nachbar, weil er in unserer Nähe wohnte, hier täglich vorbeiging und sich stets freundschaftlich und nachbarlich zu mir stellte.«

»Ich mochte den alten Herrn immer gern«, bemerkte Frau Dunker, froh, daß die Mädchengeschichte ein Ende hatte. »Was mag ihm gefehlt haben?«

»Der Diener sagte mir, eine Lungenentzündung habe seinem Leben ein Ende gesetzt. Ich bin neugierig, was aus der schönen Villa und dem wohlgepflegten Park wird.«

»Sind keine Kinder da?«

»Ich glaube nicht. Es können ja aber Neffen oder Nichten oder andere Erben da sein.«

»Da gibt es also wieder Veränderungen in unserer nächsten Nähe«, sagte Frau Maria.

»Wollte Gott, es wären angenehme«, seufzte Herr Dunker.

»Nun ist wieder großer Lärm drüben im Hof«, berichtete Rieke, die kam, den Tisch abzuräumen. Sie war schon lange in der Familie Dunker und konnte sich erlauben, ein Wörtchen mitzusprechen.

»Ist Lotte wieder da?«

»Nein, ihre Mutter. Sie will wissen, wo ihr Kind ist. Sie hat in ihrer Kammer einen Zettel gefunden, darauf steht: ›Ich gehe ins Wasser, weil die Frau mich schlecht behandelt.‹ Nun verlangt die Mutter, es soll nachgeforscht werden, wo ihre Lotte ist.«

»So zieht eine Sünde immer die andere nach sich«, klagte Frau Maria. »O, wie kann dies arme verblendete Mädchen mir leid tun.«

»Glaubt es mir, sie liegt noch nicht im Wasser«, sagte Herr Dunker kopfschüttelnd und verließ das Zimmer.

Am Abend ging Frau Maria in die innere Stadt, um Besorgungen zu machen. Sie nahm Gretchen mit sich und besuchte verschiedene Läden, in denen sie zu kaufen pflegte. Sie traten eben aus einem Laden, als Gretchen plötzlich rief: »Mutter, sieh! Da steht Lotte am Bilderladen mit einem jungen Herrn am Arm.«

Wirklich, da stand das Mädel, frisch, rosig und lachend. Es war, als ob sich ein Druck löste vom Herzen der Frau Dunker, die Geschichte hatte ihr den ganzen Tag zu schaffen gemacht. Wenn sie doch das Mädchen bewegen könnte, zu ihrer Herrin zurückzugehen. Da — jetzt verabschiedete sich der junge Mann von ihr; sollte sie versuchen, mit ihr zu reden?

Lotte schlenderte langsam durch die Straße, blieb immer wieder stehen und sah sich an den Läden an, was ihr gefiel. Da rief Frau Dunker sie bei Namen. Schnell wandte sie sich um und wurde feuerrot.

»Lotte«, begann Frau Maria, »wie können Sie Ihre Herrschaft so in Angst und Schrecken setzen, überall hat man Sie gesucht.«

»Die Frau sollte auch Angst haben, sie sollte denken, ich läge im Wasser und sie wäre schuld.«

»Und Ihre arme Mutter?«

»Zu der gehe ich jetzt, dann sieht sie, daß ich lebe.«

»Gehen Sie zu Ihrer Herrschaft zurück, bitten Sie Frau Kramer um Verzeihung und bleiben Sie nicht wieder die ganze Nacht auf dem Tanzboden.«

»Nein, zu Frau Kramer geh' ich nicht wieder, wenn sie mich wieder haben will, kann sie mich von meiner Mutter holen.«

Es war nichts mit dem Mädchen zu machen, Ermahnungen fruchteten nichts.

So ging sie mit Gretchen ihrem Hause zu. Eben dachte sie daran, ob sie wohl Botschaft hinüberschicken möchte und Frau Kramer sagen lassen, daß sie sich nicht beunruhigen solle, da näherten sie sich dem Hause, aus dem ein wütendes Geschrei ertönte.

»Was ist nur geschehen«, rief Frau Dunker besorgt, »da scheint ein Unglück passiert zu sein!«

»Die Jungen sind heute allein zu Hause. Lieschen erzählte mir, daß die Eltern und sie eine Einladung hätten zu den reichen Vogts; sie hat eine kostbare, neue Toilette dazu bekommen.«

Frau Maria schwieg, dachte aber, daß sie nicht den Mut gehabt haben würde, am heutigen Abend zu einer Gesellschaft zu gehen.

»Ob wir hineingehen?« fragte sie sich bang.

Das Schreien hörte nicht auf, dazwischen klang es wie leises Wimmern. Entschlossen sagte sie: »Komm Gretchen, wir gehen, es mag werden, was da will, es ist Nächstenpflicht.«

Als sie eben die Haustür öffnen wollte, stürzte Reinhold heraus. »O, Frau Dunker, kommen Sie schnell. Edgar und Otto, die beide Karten miteinander spielten, haben sich furchtbar erzürnt. Edgar hat Otto mit einem Messer verwundet, das Blut stürzt aus der Wunde.«

»Lauf schnell zum Arzt, mein Junge, ich gehe zu den Brüdern.«

Sie eilte ins Zimmer. Da hockten die Jungen alle um den Blessierten, aber keiner war so vernünftig gewesen, Wasser zu holen und das Blut damit zu stillen. Edgar, ein großer 17jähriger Primaner, stand mit finsterem, verlegenem Gesicht am Tisch und entfernte sich schnell, als er Frau Dunker eintreten sah. Die Karten lagen zerstreut auf dem Tisch und auf dem Erdboden. Reste vom Abendbrot standen auf ungedecktem Tisch. Eine große Unordung herrschte im Zimmer. Aber das alles war jetzt Nebensache.

»Schnell Wasser, Gretchen!« Das junge Mädchen hatte schon eine Wasserflasche entdeckt. Sie hatte irgendwo eine Schüssel stehen sehen und das Wasser hineingetan. In Ermangelung von Leinwand nahm Frau Dunker schnell ihr eigenes Taschentuch und wusch zunächst das Blut ab. Sie sah zu ihrem Schrecken die klaffende Wunde an der Stirne. Immer noch floß das Blut, der Junge war schon ganz blaß geworden von dem Verlust. Er sagte leise: »Ich danke Ihnen.« Es schien ihm eine Wohltat, das kühlende Wasser auf der blutenden Stirn.

»Etwas frisches Wasser, Gretchen«, bat Frau Maria.

»Wo ist die Küche?« fragte diese beklommen.

»Du weißt es doch von früher.«

»Ach ja, ich weiß es. Aber es ist so finster.«

»Ihr Jungen, rührt euch einmal«, sagte Frau Dunker zu den beiden, die noch immer da hockten und genau zusahen, was die Nachbarin mit dem verletzten Bruder machte.

Da sprangen sie auf und gingen mit Gretchen, zündeten das Gas in der Küche an und ließen frisches Wasser ein.

Kam denn der Doktor nicht bald? Die Wunde mußte genäht werden, es war höchste Zeit.

»Daß sich auch Lotte gerade heute ertränken mußte, sonst wäre die doch dagewesen«, sagte einer der Jungen zu Gretchen.

Da klingelte es. Dr. Werner trat ein. Er war Dunkers wohlbekannter Hausfreund. Nach Reinholds Beschreibungen hatte er sich gedacht, daß genäht werden müsse, und hatte alles Erforderliche dazu mitgebracht. Mit Marias geschicktem Beistand war die Sache bald in Ordnung, der Verband angebracht und der Junge auf die Chaiselongue gelegt.

»Eine schöne Überraschung für die Eltern«, murmelte der Doktor kopfschüttelnd. »Ich habe übrigens Reinhold geraten, die Mutter zu holen, es ist immerhin eine tiefe Wunde, es wird Zeit erfordern, eh' sie heilt. Eine Tollheit von den jungen Leuten, gleich die Messer zu ziehen. Wer ist denn der Missetäter?« Er sah die beiden Buben scharf an.

»Wir sind es gar nicht gewesen. Edgar, unser ältester Bruder, war so böse, weil Otto ihn beim Kartenspiel betrog. Nun ist er nach oben gegangen.«

»Das glaube ich«, sagte der Arzt. »Jetzt zieht er sich aus der Affäre.«

Es klingelte wieder. Eilige Schritte ließen sich vernehmen.

Frau Dunker erschrak. Es war das erstemal, daß sie in den Räumen des Nachbarhauses war, wie würde Frau Kramer ihr begegnen? Eine Dame in schwerer Seide rauschte herein.

»Doktor«, sagte sie, »was haben die bösen Buben gemacht?« Sie verneigte sich leicht gegen Frau Maria, die sich etwas in den Hintergrund zurückgezogen hatte, und sagte verlegen: »Sehr freundlich von Ihnen.«

Der Doktor gab ihr Verhaltensmaßregeln, da wahrscheinlich etwas Wundfieber dazukommen würde, und ging dann mit dem Versprechen, morgen wieder nachzusehen.

Auch Frau Maria glaubte jetzt entbehrt werden zu können und wollte sich still entfernen. Da plötzlich schien es wie eine Regung über Frau Kramer zu kommen. Sie warf sich leidenschaftlich der Nachbarin an den Hals und begann zu weinen.

»Ich habe so böse Kinder, ich habe ein böses Mädchen und mein Mann ...«

Weiter kam sie nicht. Frau Maria konnte nicht umhin, in herzlichem Mitgefühl zu sagen: »Ja, Sie haben es schwer, Sie arme Frau.«

»Heute war es zu bunt«, fuhr Frau Kramer fort. »Ich hoffte, mich nach dem Schrecken mit dem Mädchen etwas zu zerstreuen, denn wer weiß, welche Unannehmlichkeiten noch folgen werden; nun kommt dies. Frau Dunker, Sie sind besser als ich, das sehe ich ein, ich danke Ihnen.«

»Wenn ich Ihnen helfen kann, so tue ich es jederzeit gern, aber man will sich nicht aufdrängen. Übrigens kann ich Ihnen zum Trost sagen, daß Ihre Lotte sich nicht ertränkt hat, ich habe sie in der Stadt spazieren gehen sehen und selbst mit ihr gesprochen.«

»Gott sei Dank«, sagte Frau Kramer erleichtert. »Wo hält sie sich denn auf?« »Sie ist bei der Mutter. Sie müssen sehen, ob sie gewillt ist, wieder zu Ihnen zu kommen. Zugeredet habe ich ihr.«

»Sie ist ein sehr brauchbares Mädchen, aber leichtsinnig. Es wäre gut, wenn sie wiederkäme. Diese ist in diesem Jahr schon die sechste, sie taugen alle nichts.«

Frau Maria schwieg. Es war die höchste Zeit, daß sie nach Hause ging, obwohl Gretchen schon vorangeeilt war, und sie wußte, daß sie und Rieke den Tisch gedeckt und das Abendbrot fertig gemacht haben würden.

Sie ging zu Otto, der ziemlich ermattet von dem Blutverlust dalag, wünschte ihm gute Besserung, wies noch einmal den Dank der Frau Kramer mit bescheidenen Worten zurück und verließ das Nachbarhaus.

Als sie in ihre Behausung kam, saß die Familie bereits in der Eßstube um den großen runden Familientisch beisammen. Die Hängelampe brannte. Welch einen gemütlichen, behaglichen Eindruck machte dieser wohlgeordnete Haushalt!

»Nun, Mutter, es ist gut, daß du kommst. Wir wollten eben ohne dich anfangen, da Gretchen meinte, es könne noch lange währen. Komm, setze dich zu mir, Maria, du wirst müde sein.« Herr Dunker strich ihr liebevoll die Wangen.

»Müde nicht, aber erschüttert. Wenn ich mir dächte, meine Kinder betrügen sich so, wenn ich einmal nicht daheim bin.« Da streckte ihr Heinz treuherzig die Hand hin und sagte: »Mutter, das tun wir ja gar nicht.«

»Gretchen hat uns schon alles berichtet, wir wollen nicht weiter darüber sprechen. Gretchen, teile du heute die Suppe aus, Mutter soll jetzt ruhen.« Es ging still und ernst zu. Die Ereignisse drüben ließen bei allen nicht die Fröhlichkeit aufkommen, die sonst im Familienkreise zu herrschen pflegte.

Später am Abend, als die Eltern allein über die Vorkommnisse des Tages sprachen, meinte Maria: »Es ist merkwürdig, daß Herr Kramer nie zu sehen ist, man hätte denken sollen, daß er auch nach Hause geeilt wäre auf die Nachricht von der Verwundung des Sohnes.«

»Er hat es wahrscheinlich nicht erfahren. Der Kleine wird wohl die Mutter gerufen haben. Er wird wohl mit den Herren im anderen Zimmer am Kartentisch gesessen haben. Es heißt überhaupt in der Stadt, er sei dem Spiel ergeben. Ich fürchte, es nimmt hier in der Nachbarschaft einmal kein gutes Ende.«

»Der Mann hat etwas Scheues«, meinte Frau Dunker. »Ich bin ihm in allen Jahren zwar erst selten begegnet, aber ich habe noch nie Gelegenheit gehabt, ihm ins Auge zu sehen.«

»Er kann uns nicht gerade ansehen, das hat seine Gründe. Doch laß' gut sein, du hast deine Pflicht heute getan, und vielleicht gewinnst du die Frau mit der Zeit.«

»Ich glaube, sie ist nicht glücklich mit ihrem Mann. Heute ist es mir zum Bewußtsein gekommen. Es war immer, als wollte sie noch etwas sagen, aber als sei ihr die Zunge gebannt«, sagte Frau Dunker.

»Es ist spät, Maria, laß uns schlafen gehen. In acht Tagen reise ich.«

»Darauf freue ich mich. Es ist hohe Zeit, daß du aus allem einmal herauskommst, dann geht's mit frischen Kräften vorwärts.«

7. Im Seebad

Schöne Herbsttage folgten auf den etwas regenreichen Sommer. Herr Dunker war abgereist, eine Strecke von Georg und Heinz begleitet, die eine Einladung von Onkel und Tante hatten, die Herbstferien bei ihnen zu verbringen. Onkel Ernst war schon seit einigen Jahren zum Direktor des Gymnasiums in E. ernannt nach dem Tode des vorigen und lebte in sehr angenehmen Verhältnissen.

Herr Dunker reiste weiter bis an die Küste und ließ sich in dem Seebad St. in einem Hotel zweiten Ranges ein bequemes Zimmer geben, von wo er den Anblick der See genießen konnte. Das war ihm Hauptsache. Im übrigen fand er in dem Gasthof alles, was zu seines Leibes Nahrung und Notdurft gehörte, also daß er um nichts zu sorgen brauchte, nur seiner Gesundheit leben konnte.

Wie tat es ihm wohl, als die frische Seeluft seine Schläfen umwehte, als er frei und ledig aller Sorgen sich in der Stille am Strande ergehen konnte, das Tun und Treiben des Badelebens beobachten, oder sich über die Kinder freuend, die in ihrem Nachahmungstrieb am Seestrand große Burgen erbauten, Höhlen und Kanäle gruben, um dann das Meerwasser hineinzuleiten und sich dabei im Schweiße ihres Angesichtes abzuarbeiten.

Oft stand er still und sah ihnen zu, oft ging er aber weiter auf den langen Steindamm hinaus, der weit ins Meer hineinragte. Da umspülten ihn die Wellen von beiden Seiten, und wenn Sturm kam und hoher Seegang, da schlugen die Wellen über den Damm hinweg. Das machte dem Mann aus dem Gebirge großen Spaß, er konnte lange dem Schauspiel zusehen. Oft wünschte er die Seinen hierher, besonders, wenn er ganze Familien heranziehen sah. Es gab nicht viele einsame Männer wie ihn, man sah nur gruppenweise die Herren zusammengehen, oder es taten sich zwei und zwei zusammen, die sich zueinander hingezogen fühlten.

Seit einigen Tagen jedoch war ein Herr aufgetaucht, der ihm einen sympathischen Eindruck machte, der sich auch, wie er, ganz allein hielt. Er suchte weder abends die Gesellschaft der übrigen Herren, noch schloß er sich draußen an irgend jemand an. Dunker traf ihn oft auf einsamen Spaziergängen, sein Interesse für ihn ward rege. Der Mann mußte Kummer gehabt haben, schon ein paarmal hörte er ihn seufzen. Er mochte ihn nicht anreden, aber einmal kam doch die Gelegenheit dazu. Der eine kam vom Strande, der andere ging dorthin. Da kam ein Windstoß und riß dem Fremden den Hut vom Kopf. Er rannte schleunigst hinterher, denn die Kopfbedeckung rollte dem Meere zu. Da kam Herr Dunker ihm zuvor. Er ergriff den Hut, und mit freundlicher Verbeugung überreichte er ihn dem Unbekannten. Dieser dankte höflich, und einige weitere Worte waren unausbleiblich. Am nächsten Tage trafen sie sich wieder, da wurde über das Wetter gemutmaßt, und dann gab ein Wort das andere. Am dritten Tage schüttelte man schon Hände miteinander, und Herr Dunker schrieb ganz vergnügt nach Hause, er habe eine sehr angenehme Bekanntschaft gemacht, ein kluger, interessanter Mann, ein gewisser Rechtsanwalt Belzer, sei hier mit ihm zusammengetroffen. Sie wohnten in einem Hotel und hätten schon einen kleinen Spaziergang zusammen gemacht. Er hoffe, es werde ein angenehmer Umgang für ihn werden in dieser Zeit.

Einmal, als die Herren einen längeren Spaziergang miteinander machten, erzählte Herr Dunker von seiner Familie. Er hatte gerade längere Briefe von daheim und hatte das Bedürfnis, sich gegen jemand auszusprechen. »Ich habe ein wenig Heimweh nach meiner Frau«, sagte er.

»Ich jeden Tag«, versetzte Herr Belzer und fügte mit einem tiefen Seufzer hinzu: »Meine Sehnsucht kann auf Erden nicht mehr gestillt werden, meine geliebte Frau ist im Frühling heimgegangen.«

»Sie armer Mann«, sagte Herr Dunker in herzlichem Mitgefühl. »Haben Sie keine Familie?«

»Nur ein Töchterchen von 16 Jahren. Da wir in einer kleinen Stadt leben, so haben wir sie, als sie 12 Jahre alt war, in eine Pension gegeben in der Residenz, damit sie etwas Tüchtiges lernt. Sie kommt aber zum Winter nach Hause, damit es mir nicht zu einsam wird.«

Dann sprachen die Herren von ihren Frauen. Der Rechtsanwalt erzählte, wie die Entschlafene seines Hauses Zierde und Krone gewesen, wie der rauhe März ihr eine Lungenentzündung gebracht, die in wenigen Tagen ihre zarte Konstitution aufgerieben habe. Er könne sich noch gar nicht zurechtfinden ohne sie. Nun hätte der Arzt auf Zerstreuung gedrungen und ihm geraten, auf einige Wochen sein Heim zu verlassen, um andere Eindrücke zu gewinnen. Er fühle auch, daß es ihm wohl tue. Er habe erst ganz für sich bleiben wollen, aber er merke, die Aussprache tue ihm gut, besonders mit einem Gleichgesinnten.

»So geht es mir auch«, erwiderte Dunker. »Wo ich gleiche Gesinnung finde und Vertrauen fassen kann, da suche ich gern Verkehr. So wollen wir es einem glücklichen Zufall, oder vielmehr einer gütigen Fügung verdanken, daß wir uns näher kennenlernten.«

Sie schüttelten sich die Hände und kamen seitdem täglich zusammen. Da die Abende schon länger waren und sie nicht liebten, in dem Gesellschaftszimmer des Hotels oder in anderen Restaurants zu sitzen, so besuchten sie sich auf ihrem Zimmer, rauchten eine Zigarre zusammen, politisierten, oder der Rechtsanwalt erzählte interessante Sachen aus seiner Praxis. So verging die Zeit im Fluge, man merkte kaum, wie die Wochen schwanden. Am Schluß des Urlaubs nahm Herr Dunker seinem neuerworbenen Freund das Versprechen ab, er müsse ihn durchaus einmal besuchen, er müsse seine Frau, wie auch seine Familie kennenlernen.

Neu gestärkt an Leib und Seele kam Dunker wieder nach Hause. Alle freuten sich seines Aussehens, auch war seine Stimmung eine viel heitere als vordem. Und als er nun bei dem befreundeten Kommerzienrat die Stelle als Prokurist in dessen Kontor bekam, die mit einem ansehnlichen Gehalt verbunden war, da war er doppelt dankbar, daß alle Sorgen, die er früher um den eigenen Besitz gehabt, abgestreift waren und er nun im Besitz eines hübschen Hauses und Gartens glücklich und zufrieden mit seiner Familie leben konnte. Sein ältester Sohn Christian, der Student, kostete jetzt schon eine größere Summe, aber er war ein fleißiger und begabter Jüngling, wandte seine Zeit gut an und berechtigte zu den schönsten Hoffnungen. Er studierte Naturwissenschaften und Chemie, hatte auch die langen Sommerferien daheim zum fleißigen Arbeiten benutzt und war nebenbei während des Vaters Abwesenheit der Mutter Beistand und Stütze gewesen. Jetzt war er wieder zur Universität abgereist. Christian konnte mitunter etwas Absprechendes, Rechthaberisches haben und hatte nicht gerade eine liebenswürdige Außenseite. Aber ein treues, aufrichtiges Gemüt war vorhanden, seinen Geschwistern war er ein guter Bruder, wenn er ihnen gegenüber auch oft betonte, daß er als Ältester gewisse Vorrechte beanspruche. Trudchen war sein Liebling, ihr schlug er so leicht keine Bitte ab. Gegen das weibliche Geschlecht war er zurückhaltend, er konnte im Verkehr mit Damen etwas Hölzernes, Steifes haben.

Die Mutter war wirklich der Frau Kramer in dieser Zeit ein klein wenig näher gekommen. Zu ihrem großen Erstaunen klopfte es eines Tages, Frau Kramer erschien selbst und brachte das gewaschene Taschentuch, das Frau Maria an jenem Abend auf die Wunde gelegt hatte. Sie setzte sich zwar auf Frau Dunkers Bitten nicht, verweilte aber stehend ein bißchen und sprach einige freundliche Worte. Frau Maria hatte aber das Gefühl, als ob die Nachbarin auf Kohlen stände. Hatte sie Eile, oder fürchtete sie das Verbot ihres Mannes?

Lotte war richtig wieder eingerückt. »Es is bei alle was«, hatte sie gesagt, »wenn man einmal in Stellung gehen muß, is es egal, wo man is. Gutes Essen hab' ich ja und aus Schelten mach' ich mir nu nichts. Geschenkt hat sie mir auch was.« So war der Friede nach dieser Seite hin wieder hergestellt.

Die Tage wurden allmählich kürzer, rauhe Winde wehten, die Gärten standen verödet, nicht lange, da setzte der Winter ein mit Schnee und Eis. Er kam früh in diesem Jahr, aber für die Kinder und jungen Leute immer willkommen. Eissport ging ihnen über alles. Georg und Heinz hatten denn auch bald ihre Schlittschuhe vorgesucht und wanderten in den Freistunden nach dem Fluß, auf dessen Eisfläche schon reges Leben herrschte.

Eines Tages kamen sie mit der Nachricht nach Hause, die verlassene Villa müsse wieder bewohnt sein, sie hätten Licht dort brennen sehen im Hausflur und in den Zimmern. Nun mutmaßten sie wieder, welche Familie dort wohl eingerückt sein werde. Hoffentlich gäbe es nette Jungen von ihrem Alter, mit denen es sich anständig verkehren lasse.

Frau Maria, die es hörte, seufzte innerlich: Nur nicht noch eine solche Familie, wie die nächstwohnende. Dann zündete sie die Lampe an über dem großen Familientisch, die Jungen holten ihre Schularbeiten, sie und Gretchen hatten Wäsche auszubessern, Gertrud lernte französische Vokabeln, ein friedliches, gemütliches Familienbild.

Es klingelte an der Haustür, männliche Tritte ließen sich hören, es stampfte jemand Schnee von den Füßen und schien mit Rieke zu sprechen.

»Gretchen, sieh, wer da kommt. Ist es ein fremder Herr, so führe ihn ins Besuchszimmer und zünde die Lampe an.« Rieke begegnete ihr schon in der Tür. »Ein ganz fremder Herr«, flüsterte sie.

Gretchen ging hinaus und verbeugte sich. Der Herr, sich ebenfalls verneigend, fragte: »Kann ich Herrn Dunker sprechen?«

»Mein Vater kommt erst um sieben Uhr aus dem Kontor, aber wenn Sie die Mutter sprechen wollen, sie ist zu Hause. Bitte, wollen Sie hier eintreten?« Sie öffnete das Besuchszimmer, drehte die Lampe auf und bat den Herrn Platz zu nehmen. Dann eilte sie zur Mutter.

»Er will Vater sprechen, seinen Namen hat er noch nicht genannt.«

»Vielleicht der neue Besitzer der Villa«, dachte Frau Maria und ging.

Ziemlich bekannt kam der Herr auf sie zu. »Frau Dunker?« sagte er mit freundlicher Verbeugung, als ob er sie lange kennte.

»Verzeihen Sie, Frau Dunker, daß ich Sie gleich anrede, aber Ihr Herr Gemahl hat mir so viel Liebenswertes von Ihnen erzählt, daß mir ist, als müßte ich Sie lange kennen. Ich bin der Rechtsanwalt Belzer aus dem Städtchen R. Ich hatte Ihrem Herrn Gemahl versprochen, wenn meine Geschäftsreisen mich einmal in die Nähe seiner Heimat führen sollten, ihn zu besuchen. Dies Versprechen wollte ich halten, Sie müssen nur verzeihen, daß ich unangemeldet komme und zu unpassender Stunde.«

»O, wie sehr wird mein Mann sich freuen. Er hat mir so viel von Ihnen erzählt, und wie die Bekanntschaft mit Ihnen zu den wertvollsten seines Lebens gehört, wie sehr sie ihm den Aufenthalt an der See verschönt hat.«

Belzer wehrte bescheiden ab, sagte im Gegenteil, daß der Vorteil auf seiner Seite gewesen sei. Herr Dunkers Gesellschaft hätte viel dazu beigetragen, ihn von seinen traurigen Gedanken und schmerzvollen Erinnerungen abzulenken.

Sie sprachen von der verstorbenen Frau. Frau Dunker konnte mit ihrem teilnehmenden Herzen alles verstehen, was ihn bedrückte und fragte nach seinem Töchterchen.

»Eva ist noch in Pension, kommt aber in den Weihnachtsferien nach Hause. Da ich jetzt noch allein bin, wollte ich die Gelegenheit benutzen, meinen Besuch bei Ihnen auszuführen.«

Frau Maria wollte eben etwas darauf erwidern, da hörte sie ihren Mann kommen. Sie ging schnell, ihn von dem Besuch in Kenntnis zu setzen, öffnete die Tür und rief:

»Otto, geh' nicht in dein Zimmer, hier ist Besuch von auswärts.«

Ganz verwundert, wer es sein möchte, kam er näher. Herr Belzer erhob sich und rief: »Sehen Sie, Herr Dunker, wie schnell ich mein Wort halte.«

»Das ist ja köstlich, alter Freund, ganz köstlich. Einen besseren Einfall hätten Sie gar nicht haben können. Mutter, laß das Gastzimmer heizen, Herr Belzer bleibt natürlich die Nacht.«

»Zwei Nächte sogar, wenn Sie mich behalten wollen.«

»Zwei Wochen und länger«, rief der erfreute Hausherr. »Aber nun setzen Sie sich wieder, lieber Freund.« Bald waren die Herren in eifrigem Gespräch wie damals an der See, während Frau Maria für ein gutes Abendbrot sorgte und Gretchen Anordnung gab wegen des Tischdeckens und Rieke wegen des Gastzimmers.

»Dies ist nun meine ganze Familie, bis auf den Ältesten«, sagte Dunker zu seinem Freund, als er mit ihm ins Eßzimmer trat, wo seine Kinder, wie gewöhnlich, um den Tisch standen, der Eltern harrend. Die Knaben verneigten sich höflich, Trudchen ging auf Herrn Belzer zu, reichte ihm die Hand und machte einen zierlichen Knicks. Nach dem Gebet setzte man sich. Der Freund des Vaters schien angenehm überrascht von dem Ton, der in der Familie herrschte. Es war eine ungezwungene Unterhaltung, ein höfliches Anbieten der Speisen, ein durchaus gesittetes und bescheidenes Benehmen der Jugend.

Herr Belzer ließ es sich wohl sein in dem Hause seines Freundes. Er blieb nicht zwei Nächte, wie er zuerst geplant, es wurden beinahe acht Tage daraus. Was Frau

Maria wunderte, war, daß er keine Langeweile zu empfinden schien während der Geschäftsstunden Herrn Dunkers. Er schien gern Frau Marias Unterhaltung zu suchen, er beobachtete ihr Tun und Treiben mit scharfem Auge, ließ sich gern in Gespräche ein mit den Söhnen des Hauses und auch mit der erwachsenen Tochter, machte auch Spaziergänge in der Umgebung der Stadt. Wenn Herr Dunker bedauerte, daß er sich ihm nicht so widmen konnte, wie er wohl möchte, versicherte Herr Belzer, er habe durchaus keine Langeweile, sondern nur große Freude von seinem Aufenthalt.

Endlich aber war der letzte Abend gekommen, am anderen Morgen sollte die Reise fortgehen. Die Freunde saßen noch einmal beisammen in Herrn Dunkers eigenem gemütlichem Zimmer. Als alle Hausfrauenpflichten erfüllt waren, gesellte sich auch Maria zu den Herren.

»Das ist recht, Frau Dunker, ich habe auf Sie gewartet, nun darf ich mit meinem Plan herausrücken, der in diesen Tagen zur Reife gelangt ist.«

Verwundert blickte das Ehepaar auf, und nun kam Herr Belzer mit dem, was er auf dem Herzen hatte, heraus.

»Ich war mir bisher nicht klar, wie ich die Zukunft meines Kindes gestalten sollte. Meine Frau und ich faßten den Entschluß, sie zur Lehrerin ausbilden zu lassen, damit sie einst etwas habe, auf eigenen Füßen zu stehen. Wir gaben sie deshalb in Pension zu einer Freundin meiner Frau, die Vorsteherin eines Mädchenpensionats war und sie ganz in unserm Sinne erzog. Seit meiner Frau Tod bin ich anderer Meinung. Jetzt möchte ich meine Eva für mich behalten, sie muß mir jetzt in etwas die Frau ersetzen. Sie soll mir den Haushalt führen, mir Gesellschafterin sein, mich, wenn ich alt bin, pflegen und für mich sorgen. Dazu gehört nun aber, daß sie vor allen Dingen zuerst den Haushalt richtig lernt. Was nützt mir alle Gelehrsamkeit, wenn ein Mädchen nichts von der Wirtschaft versteht! Nun habe ich lange hin und her erwogen, wo ich das Kind hintun soll. Es muß eine Familie sein, zu der ich volles Vertrauen habe. Wo könnte ich sie besser finden als hier! Ein achttägiger Aufenthalt bei Ihnen hat mich überzeugt, daß meine Eva in keinem Hause besser aufgehoben wäre als hier. Darf ich die große Bitte aussprechen, ob Sie mein Kind ein Jahr, von Ostern ab, in Ihr wertes Haus nehmen würden, sie in allem unterweisen, was zu einer guten Hausfrau gehört, damit sie dann ihrem Vater eine treue Stütze und Wirtschafterin sein kann? Nun, liebe Frau Dunker, was sagen Sie dazu?«

Frau Dunker schwieg zunächst erstaunt und sah ihren Mann an.

Dieser sagte lächelnd: »Ja, Maria, das mußt du entscheiden, die Wirtschaft ist dein Revier.« Maria meinte, Herr Belzer setze zu viel Vertrauen in sie, mit fremden jungen Mädchen habe sie sich noch nicht befaßt. Sie sei eine strenge Mutter und werde auch eine strenge Lehrmeisterin sein.

»Das wünsche ich auch, denn ohne Strenge gedeiht nichts. Und daß die rechte Liebe dabei ist, habe ich in diesen Tagen wahrnehmen können. Meine Eva wird es Ihnen nicht schwer machen, sie ist immer ein liebes gehorsames Kind gewesen und wird Ihnen hoffentlich Freude machen. Aber eins muß ich Ihnen anvertrauen. Eva ist kein eigenes, sondern ein angenommenes Kind.«

»Ein Pflegekind!« rief Frau Maria erstaunt. »Das merkt man Ihnen nicht an, wenn Sie von ihr sprechen.«

»Sie ist mir ganz wie ein eigenes Kind. Wir haben sie angenommen, als sie kaum drei Monate alt war.«

Nun berichtete er, was wir bereits wissen, erzählte das ganze Erlebnis, die Reise zur Großmutter, deren Verleugnung der Tochter wie des Enkelkindes usw. »Wir haben später noch einmal versucht, an die Frau zu schreiben und haben sie noch einmal auf ihre Pflicht aufmerksam gemacht, haben aber nie eine Antwort bekommen. Wir freuten uns, keiner Antwort gewürdigt zu werden, denn nun hatten wir Eva bereits so liebgewonnen, daß wir sie mit schwerem Herzen abgegeben hätten. Nun weiß ich, warum alles so kommen mußte, das Kind sollte mir zum Trost bleiben, nachdem mir Gott das Liebste genommen hatte.«

»Weiß Eva selber darum, daß sie kein eigenes Kind ist?«

»Zuerst wußte und ahnte sie nichts. Wir waren die Eltern, wie konnte es anders sein. Aber es blieb ja nicht aus, daß es dem Kinde zu Ohren kam. So kam sie eines Tages weinend zu meiner Frau und klagte ihr, die andern Kinder hätten gesagt, wir seien nicht ihre Eltern. Da hat meine Frau sie an ihr Herz genommen und hat ihr so schonend wie möglich die Wahrheit geoffenbart. Sie weinte erst ein wenig, aber am andern Tage war es vergessen. Die Liebe zu uns war schon zu tief eingewurzelt, als daß es einen bleibenden Eindruck hinterlassen konnte. Sie war und blieb unser Kind und wird mein Kind bleiben, solange mir Gott das Leben schenkt.«

Herr und Frau Dunker, denen diese Anfrage ganz überraschend kam, baten sich etwas Bedenkzeit zur Überlegung aus, worauf Herr Belzer äußerte:

»Natürlich verlange ich nicht sofort eine Zusage. Ich

bitte nur, mir nach Weihnachten eine bestimmte Nachricht geben zu wollen, ob ja oder nein.«

Es war spät geworden nach allen diesen Auseinandersetzungen, und da der Rechtsanwalt am anderen Morgen mit dem Frühzug reisen wollte, so trennte man sich mit der Versicherung, daß man sich gegenseitig liebgewonnen habe und sich fortan als Freunde betrachten würde, selbst wenn Dunkers genötigt sein würden, das Anerbieten mit der Tochter ablehnen zu müssen.

8. Weihnachten

Nun war Weihnachten herangekommen. Die Familie Dunker feierte das Fest nicht nur äußerlich mit Geschenken, mit Gesellschaften und Näschereien, sondern das Licht, das von der Krippe zu Bethlehem ausging, warf seine Strahlen auch in dieses gesegnete Haus, so daß Eltern, Kinder und Dienstboten fröhlichen Herzens umhergingen, weil der Glanz der göttlichen Liebe auch ihre Herzen erhellte und entzündet hatte, daß sie Liebe gaben und Liebe empfingen und alles durch diese Liebe verklärt wurde.

In die kleinen Nachbarhäuser, wo es Armut und Krankheit gab, hatten sie Freude gebracht durch milde Gaben und passende Geschenke. Eine alte Frau, die schon lange gelähmt lag, zu der Frau Maria oft ging, um ihr vorzulesen, streckte Gretchen, die ihr die Weihnachtsgabe brachte, beide Hände entgegen und rief: »Gott segne Ihr ganzes Haus, aus dem mir so viel Liebe und Segen fließt. Wenn ich Sie nicht zu Nachbarn hätte, wäre ich schon längst verzagt; wenn Sie oder Ihre gute Mutter mir nicht oft am Nachmittag ein Stündchen schenkten, um mir aus Gottes Wort vorzulesen, dann wäre meine Seele schon längst verkümmert. Nun freue ich mich Gottes, meines Heilandes, wenn er kommen wird, mir seine Himmelstür aufzutun.«

»Darauf freuen wir uns alle, Frau Ettich, aber heute freuen wir uns auf Erden des schönen Weihnachtsfestes. Auf der Erde ist es auch noch so wunderschön«, rief das jugendfrohe, frische Mädchen.

»Wer so gute Eltern hat und so liebe Geschwister, der kann zufrieden sein.«

»O, wie freue ich mich auf den Christbaum und auf den schönen Weihnachtsgesang! Frau Ettich, morgen gegen Abend kommen wir Geschwister zu Ihnen ins Stübchen, da bringt Christian seine Violine mit, dann singen wir Ihnen Weihnachtslieder.«

Da faltete das arme Weib die Hände und rief: »Das wird schön sein, es wird mir sein, als wäre ich schon im Himmel.«

Als die Geschwister dies am anderen Abend ausgeführt hatten und als dann die Weihnachtskerzen im eigenen Hause angezündet waren und das: »O du fröhliche, o du selige, gnadenbringende Weihnachtszeit« von den Lippen der Eltern und Kinder ertönte, da tat sich leise die Tür auf und ein schlanker Knabe trat ins Zimmer, stellte sich in den Hintergrund, daß man ihn nicht gleich sah und sang tapfer mit. Als der Gesang beendet war und der Vater das Weihnachtsevangelium verlesen hatte, wurden alle an ihre Plätze geführt. Und nun gab es einen Jubel und eine Verwunderung über alles, was die guten Eltern sich ersonnen hatten, den Kindern Freude zu machen, und ebenso umgekehrt erfreuten sich die Eltern, die Mädchen durch mühsame Handarbeit, die Knaben durch Sägearbeiten und Schnitzereien.

Der Knabe in der Ecke stand noch eine Weile unbeachtet. Er zerdrückte leise eine Träne im Auge und wollte eben so sachte, wie er gekommen, wieder hinausschlüpfen, aber Frau Marias Augen hatten ihn jetzt entdeckt.

»Reinhold«, sagte sie, »wenn es dir bei uns gefällt, so

bleibe doch noch ein wenig. Ist denn bei euch die Bescherung schon vorüber?«

»Ach«, sagte er, »bei uns ist es ja nicht ein bißchen feierlich. Vater ist überhaupt gar nicht da. Er hat einen Klub, wo er den Heiligen Abend zubringt. Mutter hat heute schon so viel Ärger und Arbeit gehabt, daß sie sich eben mit Kopfschmerzen gelegt hat. Beschert haben wir bekommen, aber die Brüder zanken sich um die Sachen, es geht alles so wüst und unordentlich zu. Lotte war unzufrieden; sie sagte, andere Mädchen bekämen doppelt so viel. Ich mochte gar nicht mehr im Zimmer sein und trat vor die Haustür. Da hörte ich den Gesang im Nachbarhaus. Entschuldigen Sie bitte, daß ich unaufgefordert hereingekommen bin.«

»Du guter Junge«, sagte Frau Maria, und fühlte ein mütterliches Erbarmen, »du kannst gern bei uns bleiben. Komm näher und sieh, was Georg und Heinz bekommen haben. Später singen wir wieder Weihnachtslieder, da kannst du mitsingen, wenn du magst.«

Mit diesen Worten führte sie ihn an die lange weißgedeckte Tafel, wo die Geschenke für jeden Einzelnen zierlich angeordnet lagen. Die Kinder nahmen Reinhold in ihre Mitte, er gehörte längst zu ihren Freunden, während sie sich zu seinen Brüdern, die rohe Gesellen waren, durchaus nicht hingezogen fühlten.

Er wurde unter dieser Schar wieder munter und fröhlich; es war eine andere Art Fröhlichkeit als daheim, das fühlte er, konnte sich aber selbst nicht Rechenschaft darüber geben, was es sei, das es hier so heimisch und friedevoll machte. Das Singen der Weihnachtslieder gefiel ihm über alle Maßen, er hatte eine hübsche Stimme und sang tapfer mit, wiewohl er ein Gesangbuch brauchte, während die andern alles auswendig wußten. Dann nahm er auch noch Trudchens Platz in Augenschein, die ihm mit strahlenden Augen die schöne Puppe zeigte und sagte: »Das ist die letzte, Mutter sagt, dann darf ich nicht mehr mit Puppen spielen.«

»Nein, du wirst nun bald ein großes Fräulein, dann muß ich dich wohl auch ›Sie‹ nennen.«

»Das hast du nicht nötig«, sagte Trudchen ganz gleichgültig. »Du kannst es übrigens ganz machen, wie du willst.«

Die Mutter trat lächelnd hinzu. »Kannst du bei uns bleiben zum Abendessen, Reinhold, oder wartet man auf dich?«

»Wenn ich nicht komme, werden sie sich weiter nicht darum kümmern, wer nicht da ist, der bekommt nichts.«

»Gehe lieber hinüber und sage es deiner Mutter. Es ist besser, du kannst ruhig sein.«

Er ging. Er kam in sein liebeleeres Vaterhaus. Die Geschwister waren in der Weihnachtsstube beisammen, die großen trieben ihre Lieblingsbeschäftigung und spielten Karten. Sie hatten sich von Lotte Grog machen lassen, den sie eben hereinbrachte und vor sie hinstellte. Die jüngeren hantierten an einem Revolver herum, der zum Glück nicht geladen war. Lieschen war dabei, ein Ballkleid anzuprobieren, sie stand vor dem Spiegel und beäugelte sich von allen Seiten. Sie hatte jetzt Tanzstunde, Ende Januar sollte der erste Ball für sie kommen. Das nahm sie so ein, daß sie seitdem gar nicht Zeit hatte, viel mit Gretchen zu verkehren.

»Wo ist Mutter?« fragte Reinhold.

»Du weißt doch, daß sie liegt«, war Lieschens Antwort.

Er schlich hinaus und ging ins Schlafzimmer.

»Wer ist da?« rief es aus dem Bett. »Ich habe doch gesagt, es soll mich niemand stören, ich habe fürchterliche Kopfschmerzen. Du bist's, Reinhold? Kind, drücke mir das Tuch ins kalte Wasser, presse es aus und lege es mir auf die Stirn.«

Er tat, wie ihm befohlen, und sagte dann, daß er aufgefordert sei, den Abend drüben bei Dunkers zu bleiben.

»Dort ist es wohl schöner als bei uns?« forschte Frau Kramer.

Reinhold schwieg. »Was machen sie denn da am Heiligen Abend?«

Er beschrieb, wie sie ihn verbracht hatten.

»So? Gesungen habt ihr und die Weihnachtsgeschichte gelesen. Ja, die können es wohl, das sind ganz andere Menschen. Meinetwegen kannst du gehen, ich kann mich heute nicht um euch kümmern, und auf den Vater ist ja nie zu rechnen.«

»Das sind ja ganz andere Menschen.« Dies Wort lag Reinhold noch oft im Sinn, er fing an, Vergleiche zu ziehen zwischen den beiden Nachbarhäusern, und fand immer mehr, daß Dunkers ganz andere Menschen waren als sie.

In fast allen Häusern der Stadt brannten Christbäume, in den meisten Familien gab es Jubel und Freude, doch war die Freude eine sehr verschiedene, je nachdem die Freude der Welt oder die rechte Christenfreude vorherrschend war.

In den Häusern, wo Krankheit oder der Tod eingekehrt, war es natürlich still und dunkel, da brannten keine Weihnachtskerzen.

So war es auch in der Villa, die nicht weit vom Dunkerschen Hause lag, in diesem Jahre zum ersten Male ganz dunkel. Die schweren Vorhänge waren dicht zugezogen, sogar im Hausflur, der sonst immer hell erleuchtet war, brannte heute kein Licht. In früheren Jahren hatte der alte Herr von Henning sich immer das Vergnügen gemacht, einer ganzen Schar armer Kinder zu bescheren. Er hatte sich die fleißigsten, strebsamsten Schüler und Schülerinnen der Volksschule nennen lassen, hatte nach ihren Bedürfnissen geforscht und dann selbst mit seinem Diener die Einkäufe besorgt. Da er selbst weder Frau noch Kinder hatte, so war es ihm die größte Freude, die fremden Kinder am Heiligen Abend zu beschenken; und jeder, der an der Villa vorüberging, war stehengeblieben und hatte sich an den hell erleuchteten Fenstern gefreut, denn es war stadtbekannt, daß hier an diesem Abend eine ganze Schar Kinder beschert bekam. Zum Dank dafür übten sie vorher schon lange Weihnachtslieder und Gesänge ein, womit sie das Herz des alten Herrn erfreuten.

Nun war er gestorben, und der Besitz war in andere Hände übergegangen. Aber an wen? Die Ansichten darüber waren geteilt. Einige sagten, ein Neffe habe es geerbt, der sei aber in Amerika und könne es nicht bewohnen. Andere behaupteten, eine alte Verwandte sei als Erbin im Testament genannt, und diese sei auch bereits hier, lebe aber ganz still und zurückgezogen für sich, lasse sich gar nicht vor anderen sehen.

»O«, wurde ihnen widersprochen, »wenn's nur erst Frühling und Sommer wird, dann wird die Alte schon ans Tageslicht kommen, im Winter pflegen alte Leute nicht viel herauszugehen.«

Gesehen aber hatte sie bis jetzt noch niemand, nur ein altes Mädchen, das sie bediente, ging mitunter ein und aus. Diese schien aber das Gegenteil von geschwätzig zu sein, sonst würde die Außenwelt noch etwas Näheres über die Bewohnerin der Villa erfahren haben.

Suchen wir einen Blick hineinzuwerfen. Die Villa hat einen Vorgarten; ja, sie ist die letzte Behausung der Stadt. Der Fahrweg führt daran vorbei auf die Landstraße, die sich zwischen den Bergen durch mehrere ansehnliche Fabrikdörfer bis in die nächste Stadt hinzieht.

Auf dem Hausflur ist es ganz dunkel, auch in der vorderen Stube. Beim Öffnen der Tür in die zweite Stube gewahrt man hinten in der äußersten Ecke, auf einem runden Tisch, eine kleine Lampe, die nur trübes Licht entsendet. Auf dem Sofa dahinter sitzt eine alte Dame mit einem grünen Schirm über den Augen. Sie hat ein Strickzeug in den Händen, aber die Hände halten es nur auf dem Schoß, sie arbeitet nicht, sondern sie starrt trübe vor sich hin. Da öffnet sich die Tür. Ein ältliches Mädchen tritt herein mit einem Teebrett und mit allem, was zu einem einfachen Abendbrot gehört.

»Betty, laß es heute, ich habe keinen Appetit, ich will mich früh zu Bette legen.«

»Aber, Frau Röder, wenn Sie so fortmachen, werden Sie es nicht mehr lange treiben, Sie müssen doch etwas essen, noch dazu am Heiligen Abend. Hören Sie nur, wie schön die Glocken das Fest einläuten, es wird einem ordentlich feierlich. Früher brannten Sie doch noch wenigstens ein Christbäumchen an, jetzt ist auch gar nichts mehr los.«

»Du bekommst deine Geschenke nach wie vor, gute Betty«, sagt die Herrin, etwas aufgerüttelt durch die Worte des Mädchens. »Natürlich, Betty, du bekommst mehr als sonst, weil du mir hierher in die Verbannung gefolgt bist.«

»Verbannung nennen Sie diesen schönen Besitz? Jeder andere würde sich freuen, wenn er solche Erbschaft gemacht hätte. Eine Villa mit kostbaren Möbeln, Teppichen und Bildern! Man braucht sich nur hineinzusetzen. Und was für schönes Geld haben Sie für Ihre eigenen Sachen bekommen, die Sie verkauft haben, weil Sie sie hier nicht mehr unterbringen konnten.«

»Das Geld macht nicht glücklich, Betty.«

»Aber man kann sich und anderen Freude damit machen.«

»Ich habe niemand, dem ich Freude machen kann. Mein Leben ist arm und freudenleer.«

»Es hätte reich sein können, wenn Frau Röder es nur gewollt hätten.«

»Fange mir nicht wieder davon an. Ich will nichts weiter von der längst vergessenen Geschichte hören. Gieße mir eine Tasse Tee ein und nimm das Gebäck für dich heraus, ich kann heute weiter nichts genießen. Wenn du gegessen hast, kannst du dir deine Weihnachtsgeschenke holen.«

Betty ging und seufzte: »Das wird ein langweiliges Leben hier«, sagte sie halblaut. »Wenn mich die Frau nicht dauerte, und wenn ich nicht dächte, daß sie einmal für meine Zukunft sorgte, dann wäre ich schon längst nicht mehr bei ihr. Aber ich habe meinen guten Lohn habe nicht viel zu tun, habe im Winter mein warmes Stübchen, was will ich mehr? Aber ich darf ja über nichts reden«, fuhr sie in ihrem Selbstgespräch fort, »da nützt es mir auch nichts, wenn ich mit den Leuten hier anbinde, denn neugierig sind sie alle, wissen wollen sie alle, was es mit der alten einsamen Frau auf sich hat.« Unter diesen Worten schenkte sie sich Tee ein, aß die Butterbrote, die die Frau verschmäht hatte und schnitt sich noch dazu. Denn ihre Herrin aß wie ein Vögelchen, und sie hatte einen guten, gesunden Appetit.

In fröhlicher Christfreude verlebte Familie Dunker die Feiertage. Sie kamen in der Weihnachtszeit mit befreundeten Familien zusammen, die Jugend vergnügte sich mit Schulgenossen auf dem Eise, abends wurde musiziert, oder es wurden Gesellschaftsspiele gemacht, es herrschte Leben und Frohsinn, bis das neue Jahr der Ferienzeit ein Ende setzte und alles wieder in's alte Geleise kam.

Es war am Neujahrsabend, da erschien der Vater im Familienkreise und zog einen Brief aus der Tasche. »Kinder«, sagte er, »nun hört einmal zu. Mein lieber Freund, der Rechtsanwalt Belzer, gratuliert mir und uns allen zum neuen Jahr und fragt an, ob wir uns entschlossen haben, zu Ostern sein einziges Töchterchen Eva auf ein Jahr in unser Haus zu nehmen. Eva hat ihre Mutter verloren und der Vater will, sie soll bei unserer Mutter tüchtig die Wirtschaft lernen, damit sie später ihrem lieben einsamen Vater eine gute Haustochter sein kann. Was sagt ihr dazu?«

»Wie alt ist sie denn?« fragte Gretchen.

»Im siebzehnten Jahr.«

»Das ist ja reizend«, rief Gretchen fröhlich, »da ist sie nur wenig jünger als ich. Ich habe mir immer eine Schwester in meinem Alter gewünscht. Mit Lieschen Kramer ist kein rechter Verkehr mehr, sie hat so viel Tanz- und Ballgeschichten im Kopf, das paßt mir nicht.«

»Was sagen die Herren Söhne dazu?« fragte der Vater lächelnd. Georg und Heinz stießen sich an und lachten. »Uns ist es ganz gleich, wir haben mit Mädels nicht viel zu tun.«

»Und du, Christian? Du machst ja ein merkwürdiges Gesicht?«

»Ja, mir ist es ein höchst ungemütlicher Gedanke, ein fremdes Wesen, noch dazu ein weibliches, in unserem Familienkreis zu haben. Da habe ich gar keine Lust, in den Ferien nach Hause zu kommen.«

»Christian, das ist komisch«, sagte Gretchen. »Du bist überhaupt ein ganz merkwürdiger Mensch.« »Aber ich freue mich, wenn Eva kommt«, rief Gertrud. »Sie wird sich gewiß für meine Puppen interessieren. Christian, warum willst du es nicht, du kannst sie doch auch liebhaben.« Christian lachte. »Nun, bis dahin ist es noch weite Zeit!« Dann richtete er sich stramm auf und sagte feierlich: »Liebe Eltern, ihr denkt doch nicht im Ernst an so etwas. Unser schönes Familienleben wird zerstört, das könnt ihr glauben. Mir ist der Gedanke daran schrecklich.«

»Und doch wird es nicht zu umgehen sein. Herr Belzer wünscht es so sehr, und einem Freunde muß man etwas zulieb tun können, selbst auf die Gefahr hin, daß der älteste Herr Sohn damit unzufrieden ist.«

»Nun, ihr werdet sehen, was es mit solchen fremden Wesen absetzen mag. Du sagtest, lieber Vater, sie sei die einzige Tochter, da wird sie tüchtig verzogen sein, und Mutter wird ihre liebe Not haben.«

Frau Maria lächelte: »Als ob ich mit euch allen nicht auch ein wenig Not gehabt hätte!« sagte sie ruhig. »Vater«, fügte sie hinzu, »laß uns abstimmen.« Sie machte sieben weiße Zettel und ließ jeden seine Meinung darauf schreiben. Als die Zettel geöffnet wurden, stand auf sechsen: »Sie soll kommen« und nur auf einem: »Sie soll nicht kommen.«

»Ich wußte es vorher, daß ich verlieren würde. Nun, ich ergebe mich in mein Schicksal«, lachte Christian.

9. Der Unfall

Der Winter war streng in diesem Jahre, für die Jugend sehr willkommen. Der Fluß, an dem die Stadt lag, war mit einer festen Eisdecke überzogen, so daß, wer den Eissport liebte, sich nach Herzenslust darauf vergnügen konnte. Georg und Heinz nutzten denn auch ihre Freistunden nach der Schule gehörig aus. Sie waren auch heute wieder mit ihren Schlittschuhen abgewandert, hatten aber strenge Weisung, vor dem Dunkelwerden nach Hause kommen. Heute war es schon spät, Frau Maria sah besorgt nach der Uhr, sie kamen immer noch nicht. Es dunkelte bereits, sie war schon im Begriff, selbst nach ihnen auszuschauen, da klingelte es an der Haustür, wohlbekannte Schritte ließen sich hören.

»Gott sei Dank, da sind sie«, rief die Mutter, während Gretchen äußerte:

»Mutter, du mußt dich nicht gleich sorgen; sie unterhalten sich auf dem Rückweg mitunter lange mit Freunden, besonders mit Wilhelm Behrens, oder sie machen eine kleine Besorgung.«

Jetzt wurde die Tür zur Wohnstube geöffnet, Georg steckte den Kopf herein und rief: »Mutter, kannst du nicht einmal herauskommen?«

»Siehst du, Gretchen, da ist doch wieder etwas nicht in Ordnung.« Verwundert, was es gebe, ging Frau Dunker hinaus.

»Mutter«, begann der Knabe hastig, »wir haben jemand mitgebracht, der auf dem Eise gefallen ist und sich wahrscheinlich den Fuß gebrochen hat.«

»Wo ist denn der Jemand, und wer ist es? Doch nicht unser Heinz?«

»Nein, der und ein Freund haben Herrn Hemsing in unsere Stube gebracht, nach Hause konnte er nicht, weil es zu weit ist.«

»Kinder, einen fremden Herrn bringt ihr mir hier ins Haus.«

»Wir dachten, unsere Mutter würde nicht böse sein, wenn wir ihn mit hierher nähmen. Er konnte kaum auftreten.«

»Und ich soll Hilfe schaffen in der Not!« Kopfschüttelnd betrat sie das Zimmer ihrer Söhne. Es war ein hübsches, zweifenstriges Gemach, nach dem Garten zu gelegen. Heinz hatte den Herrn schon auf einen Stuhl gebracht, einen andern ihm untergeschoben, damit der Fuß darauf ruhen konnte, und die Lampe angezündet.

Als Frau Maria das Zimmer betrat, wollte sich der Fremde erheben, Frau Dunker bedeutete ihm, sitzen zu bleiben, worauf er mit angenehmer Stimme sagte: »Verzeihen Sie, vereehrte Frau, daß ich mich habe hierher schleppen lassen. Wenn der Fuß nicht sehr geschmerzt und ich gefürchtet hätte, heute abend in unserem Dorfe keinen Arzt zu bekommen, würde ich Sie nicht belästigt haben. Aber Ihre Söhne waren so freundlich, mich ins Schlepptau zu nehmen.«

»Ist ganz recht so. Sie wissen, daß ich gern bereit bin zu helfen, wenn es in meinen Kräften steht.« Sie schickte Georg sofort zum Arzt und ging dann, um mit Gretchen zu beraten, was weiter geschehen solle.

»Kennst du einen Herrn Hemsing, Gretchen?« fragte sie diese, nachdem sie kurz berichtet hatte, was geschehen war.

»Das ist ein Freund von Christian. Sie haben sich schon auf der Universität kennengelernt und sind hier in den Ferien auf dem Eise noch näher bekannt geworden. Er ist der Pastorensohn aus einem Nachbardorf. Er kommt öfters auf Schlittschuhen von seinem Dorf hergefahren, weil der Fluß hier belebter ist; er sagte kürzlich, allein möchte er nicht gern Schlittschuh laufen, und da der Fluß an dem Pfarrgarten vorüberfließt, so kommt er, wenn die Eisdecke hält, gern von da herüber.«

»So kennst du den Herrn?«

»Ich habe ihn erst einmal gesehen, als er in den Ferien auf dem Eise war. Christian hat schon öfter von ihm erzählt.«

»Studiert er vielleicht mit ihm zusammen?« »Nein, ich glaube, er ist Theologe. Aber bestimmt weiß ich es auch nicht.«

Jetzt kam der Arzt, Frau Maria eilte, ihm Beistand zu leisten. Es war ein nicht unbedeutender Knochenbruch und, wie der Doktor sagte, würde die Heilung mehrere Wochen in Anspruch nehmen. Der Fuß wurde eingegipst, und der Doktor versprach, am folgenden Tag wiederzukommen.

Dem jungen Mann schien es unangenehm, daß er in einem fremden Hause Gastfreundschaft annehmen sollte, aber Frau Dunker hatte ihm in so liebenswürdiger Weise Quartier angeboten, daß er es wenigstens für diese Nacht angenommen hatte. Heinz hatte ihn schon vorher getröstet mit den Worten: »Kommen Sie nur mit uns, Herr Hemsing, meine Eltern sind gut. Sie nehmen zu Ostern ein junges Mädchen auf ein ganzes Jahr ins Haus, da werden sie einen jungen Herrn gewiß auch gern bei sich aufnehmen.«

Frau Maria fragte nun, ob nicht ein Bote nach Langendorf geschickt werden müsse, um die Eltern zu benachrichtigen; da wurde ihr gesagt, daß Wilhelm Behrens, Heinz' Intimus, das übernommen habe. Da es noch hell gewesen, als der Unfall geschah, habe er noch mit Schlittschuhen bis an das Dorf laufen können, zurück wollte er den Landweg gehen. Das beruhigte Maria, und als Herr Dunker aus dem Geschäft kam, war alles besorgt, das Zimmer, wo der junge Mann liegen sollte, in Ordnung; der Vater mußte nun hilfreiche Hand leisten, den Verunglückten mit den kräftigen Söhnen die Treppe hinaufbringen.

»Welche Unruhe, welche Störung bringe ich Ihnen ins Haus, Herr Dunker«, sagte wieder der junge Mann, mußte aber bald wahrnehmen, daß der Hausherr gerade wie seine Frau gesonnen war, daß es beiden Freude machte, anderen dienen und helfen zu können.

Georg und Heinz waren sehr besorgt um den älteren Freund. Sie baten darum, ihm das Abendbrot hinauftragen zu dürfen, jammerten, wie wenig er essen könne, liefen nach dem Essen mit Schach, Halma und Saltabrettern nach oben, um ihm die Zeit zu vertreiben. Leider lehnte der junge Mann alles ab. Er bat nur um Ruhe, weil der Schmerz, die Aufregung und alles ihn etwas angegriffen habe.

Spät am Abend stampfte sich jemand draußen die Füße ab. Es war der treue Wilhelm, der den Eltern den Unfall berichtet hatte. Diese ließen sich der Familie Dunker empfehlen und ihren tiefempfundenen Dank aussprechen. Sie würden morgen selbst kommen, sich nach dem Patienten umsehen und ihn wennmöglich heimholen.

Man sprach noch lange über den Fall. Herr Dunker meinte, er habe schon öfters von der Familie Hemsing in Langendorf gehört. Er sollte ein tüchtiger Prediger und Seelsorger sein. Herr Dunker glaubte ihn schon mitunter in der Stadt gesehen zu haben und freute sich, bei dieser Gelegenheit mit der Familie bekannt zu werden.

Am anderen Morgen schon beizeiten hielt eine Landkutsche vor der Tür, der eine große, korpulente Dame entstieg. Sie hatte ein breites Gesicht mit ausgeprägten Zügen. Es lag etwas Energisches, Tatkräftiges in ihrer ganzen Erscheinung. Sie kam gleich ins Haus mit den Worten: »Ich bin die Pastorin Hemsing und wollte nach meinem Sohn sehen.« »Ich glaube, der junge Herr schläft noch«, sagte Rieke, »aber wollen Frau Pfarrer hier eintreten.« Sie öffnete das Besuchszimmer und ließ die Dame hinein, rief ihre Herrin, und bald waren die Frauen miteinander in lebhafter Unterhaltung.

»Wie ist es lieb und freundlich von Ihnen, liebe Frau Dunker, sich meines Sohnes anzunehmen! Er wollte dies Vierteljahr zu Hause bleiben, um zu studieren und sich zum zweiten Examen vorzubereiten, nun muß er das Unglück haben.« »Wenn er auch gezwungen sein wird, mehrere Wochen den Fuß aufzulegen, so wird es ihn doch nicht vom Studieren abhalten können. Im Gegenteil«, fügte Frau Dunker lächelnd hinzu, »die jungen Leute werden oft, wenn sie wohlauf sind, zu allerlei aufgefordert, was sie vom Studieren abhält, nun muß Ihr Herr Sohn wohl oder übel still sitzen.«

»Das schon, meine liebe Frau Dunker, wenn nur der Fuß nicht steif bleibt, wenn nur alles ordentlich heilt, daß Gerhard nicht hinkt. Doch ich möchte ihn sehen, wenn es Ihnen recht ist.«

Die beiden Damen gingen hinauf zu dem Patienten. Frau Maria aber verließ bald darauf das Zimmer, rücksichtsvoll bedenkend, daß Mutter und Sohn gern allein sein möchten.

Nach geraumer Zeit kam die Pastorin herunter mit betrübtem Gesicht. »Der Arzt, welcher gerade kam, wünscht, daß mein Sohn noch einige Tage hier bleibt, damit er ihn beobachten kann. Ich kann doch unmöglich annehmen, daß Sie, die Sie schon so viel für ihn getan haben, ihn noch weiter verpflegen.«

Frau Maria fiel ihr in die Rede, daß sie es mit herzlicher Freude tue, die Frau Pfarrer solle sich um nichts sorgen, sie würde ihr oft Nachricht zukommen lassen. Sobald der Arzt die Verbringung erlaube, könne sie den Wagen schicken und ihn holen lassen.

Frau Dunker versicherte noch einmal, daß Herr Hemsing sie durchaus nicht belästige, und nachdem die Frau Pfarrer noch einmal ihren Dank ausgesprochen und auch Herr Pfarrer einen kurzen Dankbesuch gemacht hatte, fuhr die Pastorenkutsche wieder vor.

»Das ist ein Familienwagen, den laß ich mir gefallen«, rief Frau Maria, als die beiden Damen vor der Haustür standen und auf den Herrn Pfarrer warteten, der noch zu seinem Sohn hinauf gegangen war.

»Diesen Wagen schicken wir Ihnen, liebe Frau Dunker, wenn Sie und alle Ihre lieben Kinder uns besuchen. Darauf freue ich mich schon sehr. Dann will ich Ihnen alle Liebe und Freundlichkeit vergelten, die Sie meinem Sohn erwiesen haben.«

Jetzt kam der Herr Pfarrer von oben, freute sich über das Aussehen seines Sohnes, versicherte noch einmal seine Dankbarkeit, dann stieg man ein, und die alte Kutsche rumpelte davon.

Gegen Abend ließ sich auf der Treppe ein großes Gepolter hören, dazwischen ein Ächzen und Stöhnen, wie wenn jemand mit einer schweren Bürde kämpfte. Die Mutter und Gretchen sahen hinaus und riefen wie aus einem Munde: »Kinder, was macht ihr da?«

»O, wir schaffen unsere Matratze in Herrn Hemsings Stube. Es muß jemand bei ihm schlafen, Georg und ich wollen abwechseln. Laß uns nur, Mütterchen, wir bringen es schon allein fertig.«

Gertrud trabte hinterher mit einem großen Bett. »Wo willst denn du hin, Trude?« fragte Gretchen.

»Ich will den Herrn Kandidat mit dem gebrochenen Fuß sehen und den Brüdern helfen«, rief das Kind, und die Karawane arbeitete sich die Treppe hinauf. Da wurde auch dem Gretchen das Herz weich. »Wenn ich nur seine Lieblingsspeise wüßte, ich täte auch gern etwas für den armen Mann.«

Frau Maria fand es für besser, selbst nachzusehen, was die eifrigen Jungen ausübten, ohne ihr etwas zu sagen. Herr Hemsing hatte geäußert, daß er in der Nacht Durst gehabt und nicht zum Wasser habe gelangen können, da fanden sie es für nötig, ihre Lagerstätte bei ihm aufzuschlagen. Dazu hatten sie gehört, daß Herr Pfarrer zu seinem Sohn geäußert: »Schläfst du denn allein, kannst du niemand rufen?« Das war ihnen Grund genug, diesen Umzug zu bewerkstelligen. Die Mutter meinte nur, zweckmäßiger sei es, Herrn Hemsing alles was er nötig habe, auf das Tischchen neben dem Bett zu setzen, denn sie zweifle daran, daß die Jungen aufwachen würden. Aber sie wolle sie ruhig gewähren lassen, es sei gut, wenn sie sich daran gewöhnten, für andere etwas zu tun, sich in der Selbstlosigkeit zu üben. —

»Ob sie wohl aufgewacht sind?« fragte Frau Maria am anderen Morgen die Mädchen.

»Ja, Mutter«, erwiderte die in alles eingeweihte Gertrud. »Georg, der zuerst oben schlief, hat sich einen Bindfaden an die große Zehe gebunden und das lange Ende Herrn Hemsing an die Hand gegeben, so daß er immer ziehen konnte, wenn er etwas gewollt hat. Er hat aber nichts gewollt, er hat immer gelacht. Heute kommt Heinz dran, da wird es ebenso gemacht.«

Sie lachten herzlich, als sie es hörten, und Gertrud fuhr fort:

»Dir, Gretel, läßt Herr Hemsing danken, daß du ihm eine Lieblingsspeise kochen wolltest, er esse aber alles gern, was du kochen würdest.«

»Aber Gertrud, das solltest du ihm doch nicht sagen«, rief Gretchen tief errötend.

Es wurden 14 Tage aus Herrn Hemsings Aufenthalt im Dunkerschen Hause. Da war es endlich so weit, daß der Gipsverband abgenommen und ein anderer Verband angelegt werden konnte. Dann erschien eines Tages wieder die große Landkutsche; diesmal kam eine erwachsene Schwester mit, ein freundliches, blauäugiges Mädchen in Gretchens Alter, die sich schnell mit der Altersgenossin anfreundete. Der Bruder sollte nun nicht länger die Gastfreundschaft in Anspruch nehmen. Der Arzt konnte, wenn es nötig war, einmal herauskommen, oder der Bruder zu ihm gefahren werden. Der Abschied von dem Herrn Kandidaten war von Dunkers Seite herzlich und freundlich, von seiner Seite voll Dankbarkeit.

Ein baldiger Besuch der Familie Dunker wurde in Aussicht gestellt, doch machte es sich nicht so bald in den Wintertagen. Erst im April, als milde Frühlingslüfte wehten, in den Osterferien, hielt eines Tages die Familienkutsche vor der Tür. Jung und Alt schlüpfte hinein, um der freundlichen Einladung ins Pfarrhaus zu Langendorf Folge zu leisten. Alles war in froher, angeregter Stimmung. Der kommende Frühling, das Erwachen der Natur, das Fahren in der großen altertümlichen Kutsche, alles gab Anlaß zu heiteren, frohen Gesprächen, zu humoristischen Bemerkungen. Daß auch der Vater sich freigemacht und der Student Christian mitfuhr, war eine besondere Freude der Mutter, die am glücklichsten war, wenn sie die ganze Familie um sich hatte.

»Reinhold wäre so gern auch mitgefahren«, hob Trudchen an, »er sah so traurig aus, als wir wegfuhren.«

»Dann hättest du ihn auf den Schoß nehmen müssen, Trude«, bemerkte der Student. »Ich dächte, wir säßen schon eng genug. Wenn ich nicht so dünn wäre und Gretchen etwas wohlbeleibter, könntest du nicht zwischen uns sitzen. Ebenso würde Heinz, wenn die Eltern korpulent wären, nicht zwischen ihnen Platz finden.«

»Georg hat es gut«, seufzte Heinz, »der sitzt draußen beim Kutscher.«

»Du kannst auf dem Rückweg seinen Platz einnehmen«, begütigte die Mutter.

Der Wagen rumpelte gemütlich dahin an den letzten Häusern der Stadt vorbei, an der Villa vorüber, die wie immer still und einsam da lag.

»Sieht man denn niemals jemand dort, es ist ja, als wäre es ein verzaubertes Schloß«, meinte der Vater, sich zum Fenster des Wagens herausbeugend.

»Gestern wurde im Garten gegraben«, berichtete Heinz. »Aber die Jungen auf der Straße sind oft so frech, werfen mit Steinen in den Garten und rufen: ›Hexe, heraus‹. Sie sagen, dann zeigt sich mitunter eine grauhaarige Alte am Fenster und droht.«

»Hoffentlich begeht ihr keine Ungezogenheit?«

»Nein, Vater, aber die Kramer'schen Jungen sind auch dabei.«

Der Vater seufzte und brachte das Gespräch auf etwas anderes. Sie fuhren nun auf der Landstraße dahin, die im Hintergrund zu beiden Seiten von Bergen und Hügeln begrenzt war. Der Fluß wand sich in einiger Entfernung von der Chaussee, einem Silberfaden gleich, zwischen Feldern und Wiesen dahin. Auf den Feldern waren die Leute schon geschäftig mit Pflügen und Akkern. Bald kam ein Dorf in Sicht, es war das nächste von der Stadt aus, Rotenau hieß es.

»Nun noch eine Viertelstunde, dann kommt Langendorf, mit dem schlanken Kirchturm und der hübschen Pfarre«, rief Heinz, der natürlich schon etliche Male mit Georg dagewesen war, um den Freund zu besuchen. Die sehr gute Aufnahme, die sie im Pfarrhaus fanden, ließen sie sich gern gefallen. Die Frau Pfarrer sorgte immer für besonders gute Bewirtung, sie war ja diesen wackern Jungen, die so treu für ihren Sohn gesorgt hatten, großen Dank schuldig.

So war sie auch heute sehr geschäftig, um einen guten Kaffee für die erwarteten Gäste herzustellen. Der beliebte Mandelkuchen, der schon zum Fest in großer Menge gebacken war, stand in Stücke geschnitten hoch aufgeschichtet auf den Tellern in der geräumigen Eßstube auf einem langen, mit feinem, weißem Tuch gedeckten Tisch, die besten Tassen waren hervorgeholt. Alles war sauber und blitzte, man merkte, daß tüchtige Hausfrauenhände hier walteten.

»Jetzt höre ich unsern Wagen«, rief Henriette, gewöhnlich Etty genannt. Das junge Mädchen lief ans Fenster. »Ja, sie kommen!«

»Gerhard«, rief sie nach oben, »Dunkers kommen!« Nun hielt der Wagen und die ganze Familie krabbelte nach und nach heraus. Der Herr Kandidat stand am Wagenschlag und reichte jedem ritterlich die Hand.

»So gut wieder auf den Füßen, mein lieber Hemsing«, rief Herr Dunker.

»Ein bißchen steif ist der Fuß immer noch, aber ich massiere ihn fleißig und setze ihn täglich in Bewegung, das wird mit der Zeit alles überwunden.«

Frau Pfarrer hatte Frau Dunker in Beschlag genommen und führte sie eifrig redend ins Haus, wo der Hausherr eben aus seinem Studierzimmer trat, die Gäste zu begrüßen. Ein kleiner, feiner, zierlicher Herr, dem man die geistliche Würde schon von weitem ansah.

»Ich war so eifrig im Lesen einer kirchlichen Zeitschrift, daß ich das Kommen des Wagens ganz überhört habe.«

»Mein Mann ist immer ein bißchen in Gedanken, das müssen Sie ihm nicht übelnehmen«, entschuldigte Frau Pfarrer.

Sie ließ alle Gäste mit freundlichem Willkommen eintreten. Bald saß man um den Kaffeetisch und Etty, die das Einschenken übernommen, ging mit freundlichen Mienen und bot den Kuchen an. Die beiden jungen Mädchen fanden sich bald zusammen, während Georg und Heinz sich zu den beiden Herren setzten, weil sie sich voll und ganz zu Gerhards Freunden rechneten. Christian hatte sich natürlich das Mißgeschick des Freundes erzählen lassen und freute sich, daß Gerhard nicht nur Hausfreund dadurch geworden, sondern daß beide Familien durch den Unfall bekannt und befreundet geworden waren. Herr und Frau Dunker aber, die mit den Pfarrersleuten obenan saßen, fühlten sich bald heimisch in dem Kreise. Die Herren hatten auf kirchlichem Gebiet ein anregendes Thema gefunden, während die Damen sich in Wirtschaftsangelegenheiten vertieften.

»Sie müssen durchaus nach dem Kaffee unser ganzes Gebiet kennenlernen, liebe Frau Dunker, nach dem Kaffee wandern wir miteinander.«

So geschah es. Die jungen Mädchen schlossen sich ihnen an, die Herren gingen zur Besichtigung der Kirche, die einzelne alte Bilder und Schnitzereien aufzuweisen hatte.

»Hier ist unser Garten.« Frau Pfarrer schloß eine Glastür auf, die von der besten Stube in den Garten führte. »Es ist allemal eine Freude für alle, wenn dieser Durchgang im Frühling wieder frei ist. Im Winter wird er mit einer Brettertür verschlossen.«

Frau Dunker staunte über die Menge der Obstbäume, über die großen Flächen, die, wie Frau Pfarrer sagte, mit Gemüse bepflanzt wurden. Man sah, wie fleißig schon gearbeitet worden war.

»Jetzt gibt's tüchtig zu tun. Erbsen und Bohnen sind schon gelegt, auch Kartoffeln teilweise gepflanzt.«

»O«, rief Gretchen, »die hübschen Frühlingsblumen.« Etty bückte sich und pflückte Veilchen, Krokusse und Tulpen.

»Schade, daß wir für Trudchen niemand haben«, sagte Frau Pfarrer bedauerlich. »Wenn meine kleine Elisabeth nicht gestorben wäre, dann hätte sie eine Altersgenossin gehabt.«

»Das schadet nicht, Frau Pfarrer«, rief Gretchen. »Sie hat in der Stadt eine Menge Schulfreundinnen, die sie besuchen, sie ist gern einmal mit größeren Mädchen, wie wir sind, zusammen.«

Trudchen nickte zustimmend und bückte sich, um Etty beim Veilchenpflücken zu helfen, was auch Gretchen tat, die behauptete, Veilchen seien ihre Lieblingsblumen.

»Nun wollen wir auf den Hof gehen, da gibt es auch mancherlei zu sehen, was Sie interessieren wird, liebe Frau Dunker. Da unten, am Garten vorbei, fließt der Fluß, auf dem Gerhard im Winter bis zur Stadt fuhr, wo er den Unfall hatte.« Auch den mußte Frau Maria noch in Augenschein nehmen, dann ging es in den Hof. Da gab es Ställe und eine große Scheune, auch allerlei Getier. Aber wer war denn das?

Eine große schlanke Dame, ja der ganzen Haltung nach mußte es eine Dame sein, obwohl der Anzug nicht danach aussah! Sie war mit einem schlichten dunkelgrauen Kleide angetan und hatte eine lange weite Schürze um, von dunkelgrauer Leinwand, die zwei tiefe große Taschen zeigte. Die Taschen bauschten ab, weil sie mit allerlei Eßwaren für die Tiere angefüllt waren. In den Taschen gab es Reis, Weizen und Mais, womit sie eine Unzahl von Hühnern und Hühnchen, von Tauben und Enten fütterte, die sie in großen Scharen umlagerten. Zwei Täubchen saßen ihr auf den Schultern, auf jeder eine. Sie griff mit Wohlbehagen in die Tasche und das Federvieh schnatterte, gackerte und gurrte um sie herum, daß die Damen ihr eigenes Wort nicht verstanden. Dann, nachdem die Fütterung vorüber war, verschwand die Dame in den Ställen, wo sie, wie es schien, Wichtiges zu tun hatte.

»Wer ist denn das?« fragte Frau Maria mit einer gewissen Neugierde. »Eine Bedienstete ist es nicht?«

»Nein«, lachte Frau Pfarrer, »das ist die Tante Alice, eine Schwester meines Mannes, eine große Tierliebhaberin. Sie liebt die Tiere fast mehr als die Menschen.«

»Sie war doch gar nicht am Kaffeetisch.«

»Nein, sie liebt es, ihren Kaffee oben auf ihrem Zimmer zu trinken. Heute abend werden Sie sie kennenlernen in anderer Gestalt als jetzt. Sie war lange Jahre Lehrerin in England in den vornehmsten Lordshäusern, ihre Schülerinnen verehren sie noch sehr und stehen mit ihr in beständigem Briefwechsel.«

»Ja«, bekräftigte Etty, die mit Gretchen und Gertrud bei den älteren Damen stand, »Tante Alice ist sehr nett und sehr interessant. Ihr werdet sie auch liebgewinnen, wenn ihr sie näher kennt.«

»Was hat sie denn im Stall zu tun?« fragte Gertrud neugierig.

»Da gibt sie den Pferden Zucker oder Hafer, sieht, ob alles bei ihnen oder bei den Kühen in Ordnung ist, ob sie nicht zu fest angebunden sind, ob sie gute Streu haben. Wenn das alles besorgt ist, geht sie nach oben, liest Englisch oder schreibt englische Briefe. Ich habe auch Englisch bei ihr gelernt, Tante Alice spricht es wie Deutsch.«

»O«, sagten die Mädchen, sehr gespannt auf die Bekanntschaft einer so klugen Tante, die sich nicht schämte, in die Ställe zu gehen.

Am Abend, als der Teetisch gedeckt war, trat eine Dame ins Zimmer, der man sofort die »Lady« ansah. Sie erschien in einem feinen schwarzen Tuchkleid mit Schleppe, eine feine Spitzenkrause umschloß den Hals, ein rotseidenes Tuch war lose um die Schultern gehängt.

Sie machte einen durchaus vornehmen Eindruck. Sie verneigte sich graziös nach alles Seiten hin, wurde den Gästen vorgestellt und mußte mit Frau Dunker gleich ein passendes Gespräch anknüpfen. Ihre schönen großen, tiefblauen Augen taten es jedem an, der sie zuerst sah. Sie redeten von reifer Erfahrung, von vielen interessanten Erlebnissen. Und wenn Tante Alice dann bekannter wurde und von England zu erzählen anfing, da floß der Mund über, so daß alles schwieg und ihr mit Spannung zuhörte. Die jungen Mädchen waren ganz entzückt von dieser Tante, von ihr hatte ja Herr Hemsing nie erzählt. Überhaupt gab es im Pfarrhaus so viel Schönes, daß sie immer in einem Staunen und Wundern waren. Als nun gar Tante Alice ihnen anbot, sie wollte im Sommer ein kleines englisches Kränzchen mit ihnen anfangen, und Frau Pfarrer sie einlud, sie sollten auch Fräulein Eva, von der die Mutter mit ihr gesprochen, mitbringen, da waren sie glückselig und behaupteten auf der Rückfahrt, noch nie einen so schönen Tag verlebt zu haben, wie in der Pfarre zu Langendorf.

Am anderen Morgen erschien Herr Hemsing — er ging längst den Weg wieder zu Fuß — und brachte dem errötenden Gretchen ein ganzes Körbchen voll Veilchen.

»Sie haben gestern die Blumen bei uns vergessen«, sagte er. »Nun waren sie welk geworden, und da ich von Etty hörte, daß Veilchen Ihre Lieblingsblumen sind, habe ich dies Körbchen für Sie gepflückt.«

»Das ist sehr liebenswürdig von Ihnen, ich danke sehr, wir wollen sie der Mutter bringen«, meinte sie verlegen.

»Nein, sie sind für Sie, Sie sollen sie in Ihr Zimmer stellen, es ist ein geringer Dank dafür, daß Sie mir so oft meine Lieblingsspeisen gekocht haben. Trudchen hat mich immer gefragt, was ich wohl essen möchte.«

»Das sollte sie gar nicht, es hat's ihr niemand aufgetragen«, rief Gretchen wieder errötend. Sie nahm das Körbchen, setzte die Blumen in ihr Zimmer und bald erfüllten sie den Raum mit ihrem lieblichen Duft. Sie selbst aber hatte den Tag über ein sehr glückliches Gesicht.

10. Eva

Nun war es Mai geworden. Alles blühte und duftete, auch in Dunkers Garten hatten sich die Blumen erschlossen, die Bäume standen in ihrer Blütenpracht und die Vögel sangen um die Wette. Mit dem Monat Mai war denn auch im Dunkerschen Hause das längst erwartete Mädchen, Eva Belzer, erschienen. Der Vater hatte, als sie aus der Pension kam, sich nicht gleich entschließen können, sie wegzugeben; ein paar Wochen mußte er sie noch für sich haben. Dann aber mußte die Vernunft über das Herz siegen. Das Mädchen sollte zu einer tüchtigen Hausfrau herangebildet werden, und dann — ja dann sollte sie ihm die Einsamkeit vertreiben, für ihn sorgen und ihm die Häuslichkeit, soweit es ohne Frau möglich war, gemütlich und lieb machen. In Frau Maria setzte er das völlige Vertrauen, sie werde seine Eva nicht nur wirtschaftlich heranbilden, sie werde auch über sie wachen, ihre Fehler rügen und ihre Erziehung mit Weisheit und Liebe teilen. In der Pension war alles etwas schablonenhaft zugegangen. Eva hatte eine tüchtige Ausbildung in wissenschaftlicher und sprachlicher Beziehung, aber er wußte auch, daß manches in so jungen Jahren von Mitpensionären angenommen wurde, er wußte, daß sie nicht leichtsinnig war, aber einen leichten Sinn hatte, empfänglich für alles, was ihr nahe gebracht wurde, es sei Edles und Unendles. Frau Maria, davon war er überzeugt, würde ein wachsames Auge über sie haben. Er hatte den Eltern anvertraut, daß Eva ein angenommenes Kind sei, sie aber gebeten, gegen ihre Kinder darüber zu schweigen. Eva selbst wußte es, aber sie mochte durchaus nicht daran erinnert werden. Sie weinte, wenn man davon sprach, oder wenn man sie anders nennen wollte als Elva Belzer, obgleich sie eigentlich Eva Dellmann hieß. Von einer Großmutter war ihr nie etwas gesagt worden. Es hatte keinen Zweck, da diese das Kind verleugnet und nie etwas von sich hatte hören lassen. So wurde sie denn in den Familienkreis Dunker aufgenommen als einziges Kind des Rechtsanwalts Belzer.

Eva war ein niedliches Mädchen, das einen Liebreiz besaß, der jedermann für sie einnahm. Sie war ein hübsches, schlankes Mädchen mit klugen, freundlichen, braunen Augen und lichtblonden Haaren. Das Eigentümliche war, daß die Augenbrauen auch dunkel waren, was dem Gesicht einen eigenartigen Ausdruck gab. Sie hatte Grübchen in den Wangen, die ihr etwas Schelmisches verliehen, kurz, wer sie ansah, mochte sie leiden, und wenn das kleine, rosige Mündchen sich zum Reden auftat, hörte man ihr gern zu. So war auch Gretchen, die nicht so viel Vorteile aufzuweisen hatte, sondern mit ihrem ehrlichen, etwas breiten Gesicht mehr einen hausbackenen Eindruck machte, ganz entzückt von der neuen Hausgenossin, machte gleich Schwesterschaft mit ihr, und beide Mädchen gelobten sich in der ersten Stunde ewige Freundschaft. Einen Kampf kostete es, als der Vater, der sie gebracht hatte, Abschied nahm.

»So weit war ich noch nie fort von dir, Vater«, schluchzte sie, »du schreibst mir aber oft?«

»Jede Woche, mein Töchterchen, und jeden Sonntag erwarte ich von dir einen Brief.« In den ersten Tagen gab es noch manche Tränen. Aber die lustigen Jungen, Georg und Heinz, suchten alle Künste hervor, sie aufzuheitern, wählten in dem Schatz ihrer Anekdoten die drolligsten aus und erzählten sie mit so viel Humor, daß sie lachen mußte. Trudchen zeigte ihre ganze Puppenfamilie, jedoch mit dem Zusatz: »Eigentlich spiele ich nicht mehr mit ihnen, aber ich habe sie doch noch lieb, weil es meine Kinder sind.«

»Es ist doch sehr hübsch, Geschwister zu haben«, sagte Eva schließlich, trocknete ihre Tränen, und nach einer Woche war sie eingewöhnt. Wie sollte es ihr auch nicht gefallen in der liebenswerten Familie! Tante Maria, so durfte sie sagen, war so gütig und freundlich, und der Onkel Dunker machte gern ein Späßchen mit ihr, auch fand sie, daß er in seinem Wesen ein wenig Ähnlichkeit hatte mit dem Vater. Er konnte leicht ungeduldig werden, wenn nicht alles pünktlich und schnell auf dem Platz war, das Warten liebte er gar nicht. Auch zur Heftigkeit neigte er, doch wußte er sich zu beherrschen. Wenn er fühlte, daß der Zorn in ihm aufsteigen wollte, verließ er schnell das Zimmer, und bald war alles verraucht. Er war aber von fester, treuer Gesinnung, ein Ehrenmann im wahren Sinne des Wortes und ein treuer Christ, der seinem Hause wohl vorstand.

Eva trug zwar noch Trauerkleider für die verstorbene Mutter, aber der Vater hatte gewünscht, daß sie im Sommer die Trauer ablegte. Wenn sie auch sehr an der Mutter gehangen und tiefen Schmerz über ihr Abscheiden empfunden hatte, zu lange kann die Trauer nicht haften in einem jungen Gemüt, es ist immer wieder hoffnungsfreudig und mehr zur Freude als zur Trauer aufgelegt. Und wer sollte nun noch traurig sein unter allen fröhlichen Menschen, die es hier gab! Sogar die alte Rieke scherzte und lachte, da wollte sie auch mitmachen.

Unter den blühenden Bäumen im Garten schritten die beiden Mädchen Arm in Arm dahin. Eva hatte viel aus der Pension zu berichten, wo sie mit vielen anderen Mädchen zusammen gewesen war. »Aber so gemütlich und nett wie bei euch war es doch nicht. Es ging sehr streng zu in der Pension, dann gab es einige Mädchen, die waren sehr hochmütig, und andere, die machten sich lustig über ihre Mitpensionäre, eine richtige Freundin habe ich nicht gefunden. Zu Hause bei den Eltern war es immer am schönsten. Du, Gretchen, dich ruft jemand. Ein junges Mädchen hat schon lange am Zaun gestanden und zu uns hergesehen.« Gretchen sah sich um und sagte: »Das ist Lieschen Kramer, unsere Nachbarin. Lieschen, komm doch einmal herüber.«

Das ließ diese sich nicht zweimal sagen. Sie hatte schon das fremde Mädchen einige Male im Garten gesehen und war neugierig zu erfahren, wer es sei. Schade, daß die Tür vernagelt war, sie hatte es schon oft bedauert. Nun mußte sie immer erst einen Umweg machen, wenn sie in den Nachbarsgarten wollte. Nach einem Weilchen war sie da. Nun wurden die jungen Mädchen einander vorgestellt, und Lieschen betrachtete die Neuangekommene von oben bis unten. Dann fragte sie, ob sie zum Besuch da sei, und war erstaunt, daß sie ein ganzes Jahr bleiben wolle.

»Da können wir drei ja hübsch miteinander verkehren«, rief sie, fügte aber gleich hinzu: »Viel Zeit habe ich nicht, wir gehen jetzt zu einem Verein, der im Sommer Vergnügungspartien veranstaltet und im Winter ›Reunions‹, wo getanzt wird. Das ist sehr amüsant. Gretchen, da solltet ihr auch eintreten. Aber Sie haben Trauer«, fügte sie, zu Eva gewendet, hinzu. »Wer ist denn gestorben?« »Meine Mutter, aber das ist schon länger her«, erwiderte Eva.

Nun erzählte Lieschen, daß sie zwei neue Kleider bekomme zu diesen Geselligkeiten, beschrieb, wie sie besetzt würden, was der Besatz koste, berichtete von ihren Armbändern und Halsketten, kurz, man sah, sie wollte der jungen Fremden imponieren. Diese aber sagte einfach: »Meine Eltern waren nicht für dergleichen, aber wir sind ohne dies immer vergnügt gewesen und haben mit guten Freunden im Sommer auch hübsche Partien gemacht.«

»Das war mir aus der Seele gesprochen, Eva«, sagte später Gretchen, als Lieschen sie wieder verlassen hatte. »Lieschen weiß seit einiger Zeit weiter nichts zu reden als von solchen Sachen. Unsere Eltern sind auch nicht dafür, daß ich viel mitmache, ich fühle mich am glücklichsten, wenn ich daheim bei meinen Eltern bin oder mit den Eltern und Geschwistern Ausflüge mache. Aber einen Ort gibt es, den sollst du auch kennenlernen. Wenn wir dahin gehen oder fahren, das ist ein großes Landvergnügen. Da gibt es ein junges Mädchen, das wird dir gefallen.«

»O, wer ist es?«

»Das ist Etty Hemsing, die Pfarrerstochter von Langendorf.« Und nun erzählte sie, wie sie zu der Bekanntschaft gekommen sei, was es für ein reizendes Pfarrhaus sei, welch eine kluge und interessante Tante dort lebe und wie selbige sich schon erboten habe, sie beide in der englischen Sprache zu unterrichten.

Eva schlug frohlockend die Hände ineinander. »Englisch habe ich so gern«, rief sie aus. »Es gibt so reizende Bücher in dieser Sprache.« Sie nannte einige, die sie gelesen, und welche Gretchen auch kannte. Sie unterhielten sich eine Weile über englische Sprache und englische Literatur und waren so bis unten in den Garten gekommen. Dort war eine Erhöhung, eine Art Terrasse, es führten einige Stufen herauf, oben war eine Bank angebracht, dahinter Gebüsch, von da hatte man einen hübschen Blick über die nächste Umgebung. »Siehst du dort, jenseits der Wiese den Fluß? Das ist derselbe, der an Hemsings Garten vorüberfließt. Man könnte also auch in einem Boot eine Wasserfahrt nach Langendorf machen oder im Winter ganz auf Schlittschuhen dahin fahren.«

»O, wieviel Schönes gibt es bei euch!« rief Eva erfreut. »Werde ich Langendorf auch bald sehen und die Etty kennenlernen?« »Mutter sagte, wir könnten wohl einmal zu Fuß hinwandern. Georg und Heinz haben den Weg schon oft gemacht, die sollen uns dann begleiten. Bist du gut zu Fuß? Es ist eine Stunde bis dahin.«

»Ich kann sehr gut laufen. Ich habe mit meinem lieben Vater oft sehr weite Spaziergänge gemacht. Mutter konnte nicht weit gehen, besonders in den letzten Jahren nicht.«

Wenn Eva von der Mutter sprach, nahm ihr Gesicht immer einen schmerzlichen Ausdruck an, sie mußte sie sehr lieb gehabt haben. Aber auch an dem Vater hing sie mit großer Liebe; wenn ein Brief von ihm kam, jubelte sie laut. Sie konnte überhaupt ihren Gefühlen lebhaften Ausdruck geben. Ihre Lebhaftigkeit hatte etwas Gewinnendes, das offene, fröhliche Wesen etwas Anziehendes. Mit Georg und Heinz stand sie bald auf freundschaftlichem Fuß; sie betrachteten sich wie Geschwister, so hatten es die Eltern gewünscht, es entspann sich ein harmloser Verkehr. Sie neckten sich, wie es unter Geschwistern Brauch ist; die Knaben standen aber auch jederzeit zu Ritterdiensten bereit.

»Wer sind nur die Jungen in der Nachbarschaft, die oft so unverschämte Reden haben«, fragte Eva eines Tages, als sie aus der Stadt kam und der Primaner Edgar und seine Brüder ihr Kußhände zugeworfen und sie mit »gnädiges Fräulein« titulierten und Redensarten gemacht hatten, die nichts weniger als fein waren. »Es sind unsere nächsten Nachbarn, Eva. Du mußt sie möglichst ignorieren, sie sind nicht gut erzogen. Es sind Brüder von Lieschen, die du schon kennenlerntest.«

»Verkehrt ihr miteinander?«

»Fast gar nicht. Mutter wechselt gelegentlich ein paar Worte mit Frau Kramer, das ist alles. Sie wollen keinen Verkehr mit uns, wir sind auch ganz froh darüber. Lieschen schloß sich eine Zeitlang an mich an, es war gleich nach unserer Konfirmation, aber jetzt hat sie, wie du gehört, andere Interessen. Wir können es übrigens Georg und Heinz sagen, daß sie es Lieschens Brüdern kund tun, du verbätest dir solche Redensarten.«

»Nein, nein, ich glaube, es ist besser, wir ignorieren es, sonst machen sie es noch ärger.«

Nachdem Eva im Dunkerschen Familienkreise warm geworden war, fing Frau Maria an, sie in die Wirtschaft einzuführen; das war ja der Hauptzweck ihres Hierseins. Damit ihr das Kochen mehr Spaß machen sollte, mußte Gretchen gleichzeitig mitlernen. Wenn letztere auch schon ab und an in der Küche tätig gewesen war, so konnte sie doch lange nicht als perfekte Wirtschafterin gelten.

Da herrschte nun ein fröhliches Leben in der Küche. »Nur nicht zuviel geschwatzt«, sagte eines Tages Frau Maria, »heute wird Eva nun ihr erstes Kunststück machen und uns Fische kochen. Sie weiß jetzt, wie sie ausgenommen werden und wie sie weiter zu handhaben sind. Also ich bin nun nicht da!« Frau Maria verschwand. Gretchen hatte einen anderen Auftrag bekommen, und Eva war es ganz lieb, allein gelassen zu werden, sie hatte dann mehr Selbstvertrauen und Ruhe. Sie brachte auch scheinbar alles gut fertig und sah mit Befriedigung, wie hübsch arrangiert die Fischstücke auf der Schüssel lagen, als Rieke damit hereinkam. Auch die Kartoffeln dazu waren schön und mehlig. »Wo ist aber die Sauce?« fragte die Hausfrau. »O — die Sauce! Ja, die hab' ich vergessen!« Sie ging schnell in die Küche, um die Butter klar zu machen. Da kam Heinz gestürzt. »Schnell das Salz. Vater sagt, es ist kein Korn Salz an den Fischen.« Da gab es Eva einen gewaltigen Ruck. Nun war sie ja vollständig blamiert. Und noch gestern abend hatte sie gerühmt: Fische könne sie ohne jegliche Hilfe zubereiten. Man hatte immer einmal in der Woche dies Gericht, und da es eine Lieblingsspeise des Vaters war, so hatte Frau Maria besondere Sorgfalt darauf verwandt, es Eva zu lehren. Diese schickte nun Salz und Sauce hinein, erschien aber nicht wieder, sondern setzte sich in eine Ecke am Herd und weinte bitterlich, obgleich Rieke begütigend sagte: »Gehen Sie doch hinein, Fräulein Eva, Herr und Frau Dunker sind keine Menschenfresser.«

Erst als Frau Maria selber kam und sie hereinholte, erst als Herr Dunker rief: »Liebe Eva, Lehrgeld muß jede angehende Köchin zahlen, nun kommen Sie her, ich habe Ihnen ein besonders schönes Stück aufgehoben«, da trocknete sie ihre Tränen und begann zu essen, aber gar zu gut wollte es heute nicht schmecken, und an ihr Väterchen stand im nächsten Brief zu lesen; »Ich lerne jetzt kochen und glaubte, es schon gut zu können, aber da habe ich vergessen, die Fische zu salzen, und an die Sauce habe ich überhaupt nicht gedacht, aber sie sind alle so furchtbar gut hier. Schelte hat es gar nicht gegeben, nur Tröstungen, und das hat mich so gerührt, daß ich nun doppelt aufmerksam sein will und alles so gut machen, wie ich nur kann.«

11. Der Ausflug nach Langendorf

Eva hielt Wort. Sie war sehr aufmerksam und hilfreich in der Küche, und als es wieder Fische gab, durfte sie aus dem Munde des Hausherrn ein »ausgezeichnet« hören, »wirklich ausgezeichnet.« Und Frau Maria sagte freundlich: »Nun können wir uns auch wohl einmal allein an das Zubereiten eines Bratens machen, Gemüse kocht Eva schon ganz hübsch schmackhaft.«

An einem besonders schönen Maientag rief Frau Maria die jungen Mädchen zu sich und sagte: »Heute wäre schönes Wetter für Langendorf. Georg und Heinz haben nachmittags keinen Unterricht, sie können euch begleiten, habt ihr Lust, ihr Mädchen?«

»O, und wie Mutter! Eva, das ist fein, nun lernst du Pfarrers kennen und Tante Alice.« »Ja«, fiel die Mutter ein, »Tante Alice ist so freundlich gewesen, euch anzubieten, Englisch mit euch zu lesen, da wird es Zeit, daß ihr anfangt, der Sommer vergeht schnell.«

Die Mädchen eilten nun, mit ihrer Arbeit fertig zu werden. Es mußten Spargel gestochen werden, zugeputzt und gekocht, dazu Koteletten gebraten und Suppe bereitet, alles eine Stunde früher als gewöhnlich. Das Abtrocknen des Geschirrs nach Tisch wurde ihnen erlassen, so konnten sie um halb zwei abwandern, begleitet von den Brüdern. Es war Eva alles neu, was sie sah. Nach dieser Seite hin war ihr die Welt noch unbekannt; in der Stadt selbst, wo sie täglich mit Gretchen Einkäufe machte, war sie schon bekannter.

Als sie an den kleinen Häusern vorübergegangen waren, kamen sie an der hübschen Villa vorbei, die inmitten des herrlichen blühenden Gartens lag.

»Wer wohnt denn hier?« rief Eva entzückt, »sieh nur, Gretchen, diese geschmackvollen Blumenbeete, wie hübsch gruppiert und zusammengestellt sind die Pflanzen.«

»Das hat der vorige Besitzer noch getan, Herr von Henning war ein großer Blumenfreund und hat sich den Garten viel Geld kosten lassen. Die jetzige Besitzerin, oder vielmehr ihre Haushälterin, scheint es gut in Ordnung zu halten, die Wege sehen alle so sauber aus. Sieh, da sind schon wieder zwei ungezogene Jungen, die immer mit Steinen in den Garten werfen! Wollt ihr das wohl lassen, ihr Jungen! Mein Vater wird's der Polizei einmal sagen müssen, wartet nur. Was habt ihr da hineinzuwerfen?« »Ja, die Alte guckt dann immer heraus und droht. Die wollen wir gerne sehen«, lachten die Jungen. Aber vielleicht fürchteten sie, der Vater des Fräuleins möchte noch kommen und die Drohung ausführen, sie warfen die Steine, die sie in der Hand hielten, weg und liefen davon.

Eva aber stand starr am eisernen Gitter und sah nach den hohen Fenstern hinüber, wo wirklich eine alte Dame im grauen Haar mit einem vergrämten Gesicht heraussah und die Hände erhob, als wollte sie um Hilfe rufen. Als sie die jungen Mädchen erblickte, zog sie sich scheu zurück.

»Wer ist das?« rief Eva, indem sie weitergingen.

»Gretchen, kennst du die Leute, die dort wohnen; es sind doch auch Nachbarn, wenn auch nicht so nahe wie Kramers. Sind dort vielleicht auch junge Mädchen?«

»Nichts von allem«, sagte Gretchen. »Nur eine alte Dame soll dort wohnen mit ihrer Haushälterin, erst seit dem letzten Herbst. Wir wissen aber weder wie sie heißt noch wer sie ist. Wenn sie mit uns verkehren wollte, hätte sie uns einen Besuch machen müssen. Doch da kommen endlich die Jungen! Wo bleibt ihr so lange?«

Sie waren ganz atemlos vom Laufen und riefen: »Gut, daß wir euch einholen, wir glaubten schon, ihr wäret über alle Berge. Herr Hemsing will im Langendorfer Holz mit uns botanisieren gehen, da haben wir unsere Botanisiertrommel erst noch vom Boden geholt. Nun vorwärts.«

Jetzt schritten sie alle munter aus. Eva freute sich über alles, was sie sah, es war eine Lust, mit ihr zu gehen. Dem Mädchen aus dem Flachlande waren die Berge etwas Neues.

»Bei uns«, meinte sie, »hat man eine weite Fernsicht, aber hier hat man immer wieder andere Bilder. Hat man eine Höhe erreicht, zeigt sich eine andere Ansicht.«

»Ja, bei uns«, rühmte Georg, »ist es allerdings schöner als bei euch«, wogegen dann Eva schnell die Vorzüge ihrer Gegend hervorhob, denn Heimatliebe besaß sie in großem Maße.

Nun waren sie in Rotenau. »Eva, wenn du jetzt müde bist, können wir bei der guten Bäuerin, bei der ich Eier und Schinken kaufe, ausruhen. Oder wollen wir weiterschreiten?«

»Lieber weitergehen, ich bin noch nicht müde und möchte gern bald in Langendorf sein.«

Vor dem Dorf kam ihnen Herr Hemsing entgegen. Er winkte schon von weitem, die beiden Schüler vergaßen, daß sie Damen bei sich hatten, und liefen eilfertig auf ihn zu, während Eva leise fragte: »Ist das der Herr Kandidat?«

Gretchen nickte bejahend mit dem Kopf und schritt mit ihr gemessenen, würdigen Schrittes dem Herrn entgegen. Er reichte Gretchen freundlich die Hand und ließ sich dem fremden, jungen Mädchen vorstellen. Er schien überrascht von der Schönheit des Mädchens, dessen Liebreiz im freundlichen Grüßen zutage trat. Herr Hemsing gesellte sich zu den jungen Damen und ließ die Schüler voranschreiten.

Eva, der alles neu und interessant war, sah sich nach allen Seiten um und meinte, die Dörfer hätten hier ein viel großartigeres Ansehen als bei ihr daheim.

»Natürlich«, rief Heinz, sich schelmisch umsehend, »bei uns ist überhaupt alles großartiger, ansehnlicher und besser als bei euch.«

»Das wollte ich nicht sagen«, warf Eva schnell ein. »Unsere Dörfer sind gemütlicher mit ihren Strohdächern und Storchennestern darauf. Und die Leute sind alle so freundlich, gefällig.«

Doch jetzt waren sie auf dem Pfarrhof. Da kam schon Etty gesprungen, umarmte Gretchen und reichte Eva, von der sie längst gehört hatte, freundschaftlich die Hand, wollte eben etwas sagen, da sah sie, wie diese plötzlich stehenblieb, mit der Hand auf einem Punkt zeigte und fragte: »Wer ist denn das?«

Man sah eine ältere Dame mit großer Leinenschürze auf einer kleinen Leiter stehen, die nach dem Boden eines Stalles führte. Es sah ängstlich aus, denn sie trug etwas in der rechten Hand, während sie sich mit der linken an der Leiter festhielt und dieselbe emporstieg.

»Das ist Tante Alice«, erklärte Etty. »Unsere Katze, ihr Liebling, hat da oben kleine Kätzchen bekommen, und da hält sie es für ihre Pflicht, die kleinen Tiere täglich mit warmer Milch zu füttern, obgleich Mine das ebensogut könnte. Aber sie fürchtet, die könnte es vergessen. Doch kommt, laßt uns ins Haus gehen, sie sieht es nicht gern, wenn man dabeisteht und ihr zusieht.«

Sie betraten das Haus, doch Eva mußte sich immer wieder umsehen nach dieser wunderbaren Tante, die auf die Leiter stieg, um Kätzchen zu füttern. Sie konnte sich nicht denken, daß dieselbe Persönlichkeit in der großen Wirtschaftsschürze Englisch lehren könne. Nun hatte sie Herrn und Frau Pfarrer kennengelernt; sie hatte mit den freundlichen Wirten Kaffee getrunken, der heute hinter dem Hause in einer grünbewachsenen Laube eingenommen wurde, dann hatte Eva Garten und Haus besichtigen müssen, und nun hieß es: »Jetzt wollen wir zu Tante Alice gehen!«

»Ist denn die aber da?« fragte Eva. »Ich denke, sie ist bei den Kätzchen auf dem Boden.« Da lachten die beiden anderen Mädchen. »Dort bleibt sie doch nicht den ganzen Nachmittag.« »Nein, jetzt hat sie schon ihren Kaffee getrunken, um 1/2 5 Uhr ist sie für jedermann in ihrer Stube zu sprechen.«

Man ging nach oben und klopfte. Auf ein »Herein«, von angenehmer Stimme gesprochen, betraten sie das Zimmer von Tante Alice. Die Dame, die auf sie zukam, bot einen ganz anderen Anblick als die auf der Leiter. In vornehmer Haltung, in Schwarz gekleidet, wie damals, begrüßte sie die jungen Mädchen und sah sie mit ihren schönen, lebhaften Augen so freundlich an, daß Eva gleich Vertrauen zu ihr faßte. Sie mußte sich zu ihr auf's Sofa setzen, während die anderen jungen Mädchen auf den hübschen Lehnstühlen Platz nahmen. Die Einrichtung des Zimmers war anders als sonst, sie war mehr nach englischer Art. Das ganze Zimmer war mit Teppichen belegt, viele Bilder mit Widmungen früherer

Schülerinnen, schöne Decken und Kissen nach ausländischem Geschmack. Es war Eva, als sei sie in ein verzaubertes Schlößchen gekommen. Und als nun Tante Alice anfing, mit den Mädchen Englisch zu sprechen und diese versuchten, ihr in der fremden Sprache zu antworten, da gab es manche Rüge wegen der Aussprache, doch am Schluß sagte die Tante: »Ich freue mich, daß ihr so weit seid, ihr sprecht ganz leidlich. Da, denke ich, wir können schon ein etwas schweres Buch zur Lektüre wählen, wenn auch nicht gerade von Shakespeare, aber vielleicht von Dickens.« Die Tante wollte etwas heraussuchen. Sie hatte einen großen Glasschrank mit vielen Büchern. Es wurde ausgemacht, daß die beiden Mädchen jeden Mittwoch im Sommer von halb fünf bis halb sechs zum Lesen kommen sollten. Darauf freuten sie sich sehr.

Nun erzählte Tante Alice von ihrem Leben als Lehrerin im Ausland, von ihren Schülerinnen, zeigte Bilder von ihnen und von den Orten und Häusern, worin sie lebten, bis auf einmal Eva, die sie auch Tante nennen durfte, fragte: »Tante Alice, hast du dort auch Tiere gefüttert?« »Nein, mein liebes Kind, das ging in meiner Stellung als Lehrerin nicht, aber liebhaben durfte ich die Tiere. Da will ich euch einmal einige Photographien von Hundelieblingen zeigen.« Nun suchte sie auch die noch heraus aus ihrem Schreibtisch und wußte von jedem Hunde viel Interessantes zu erzählen, bis Gretchen Eva anstieß und flüsterte: »Eva, wir müssen gehen, es wird sonst zu spät, Georg und Heinz sind gewiß längst vom Botanisieren zurück und warten auf uns.«

Sie warteten nicht, ja waren noch gar nicht einmal da. Gretchen fand es für besser aufzubrechen, da Mutter sich sonst sorgen würde. »Die Jungen«, meinte sie,

»haben schnellere Beine, die kommen uns schon nach.« Etty begleitete die beiden durch das Dorf, dann wurde einiges verabredet wegen Ettys Besuch, darauf verabschiedete man sich.

»Wie wär's, Gretchen, wenn wir immer dem Fluß nachgingen, dann kommen wir ebensogut nach Hause wie auf der staubigen Landstraße. Oder geht kein Weg daran entlang?«

»Ein Weg ist schon da«, sagte Gretchen nachdenklich. »Aber ich glaube, es ist ein Umweg und dann geht es zum Teil durch Wiesen. Die Brüder haben den Weg schon gemacht, ich kenne ihn nicht.« »Nun, der Fluß ist ja ein guter Wegweiser, es wird noch nicht gleich finster, ich denke es mir so schön, immer am Fluß entlang zu gehen, auf den Wiesen schöne Blumen zu pflücken und zuletzt unten an unserem Garten anzukommen.«

»Und dann über den Zaun zu klettern«, warf Gretchen ein.

»O, das macht gerade Spaß«, rief das lustige Evchen, »komm, laß uns den Weg gehen.«

Gretchen sah noch eine Weile nachdenklich vor sich hin, aber gefallen wollte ihr die Sache auch, also sagte sie: »Nun da, frisch voran!«, und bald wanderten sie höchst vergnügt lachend und schwatzend den schmalen Weg, der zwischen Feldern und Wiesen immer am Strom entlang führte. Sie pflückten Kornblumen am Feldesrand und schöne Vergißmeinnicht auf den Wiesen, und Eva rief: »Habe ich nicht recht gehabt, daß es hier viel schöner ist als auf dem staubigen Landweg?«

»Aber es geht langsamer. Sieh, der Fluß macht einen großen Bogen und der Weg mit ihm. Das Blumenpflükken hält auch auf.«

»Wir können ja damit aufhören«, meinte Eva, die auch merkte, daß die Stadt noch weit entfernt war und daß es bereits anfing zu dunkeln.

Nach einer Weile stand Gretchen still, sah sich rings um und sagte: »Es ist weiter, als ich dachte. Eva, wenn wir nur keine Dummheit gemacht haben.«

»Wir wollen nur etwas schneller gehen. Georg und Heinz müssen ja auch kommen.«

»Die werden wohl den kürzeren Landweg gehen«, erwiderte Gretchen. Sie schritten nun rüstig vorwärts, aber da krümmte sich der Fluß wieder und der Weg mit ihm. Sie wurden immer stiller und einsilbiger, bis Gretchen auf einmal rief: »Sieh, dahinten kommen zwei Gestalten, das sind gewiß die Brüder. Das ist fein! Nun haben wir gute Beschützer, wenn es dann auch etwas länger währt und dunkel wird. Mit ihnen brauchen wir uns nicht zu fürchten.«

»Aber was ist das? Hier hört ja auf einmal der Weg auf. Da müssen wir durch die Wiese gehen. Hoffentlich bekommen wir keine feuchten Füße. Eva, ich habe schon eben in etwas Nasses getreten. O weh, es ist ganz naß hier. Ist das aber dumm, was machen wir nun?«

»Wir gehen gerade durch«, meinte die tapfere Eva. »Wenn wir auch nasse Füße bekommen, wir können ja zu Hause die Fußbekleidung wechseln, es ist ja Sommer und kein Winter.«

»Ich mache mir auch nichts daraus, es war mir nur deinetwegen.«

Es wurde jedoch nachgerade unangenehm. Der Weg durch die Wiese wurde immer beschwerlicher, die Mädchen sahen immer sehnsüchtiger nach den Brüdern aus.

»Die kommen gar nicht, sie sind bestimmt den Landweg gegangen«, klagte Gretchen. »Jetzt sehe ich schwarze Gestalten«, rief Eva. »genau kann ich sie nicht erkennen, aber ich glaube, sie sind es.«

Die beiden Gestalten, die daherkamen, waren aber nicht Georg und Heinz, sondern Edgar, der Nachbarssohn, und ein Schulfreund von ihm.

»Sieh nur«, sagte der erstere, »wer krabbelt da in den Wiesen herum, das sind fürwahr ein paar Mädchen, die sich verlaufen haben.«

»Ist das nicht die Margarete Dunker, eure Nachbarin?« fragte der andere.

Edgar sah scharf hin. »Fürwahr, das ist sie. Und die andere? Das ist der kleine muntere Käfer, der seit kurzem bei Dunkers eingekehrt ist. Sieh nur, wie sie durch die nasse Wiese stelzen. Die müssen wir ein bißchen ängstigen. Das wird ein famoser Spaß. Die Grete tut immer so apart, als ob sie sich zu gut für unsereinen hält. Komm Oskar, das Abenteuer wollen wir uns nicht entgehen lassen.«

Die Mädchen waren stehengeblieben, weil sie im Herannahen die Brüder erwarteten. Wie groß war ihr Schreck, als sie den unliebsamen Edgar erkannten, der der unangenehmste von der ganzen Gesellschaft war.

»Schnell, Eva, laß uns eilen, nur nicht mit diesem gehen«, flüsterte Gretchen.

»Ich kann nicht«, jammerte Eva, »mein Fuß steckt in einem Wasserloch.«

»O, wären wir doch den Landweg gegangen, es ist zu dumm.«

»Nun, meine Damen«, erklang jetzt Edgars näselnde Stimme, »hier geht es sich wohl nicht ganz schön?«

»Wir sind auf eine nasse Wiese geraten, und meine Freundin steckt mit dem Fuß fest, kann nicht heraus.«

»Was bekomme ich, gnädiges Fräulein, wenn ich helfe?«

Eva, die nahe am Weinen war, sagte: »Wenn Sie einen Lohn verlangen für eine Hilfeleistung, dann muß ich sehen, wie ich mir selber helfen kann.« Sie bückte sich und bemühte sich mit aller Kraft, den Fuß, der in der Matte festsaß, herauszuziehen. Sie löste das Schuhband und wollte lieber den Schuh fahren lassen, als diesem Menschen in die Hände fallen.

Er sprang schnell herzu, zog erst den Fuß heraus, dann den Schuh, half ihr den letzteren anziehen, dann legte er den Arm um sie und sagte zärtlich: »Das verdient einen Kuß für treue Ritterdienste.« Sie stieß ihn zurück, in demselben Augenblick packte ihn jemand und rief: »Was fällt Ihnen ein, machen Sie, daß Sie hier fortkommen, belästigen Sie das Fräulein nicht weiter.«

Er lachte und trabte mit seinem Freund davon, während Herr Hemsing, denn dieser war es, Eva den Arm bot und sie fest und sicher durch die Wiese geleitete, während Georg und Heinz Gretchen in ihre Mitte nahmen und sie halb über die Wiese hinwegtrugen.

»Wo kommt ihr nur so schnell her?« fragte diese, noch ganz aufgeregt von der Angst, mit jenen beiden Burschen allein zu sein.

»Wir kamen sehr bald nach eurem Weggang mit Herrn Hemsing vom Botanisieren. Wir waren natürlich der Meinung, ihr seiet die Landstraße gegangen, und eilten euch nach. Herr Hemsing begleitete uns, da er sich von euch verabschieden wollte. Da wir euch nicht trafen, wurde uns angst, auch Herr Hemsing sorgte sich und wollte uns nicht eher verlassen, bis wir euch gefunden. Wir gingen immer schneller, fragten in Rotenau bei der Bäuerin, ob ihr vielleicht dort auf uns wartetet. Als wir euch auch dort nicht fanden, mußten wir zuletzt annehmen, daß ihr den Weg am Fluß entlang genommen, obgleich das ein großer Unsinn war, zumal im Frühling, wo die Wiesen oft voll Wasser stehen. Gretel, ich hätte dich für vernünftiger gehalten. Dieser einsame Weg.«

»Eva wollte so gerne«, unterbrach sie ihn, »und wir beide dachten es uns so hübsch. Wie kamt ihr nun aber so schnell von der Stadt her zu unserer Hilfe?«

»Als wir nach Hause kamen und euch nicht fanden, erschraken wir natürlich sehr, die Eltern mit uns. Wir bekamen unsere Schelte, daß wir nicht früher aus dem Walde gekommen waren. Wir machten uns nun schleunigst auf, liefen hinten durch unseren Garten, quer durch die Wiesen, Herr Hemsing immer mit, und entdeckten euch gerade zur rechten Zeit, als dieser Geck dreist werden wollte.«

»Ein wahres Glück, daß ihr kamt. Ich habe mich lange nicht so geängstigt wie an diesem Abend.«

»Nun, wir auch, besonders aber der gute Herr Hemsing, der immer sorgte, es möchte euch etwas passiert sein.«

Unter diesen Reden waren sie an die Häuser der Stadt gekommen und gingen hinten an den Gärten vorbei. Endlich waren sie an den ihrigen. Da galt es noch über den Zaun zu steigen, wobei die Brüder hilfreiche Hand leisteten.

»Gott sei Dank, daß wir sie soweit haben«, sagte Herr Hemsing. »Das war aber eine Reise, die machen Sie so bald nicht wieder, was, Fräulein Gretchen?«

»In meinem Leben nicht. Eva, wie geht es dir?«

»Ich bin ganz durchnäßt, muß mich gleich umziehen«, antwortete diese kleinlaut.

Da kamen die Eltern den Gartensteig herunter, voller Sorge und Unruhe. Es gab Schelte, die ruhig hingenommen wurden, weil wohl verdient. Dann dankten die Mädchen den Herren für freundliche Hilfeleistung und eilten ins Haus. Sie durften sich bei Beleuchtung nicht sehen lassen, sondern mußten sich schleunigst umziehen. Als sie herunterkamen, war Herr Hemsing gegangen. Er hatte sich nicht halten lassen und erklärt, der Mond ginge gleich auf, ein Mondscheinspaziergang sei ganz angenehm, besonders im schönen Monat Mai. Das war Evas erster Ausflug nach Langendorf, der ihr zeitlebens im Gedächtnis blieb.

12. Christian

Christian hatte ein zweites, sehr gutes Examen gemacht und war nun so weit, daß er eine selbständige Stelle annehmen konnte. Er wollte aber gern noch seinen Doktor machen, meinte auf diese Weise mehr Ansehen in der Welt zu haben. Die Eltern gewährten es ihm gern. Vorerst aber sollte er sich nach angestrengter Arbeit etwas Erholung gönnen und einige Wochen zu Hause zubringen.

Es herrschte große Freude im Familienkreise, als der älteste Sohn des Hauses sich angemeldet hatte. Auch Eva freute sich in kindlicher Weise mit. Betrachtete sie sich doch vollständig als zur Familie gehörig. Die Dunkers hatten sie als Familienglied aufgenommen, und sie hatte gern Herrn und Frau Dunker als Onkel und Tante und deren Kinder als Geschwister angesehen. So stimmte sie mit ein in den Jubel über sein Kommen und sprach von dem zu erwartenden »Christian«, obgleich Gretchen mitunter sorgte, ob wohl Christian das Steife, Zurückhaltende, das er Fremden gegenüber haben konnte, gegen Eva ablegen würde.

Georg und Heinz gingen beizeiten, ihn von der Bahn zu holen, während Gretchen und Eva geschäftig den Tisch deckten und ein Couvert mehr auflegten als gewöhnlich.

Ein bißchen neugierig war Eva doch, als sich Tritte hören ließen und munteres Geplauder. Gretchen eilte zur Tür hinaus, da überfiel Eva plötzlich eine Befangenheit, die sie nie gekannt hatte. Sie stellte sich in die Fensternische, um nicht gleich gesehen zu werden.

Jetzt kamen sie alle herein, Vater, Mutter und die Kinder, den großen Sohn in der Mitte. Der Vater war eben aus dem Kontor gekommen und hatte die Söhne an der Haustür getroffen.

»Nun, alter Bursche, es ist gut, daß wir dich da haben, nun lege ab und laß dir's wohl sein im Elternhause.«

Christian, ein hübscher, schlank gewachsener Mensch mit einer kühnen Nase und hoher freier Stirn, mit klugen, lebhaften Augen, wischte sich den Schweiß von der Stirn und sagte: »Gott sei Dank, daß ich wieder einmal zu Hause bin, bei der Mutter ist's doch am schönsten.«

Frau Maria sah mit Stolz und Freude zu ihrem Ältesten hinauf. Sie las gern in seinen Augen und in seinem Ausdruck, daß er wohl bewahrt blieb vor allen üblen Einflüssen, welche die jungen Leute oft aus der Fremde mitbringen. War es ja ihr tägliches Gebet zu Gott, daß er ihre Söhne behüten und erhalten wolle in dem, was ihnen von Kind auf gelehrt und anerzogen war, daß sie nichts von alledem verlieren möchten in der großen weiten Welt.

Als sie sich eben an den wohlbesetzten Tisch setzen wollten, sagte der Vater plötzlich: »Wo ist denn unsere Eva heute, unsere muntere, lustige Eva?«

Da trat Eva, sie sich immer noch im Hintergrunde gehalten hatten, hervor, rosig angehaucht und mit Liebreiz übergossen, die Pflegetochter des Hauses. Christian war offenbar überrascht. An dieses Mädchen hatte er gar nicht mehr gedacht. Er richtete sich stramm auf und machte eine unglaublich steife Verbeugung, als Frau Maria sie bei der Hand nahm und sagte: »Christian, das ist nun auch unser liebes Kind, Eva Belzer, die ihr Vater uns auf ein Jahr anvertraut hat.«

»Ich freue mich, Ihre werte Bekanntschaft zu machen, gnädiges Fräulein«, erwiderte er etwas stotternd, sich an den Gesellschaftston der Residenz erinnernd.

Die Mutter machte ein etwas unzufriedenes Gesicht, während Georg lachend Heinz zuflüsterte: »O! — gnädiges Fräulein!«

Doch der Vater erhob schon die Hände zum Tischgebet und dann setzte man sich. Christian war sehr lebhaft; er erzählte viel von seinen Studiengenossen, von den geselligen Vergnügungen, entwickelte aber dabei einen kolossalen Appetit.

Eva war still und hörte zu, beobachtete aber von der Seite den jungen Herrn, der sie so ganz anders begrüßt hatte, als sie es von der Familie gewohnt war. Sie hatte das Gefühl, als ob sie von nun an nicht mehr so ganz dazu gehöre, es war, als wollte sie ein heimwehartiges Gefühl beschleichen. Das gutherzige Gretchen, das neben ihr saß, mochte so etwas merken, sie drückte ihr plötzlich unter dem Tisch die Hand und nickte ihr freundlich zu.

Als Heinz ihr die Schüssel mit den Eiern reichte und sagte: »Eva, du issest ja heute so wenig«, sah Christian erstaunt auf; wunderte er sich über den vertraulichen Ton, den sein Bruder anschlug, oder wunderte er sich, daß die Kleine den Appetit verloren haben sollte? Er sagte nichts, sondern aß tapfer weiter und erzählte zwischendurch von seinen Erlebnissen.

Nach Tisch schlug der Vater vor, sie wollten, da der Abend köstlich sei, ein wenig unter die Linde in den Garten gehen. Das wurde mit Freuden angenommen. Christian schlang den Arm um seine Schwester und sagte: »Komm, Gretel, unter der Linde haben wir lange nicht gesessen.« Vater nahm Mutter unter den Arm, die übrigen folgten. Eva half Rieke beim Abräumen des Tisches, es war ja ihre Woche. Als sie fertig war, ging sie nach oben in ihr Zimmer.

»Wo ist denn nun wieder die Eva?« zürnte der Vater.

»Sie hat die Woche des Abräumens«, entschuldigte Gretchen.

»Das ist längst vorüber, ich höre Rieke schon das Geschirr spülen in der Küche. Gretchen, sieh doch einmal nach, wo Eva bleibt.«

Gretchen kam bald wieder, aber allein. »Eva schreibt an ihren Vater, sie will den Brief gern morgen fort haben.«

»Das ist merkwürdig«, rief nun die Mutter. »Abends wird sonst nie geschrieben. Ich will dir sagen, mein lieber Christian, ich glaube, du bist schuld, daß Eva sich zurückzieht. Du bist ihr zu fremd und steif begegnet, das ist sie hier nicht gewohnt.«

»Ich kann sie doch nicht gleich als Schwester umarmen.«

»Das nicht, aber du brauchtest sie nicht ›gnädiges Fräulein‹ zu nennen. Das hat sie verletzt.«

»Nun, da werde ich mich bemühen, morgen einen etwas anderen Ton anzuschlagen. Aber ihr wißt, es ist mir nicht gegeben, mit fremden Mädchen gleich bekannt zu tun. Ich habe es gleich gedacht, daß es mit einer Fremden im Hause ungemütlich sein würde.«

»Das liegt nur an dir, mein lieber Junge, Eva ist ein sehr nettes, wohlerzogenes Mädchen, wir haben sie alle liebgewonnen, von Ungemütlichkeit haben wir noch nichts gespürt«, fügte der Vater hinzu, dann ging man auf ein anderes Gesprächsthema über, und der Abend verging schnell.

Christian kramte oben noch lange in seinem Zimmer herum, räumte seine Bücher ein, packte seinen Koffer aus und lehnte sich dann mit seiner Pfeife zum Gartenfenster hinaus und genoß den schönen Sommerabend.

Es war doch eine reizende Erscheinung gewesen, das mußte er sich selber zugestehen, die dort plötzlich aus dem Hinterhalt hervorgetreten war, viel hübscher als sein Gretchen, aber er blieb dabei, gemütlich war es nicht durch diesen Zuwachs in der Familie. Und nun wurde er noch ermahnt, freundlich und liebenswürdig zu sein. Wenn einem Liebenswürdigkeit aber nicht angeboren war! Man konnte sie sich doch nicht geben, wie man wollte. Aber höflich wollte er sein, ja gewiß, warum nicht? Die Seinigen hatten gesagt, die Kleine sei immer munter und lustig, davon hatte er noch nichts gemerkt. Aber jetzt, ja, — da hinten aus der Mädchenstube tönte eben fröhliches Lachen und Geplauder. Für Gretchen war es gewiß sehr angenehm, eine Altersgenossin um sich zu haben, Gretchen war so viel jünger.

Am folgenden Tage bemühte er sich, sehr aufmerksam und höflich gegen Eva zu sein, unterließ auch das »gnädiges Fräulein«, konnte aber absolut nicht den richtigen Umgangston mit dem jungen Mädchen finden, das von allen andern als Haustochter anerkannt wurde.

»Christian«, sagte die Mutter, als sie ihn einmal allein hatte, »ich habe gar nicht geglaubt, daß du so ungeschickt im Verkehr mit jungen Mädchen bist, du mußt wirklich einen Kursus Tanzstunden nehmen, um mehr Gewandtheit im Verkehr mit dem weiblichen Geschlecht zu bekommen.«

»Um alles in der Welt nicht, Mütterchen. Da ist mir das Studieren doch lieber, als das Herumsitzen im Saal. Laß mich nur, es wird sich schon alles finden.«

Aber es fand sich nicht. Gingen Gretchen und Eva zur englischen Stunde nach Langendorf, und Gretchen bat ihn, ihnen entgegen zu kommen, so schützte er dringende Arbeit vor, und Georg und Heinz mußten gehen.

So kam es, daß Eva eines Tages, als sie mit Gretchen und Gertrud nach Rotenau ging, erklärte, den ältesten Bruder habe sie sich ganz anders gedacht, er sei so zurückhaltend, so förmlich, man könnte sich beinahe fürchten vor ihm. Gretchen lachte hell auf. »Vor Christian sich fürchten! Nein, Eva, das ist nicht denkbar!«

Sie waren gerade jetzt im Dorf, und Gretchen ging, da sie viel Zeit hatten, allein ins Bauerngeschäft, um frische Eier zu kaufen, während Eva und Gertrud draußen warteten.

Da schlang Gertrud plötzlich ihren Arm um Eva und sagte: »Eva, ich weiß, warum Christian so komisch gegen dich ist. Er wollte es gar nicht, daß du kommen solltest, er sagte, es wäre ungemütlich mit einem fremden Mädchen, er würde am liebsten dann gar nicht mehr nach Hause kommen. Und als Mutter sagte, wir wollten Zettel schreiben, ob wir es wollten oder nicht, da hat er auf den seinen geschrieben: ›Sie soll nicht kommen.‹ Daher kommt das Ganze.«

Da wurde Eva ganz rot vor Erregung, äußerte nur, »So, das hat er gesagt«, schwieg aber gegen Gretchen und ließ sich nichts anmerken. Nur sehr still war sie auf dem Rückweg.

Als sie aber an der Villa vorübergingen, rief sie plötzlich: »Sieh doch, Gretchen, da geht die alte Dame im Garten.« Die jungen Mädchen blieben stehen, es war ihnen interessant, die Besitzerin der Villa einmal von Angesicht zu sehen.

Da plötzlich stolperte diese, und das Körbchen mit Obst, das sie in den Händen hielt, entglitt ihr, sie selbst fiel zu Boden. Da eilten die jungen Mädchen, ohne sich zu bedenken, schnell durch die Gartenpforte, die zum Glück unverschlossen war, während Gertrud mit den Einkäufen heimgeschickt wurde. Sie richteten die alte Dame auf, und indem Gretchen ihr den Arm reichte, um sie ins Haus zu führen, bückte Eva sich, um die Johannis- und Himbeeren, die in den Sand gerollt waren, aufzulesen und sie ihr nachzutragen. Sie sah, daß die alte Dame sehr gebückt ging, aber in gediegener, ja reicher Toilette. Ein silbergraues feines Gewand umschloß die Gestalt, ein seidengewirktes Tuch hatte sie um die Taille geschlungen, ein weißes Häubchen umrahmte das Gesicht. Gretchen führte sie langsam und vorsichtig. Als sie an die Terrasse vor der Villa kamen, sprang Eva hinzu und half der Unbekannten die Stufen hinauf, da es schien, als ob sie von dem Fall gelitten hätte. Die Glastüren zum Gartensalon waren weit geöffnet.

Als Gretchen fragte: »Nicht wahr, gnädige Frau, wir dürfen Sie doch zu Ihrem Sofa, geleiten?« sah sie die jungen Mädchen so traumverloren an, nickte dann und sagte: »Ich bitte darum.« Sie brachten sie aufs Sofa, und Gretchen fragte weiter: »Haben Sie sich verletzt? Sollen wir den Arzt rufen?« Da schüttelte sie energisch den Kopf und sagte: »Nein, ich danke Ihnen, mir fehlt nichts. Meine Betty ist in die Stadt gegangen und kommt bald wieder, ich danke Ihnen für Ihre Hilfe«, sagte sie noch einmal, es war, als ob sie hinzufügen wollte: »Ich bedarf Ihrer nicht mehr, es wäre mir lieb, wenn Sie mich verließen.«

»Wenn Ihre Haushälterin bald kommt, so wollen wir gehen«, sagte Gretchen, die das Wort führte, während

Eva dabeistand und die alte Dame, die ein so vergrämtes Gesicht hatte, voller Mitleid betrachtete. Sie setzte das Körbchen mit Obst auf den Tisch, dann verbeugten sich die Mädchen, es war, als wollte die Alte ihnen die Hand reichen, sie konnte sich jedoch nicht dazu entschließen, sah ihnen aber nach, solange sie konnte, bis die Gartentür ins Schloß fiel. Dann seufzte sie laut.

Gertrud aber berichtete der Mutter den Vorfall, da selbige sich schon über das lange Ausbleiben der Mädchen gesorgt hatte.

Abends wurde der Fall gründlich besprochen. Die jungen Mädchen waren ganz aufgeregt von dem Ereignis und konnten nicht genug erzählen von der alten Dame, dem prächtigen Garten und dem schön eingerichteten Salon, in den sie sie geführt.

»Aber glücklich ist sie doch nicht inmitten ihres herrlichen Besitzes«, sagte Eva, »das sieht man ihr an.«

»Mein Kind«, erwiderte die Mutter, »es gibt viele Menschen, die reich sind und nicht glücklich.«

»Ich glaube, sie ist zu einsam«, fügte Eva sinnend hinzu. »Ob sie gar keine Angehörigen hat, niemand, der sie liebhat, der sich um sie kümmert?«

»Man weiß es nicht. Wenn sie wollte, könnte sie sich ja an gute Menschen anschließen. Aber es scheint, als ob sie sich gegen alle abschließt, als ob ihr das Alleinsein Bedürfnis ist.«

»Tante, wenn sie sich doch an dich anschließen wollte! Du würdest sie liebhaben.«

»Gewiß, kleine Eva, aber ich kann mich ihr nicht aufdrängen. Vielleicht fügt es sich mit der Zeit, daß wir doch bekannt werden.«

Durch dies kleine Ereignis war Eva ganz abgelenkt

von dem, was Gertrud ihr anvertraut und was ihre Gedanken auf dem Nachhauseweg eingenommen hatte.

Am Abend, als sie im Bett lag, dachte sie wieder daran. Also deshalb war Christian so steif, so förmlich gegen sie, weil er es nicht gewollt hatte, daß sie in sein Elternhaus käme. Er konnte gewiß keine jungen Mädchen leiden. Aber gegen die Schwestern war er doch so gut! Wenn sie doch auch seine Schwester wäre! Sie war so liebebedürftig, konnte es nicht leiden, wenn jemand steif und fremd gegen sie war. Da plötzlich kam ihr ein Gedanke. Ihre lieben Eltern hatten ihr einmal anvertraut, daß sie ein angenommenes Kind sei! Vielleicht hatte der Vater es Dunkers auch gesagt, das hatte der Sohn erfahren und verachtete sie nun. Wer weiß, woher sie stammte, ihre Mutter, die mit ihr in dem Städtchen angekommen und bei der alten Frau Rösel gestorben war, war vielleicht ganz armer Herkunft; die Eltern hatten gar nicht viel mit ihr darüber gesprochen. Sie wollte ihren herzlieben Vater einmal genau nach allem fragen. Diese Gedanken ließen sie lange nicht zur Ruhe kommen. Dazwischen schoben sich dann die Ereignisse des Tages. Sie dachte an die alte, einsame Frau in der Villa, die sie so traurig angesehen, daß ihr war, als müsse sie bald wieder zu ihr, sie umschlingen und sagen:

»Ich will dich recht liebhaben, sieh nur nicht mehr so traurig aus.«

Ja, wenn sie die alte Dame hätte sehen können, als sie von ihr gegangen waren, wie sie die Hände vors Gesicht legte und bitterlich weinte.

»So alt wie diese jungen Mädchen könnte sie nun auch sein! Siebzehn Jahre waren es im Juni, als man mir das Kind ins Haus brachte. Hätte ich es behalten und aufgezogen, dann hätte ich jetzt etwas zum Liebhaben.

Wie hilfreich und gut waren diese beiden Mädchen! Die eine so treuherzig und bieder, die andere so lieblich und zart. Wie eigen sah sie mich an mit Augen — ja mit Augen, die ich nimmer vergesse, Augen, die es jedermann antun.«

Sie nahm ihr Tuch und trocknete ihre Tränen, aber sie flossen immer reichlicher. Lange hatte sie nicht weinen können, aber es tat ihr wohl, daß sie sich einmal ausweinen konnte; vor Betty mochte sie es gar nicht sehen lassen.

»Aber Frau Röder, da sitzen Sie nun und weinen in aller Ihrer Pracht. Sie haben es doch besser als manch einer. Ist Ihnen denn etwas passiert? Sie waren doch im Garten und wollten einige Himbeeren pflücken?«

Frau Röder erzählte ihrer Haushälterin, die sie so anredete, wie es ihr gegangen, und wie zwei junge Mädchen sich ihrer so freundlich angenommen und sie hereingeführt hätten.

»Nun, das ist doch nichts zum Weinen.«

»Nein, das nicht. Aber du weißt doch, Betty, was mich seit einigen Jahren beständig quält. Erst war mein Herz so verhärtet, daß ich mein Unrecht gar nicht fühlte. Aber dann hat Gott, der Herr, bei mir angeklopft, hat mir meine Härte und Lieblosigkeit vorgehalten, bis ich meine Sünde erkannte und das Herz weich wurde. Und nun wird das Herz jedesmal weich, wenn ich junge Mädchen sehe. Und die eine von den beiden, die eine, die hat es mir besonders angetan; sie erinnert mich an meine Tochter, als sie in den Jahren war. Ich weiß es ja, daß sie mich nichts angeht, daß sie eine Fremde ist. Aber die Erinnerungen kommen, die kommen so mächtig, daß ich mich ihrer nicht erwehren kann.«

»Wir wollen uns doch einmal erkundigen, wem das junge Mädchen gehört.«

»Nein, ja nicht, Betty. Daß ich dann wieder den Schmerz habe, daß sie mich nichts angeht, daß sie Eltern und Geschwister hat, die sie lieben.«

»Aber Frau Röder sollten doch etwas Umgang suchen. Es sollen hier in der Nähe so liebenswürdige Leute wohnen. Wenn Sie Ihr Leben so einsam vertrauern, das ist mir nicht recht.«

»Es ist mir schon recht, Betty, ich hab' es nicht anders verdient. Jetzt sieh einmal nach meinem Fuß, ich hab' ihn mir doch beim Fallen etwas verletzt, er schmerzt mich.«

Betty fand, daß der Fuß etwas angeschwollen war. Sie legte eine kalte Kompresse auf, verband ihn, brachte ihrer Herrin zu essen und sorgte, daß sie sich zeitig ins Bett legte.

13. Verschiedene Erörterungen

Frau Maria hatte sich am folgenden Tage in ihr kleines eigenes Zimmer, das überall im Hause als »Mutters Zimmer« bezeichnet wurde, zurückgezogen. Dort schrieb sie ihre Briefe, berechnete ihre Ausgaben, ruhte auch wohl ein Weilchen von angestrengter Arbeit, vor allen Dingen aber las und betrachtete sie Gottes Wort, an das sie von Herzen glaubte, nach dem sie handelte, nach dem sie ihr ganzes Haus regierte. Da öffnete sich leise die Tür, Evas Kopf wurde sichtbar und eine Stimme sagte: »Tante, darf ich einmal kommen?«

»Gern, mein liebes Kind. Hast du etwas auf dem Herzen?«

Eva kam näher, schlang den Arm um die geliebte Tante und fragte: »Darf ich dich etwas fragen?«

Maria nickte selbstverständlich, konnte sich aber nicht denken, was es sein könnte, das Eva so ernst und feierlich aussehen ließ. Erwartungsvoll sah sie sie an und diese begann:

»Tante, hat mein lieber Vater« — sie stockte, »hat mein Vater euch etwa gesagt, als er mich bei euch anmeldete, daß — daß ich ein angenommenes Kind sei, daß sie nur meine Pflegeeltern waren?« »Ja, meine liebe Eva, das hat er uns anvertraut, aber wir sprechen nicht darüber.« Wie gern hätte sie noch gefragt: »Wissen es eure Kinder auch?« Aber sie brachte die Frage nicht heraus. Was die Eltern wußten, war den Kindern jedenfalls auch nicht verborgen geblieben. Sie wußte nun, was sie wissen wollte, und schickte sich an, wieder zu gehen.

»Nun, Evchen, war das alles?«

Sie nickte stumm.

»Du mußt dir das nicht so schwer machen, im Gegenteil, du mußt dem lieben Gott täglich danken, daß er dir so prächtige Eltern geschenkt hat, die dich zu allem Guten erzogen haben. Und hat er dir nach seiner Weisheit die Mutter genommen, so hat er dir nun einen schönen Beruf, eine schöne Aufgabe gestellt. Du sollst deines Vaters Trost und Erquickung sein und seine Stütze, wenn du bei uns alles gelernt hast, was zu einem tüchtigen Haushalt gehört. Nicht wahr? Das willst du doch?«

Leidenschaftlich umschlang sie die Tante und versicherte mit Tränen in den Augen, daß das ihre schönste Aufgabe sein sollte.

»So, nun geh, sei wieder unsere muntere, lustige Eva und laß dich die Sorge, ob du deines Vaters wirkliches Kind oder nur sein Pflegekind bist, nicht anfechten. Du bist doch überzeugt, daß er dich ebenso lieb hat, als ob du sein eigenes wärst?«

»Ja, das weiß ich«, sagte Eva überzeugt, »aber ich wüßte doch gern, woher ich stamme.«

»Das hat der Vater uns auch nicht gesagt. Laß dir darum keine grauen Haare wachsen. Nun fange keine Grillen, geh in den Garten mit Gretchen und pflücke Himbeeren, du weißt, wir wollen heute Saft einkochen.«

Eva ging, rief Gretchen, die in der Küche war, den Wunsch der Mutter zu, worauf diese zurückrief, Eva solle immer in den Garten gehen, sie werde gleich folgen und Körbe mitbringen.

Eva setzte sich unten in die Laube und sah träumerisch vor sich hin. Sie mußte immer wieder an das denken, was sie seit gestern bewegte. Sie hatte sich bis jetzt so glücklich gefühlt in dieser liebenswürdigen Familie, so ganz dazugehörig. Nun kam der älteste Sohn und machte einen so gewaltigen Unterschied zwischen ihr und seinen Geschwistern, und dazu hörte sie, daß er energisch gegen ihr Kommen protestiert hatte. Und warum? Natürlich weil er wußte, daß sie ein Findling war, er mißachtete sie, hielt sie nicht der Beachtung wert. Nun, sie hatte auch ihren Stolz, sie wollte auch steif und zurückhaltend sein. Wenn sie es nur fertig brächte!

Doch da kam Gretchen. Nun ging es in die Himbeer und Johannisbeerbüsche, und als des Pflückens genug war, setzte man sich in die Jasminlaube, und unter fröhlichem Geplauder ging das Abstreifen der Früchte vor sich. Es lag nicht in Evas Natur, lange um etwas zu sorgen, die Munterkeit brach bald durch, ihr silberhelles Lachen klang durch den Garten.

Da kam plötzlich von unten her über die Wiesen eine Gestalt, sie schwang sich kühn über den Zaun und schritt geradewegs auf die Mädchen zu.

»Ich dachte mir doch, daß die Jugend hier sein müsse«, rief Herr Hemsing freundlich und streckte den Mädchen die Hand entgegen. »Das fröhliche Lachen tönt weit hin über die Wiesen.« Eva errötete und sagte: »Gretchen erzählte eine so lustige Geschichte, da mußte man lachen. Kommen Sie schon aus Langendorf, Herr Hemsing? Und über die Wiesen? Ist Ihnen das nicht verleidet worden mit uns an jenem Abend?«

»Nein, ich wollte einmal diesen Weg bei Tage gehen und ihn gründlich untersuchen, damit, wenn die jungen Damen ihn wieder einmal bei Nacht und Nebel zum Nachhausegehen wählen, ich genau weiß, wo die Wasserlöcher sind.«

»O, Herr Hemsing, nun necken Sie uns wieder mit dem Wiesenweg. Sie konnten sich wieder den Fuß brechen, jetzt eben, beim Klettern über den Zaun«, warnte Gretchen.

»Dann müßte Herr Hemsing wieder hier bleiben, wie damals im Winter«, rief Eva.

»Haben Sie von der Geschichte auch schon gehört, Fräulein Eva?«

»Natürlich«, rief Eva fröhlich. »Gretchen erzählte mir alles.«

So ging die Unterhaltung noch ein Weilchen fort. Man merkte nicht, daß ein Zuhörer da war. Hinter der Laube, in dem Weg, der an den Gemüsebeeten entlang führte, stand Christian, der zum ersten Male Eva in ihrer Fröhlichkeit und Unbefangenheit reden hörte. Welch ein angenehmes Organ, welch ein anziehendes Lachen, man wurde selbst ganz fröhlich dabei. Und welch ein harmloser Verkehr mit seinem Freund, dem Pastorensohn aus Langendorf. Doch dieser kam ja nicht der Mädchen wegen; er hatte gewiß die Absicht, ihm, der vor wenigen Tagen bei ihm war, einen Gegenbesuch zu machen.

Er kam also zum Vorschein und betrat die Laube.

»Sieh, da bist du ja, alter Freund«, rief Hemsing, »ich wollte dich eben auf deiner Bude besuchen.«

»Die Herren können auch im Garten bleiben, es ist ja draußen viel schöner als drinnen.«

»Da hat Fräulein Gretchen recht«, rief Hemsing. »Wenn die Damen es erlauben, setzen wir uns ihnen gegenüber auf diese Bank. Nun, Christian, alter Junge, wie sieht's in der Residenz aus? In diesen Monaten muß ich wieder zurück zum zweiten Examen.« Christian erzählte, daß er das bereits hinter sich haben nun aber noch seinen Doktor zu machen beabsichtige. Bald waren die Herren in ein gelehrtes Gespräch vertieft, die Mädchen hörten still zu und streiften dabei Johannisbeeren ab.

Als sie damit fertig waren, standen sie auf und wollten fortgehen, es gab in der Küche viel zu tun. Gleich sprang Herr Hemsing auf und nahm Gretchen die Schüssel ab. Da trat auch Christian herzu, machte eine kleine Verbeugung vor Eva und streckte die Hand nach ihrer Schüssel aus.

Da sagte sie mit einem stolzen Neigen des Kopfes: »Danke sehr, ich kann meine Beeren allein tragen.«

Er sah sie verwundert an, das war ja ein ganz anderer Ton, ein ganz anderes Verhalten, als sie es eben seinem Freund Hemsing gegenüber gezeigt. Es wollte sich ein klein wenig Eifersucht in seinem Herzen regen. Während Gretchen und Hemsing plaudernd vorangingen, schritten diese beiden stumm nebeneinander her, so daß Hemsing sich ganz verwundert umsah und rief:

»Ich dachte schon, wir hätten Sie beide verloren, man hört ja keinen Ton. Fräulein Eva, Sie, die allezeit Redelustige, sind ja ganz verstummt?«

»Ich muß aufmerken, daß ich meine Johannisbeeren nicht verliere«, war die Antwort.

»Nun, ihr Mädchen«, rief Frau Maria, als sie sich dem Hause näherten, »es währt ja heute sehr lange mit eurer Arbeit. Schnell, schnell in die Küche, es ist höchste Zeit.«

Gretchen, die sich schnell die von Herrn Hemsing getragenen Beeren geben ließ, ging mit Eva eilfertig ins Haus, die Mutter folgte ihnen, nachdem sie einige freundliche Worte mit Herrn Hemsing gewechselt hatte, und die Herren gingen miteinander in Christians Zimmer.

»Du scheinst hier im Hause schon sehr bekannt geworden zu sein«, redete Christian den Freund an.

»Nun, wenn man 14 Tage mit einem gebrochenen Fuß in dem gastfreien Dunker'schen Hause liegt und täglich liebevolle Aufwartung und Pflege genießt, da wird man doch eine Art Hausfreund. Deine Brüder, Christian, sind famose Jungen, wie haben sie für mich gesorgt. Deine Eltern sind prächtige Vorbilder eines echt christlichen Hauses und die Töchter« —

»Nun, die Töchter?« fragte Christian und sah ihn gespannt an.

Hemsing errötete leicht und fügte hinzu: »Die Töchter sind in jeder Beziehung wohlerzogene Mädchen. Aber jetzt habt ihr ja ein reizendes Käferchen im Hause. Diese Eva hat einen Liebreiz, hat etwas so Anziehendes in ihrem ganzen Wesen« —

»Nun, du schwärmst wohl schon für sie, wie mir scheint.«

»Wem das Mädchen nicht gefällt, der müßte ein wahrer Stockfisch sein. Nimm mir's nicht übel, Christian, du kommst mir wie ein Stockfisch ihr gegenüber vor. Das arme Kind verstummte ja sofort, als du anrücktest.«

»Danke für das Kompliment, Hemsing. Nun laß uns nur etwas Vernünftiges reden.«

Es blieb etwas von dem, was der Freund gesagt, in Christians Gemüt zurück. Er hatte wohl nicht so ganz Unrecht. Mußte er wohl ein wenig einlenken? Er wollte sich Mühe geben, Mutter hatte ihn auch schon ermahnt.

Bisher hatte er zu sehr den Wissenschaften gelebt, über Erfindungen auf dem Gebiet der Chemie nachgegrübelt, aber weniger über sein Verhalten jungen Damen gegenüber. Aber, wie dem auch sei, verfahren war es nun einmal. Ein steifer, förmlicher Verkehr blieb, es ließ sich schwer ändern.

An demselben Abend lustwandelten die Mädchen miteinander im Garten. Sie waren den ganzen Nachmittag in der Küche gewesen, mit Einkochen der Früchte beschäftigt. Eva hatte sich alles wohl gemerkt und freute sich schon, wie sie im nächsten Jahr ihrem lieben Vater alles so schön machen wollte, wie Frau Maria es sie gelehrt.

Da stand Lieschen wieder am Zaun und rief die Mädchen.

»Wo steckt ihr nur heute, man sieht euch gar nicht.«

Sie erzählten von dem, was sie vorgehabt, worauf Lieschen berichtete, sie würde nun einen Kursus in einer Haushaltungsschule durchmachen, da lerne man alles besser als daheim. Man lerne Cremes bereiten, feine Torten und Törtchen backen, man lerne Speisen garnieren, Sülzen und Mayonnaisen machen, und was nicht alles. Ihre Mutter habe gesagt, Delikatessen könne sie deswegen zu Hause nicht auftischen, damit sie es lerne und die Jungen es wegäßen, aber es sei gut, wenn man alles wisse und könne. »Ein Kursus ist gar nicht so teuer, Gretchen, bitte doch deine Mutter, daß sie es erlaubt, dann könnten wir drei miteinander gehen.«

Gretchen, der der Mund ganz wässerig geworden war nach allen schönen Dingen, die Lieschen hergezählt hatte, bekam Lust, die Mutter zu fragen, auch Eva war nicht abgeneigt und malte es sich schön aus, wie sie ihr Väterchen bald mit dieser, bald mit jener Delikatesse überraschen wolle. Sie wußten nur beide nicht, was die Mutter dazu sagen würde.

Frau Maria wies die Sache zunächst ganz von sich; je mehr sie aber darüber nachdachte, meinte sie, schaden könne es nicht, wenn die Mädchen auch solche Sachen bereiten lernten, welche in einem gut bürgerlichen Haushalt wenig oder gar nicht vorkämen. Man könne nicht wissen, in welche Lebensverhältnisse sie einmal kommen könnten. Sie wollte jedenfalls die Sache mit ihrem Mann besprechen.

Der Vater war ganz dagegen. »Wenn die Mädchen nur das lernen, was du kannst, liebe Maria, und du kannst außer dem Gewöhnlichen auch vieles Außergewöhnliches, dann wollen wir zufrieden sein. Die Hauptsache ist doch, daß sie tüchtige, ordentliche Hausfrauen werden, was liegt daran, ob sie all' die Kinkerlitzchen verstehen, ob sie Torten und Cremes backen können, wenn sie die Fische versalzen.«

»Aber Vater, das ist doch einmal gewesen, im Anfang! Eva hat sich nachher viel Mühe gegeben und kocht schon ganz nett.«

»Ich nehme das letzte, was ich gesagt habe, zurück«, sagte der Vater reuig, denn im Grunde hatte er Eva sehr gern und ließ nichts auf sie kommen.

»Wir wollen die Sache überlegen«, meinte Frau Maria nachdenklich. »Ich habe die Haushaltungsschule sehr rühmen hören, ein vierwöchentlicher Kursus könnte den jungen Mädchen nicht schaden, eben weil ihnen mehr in die Hände kommt als in unserem einfachen Haushalt. Jedenfalls werde ich Herrn Belzer anfragen, wie er über die Sache denkt.«

»Hoffentlich gerade wie ich.«

Herr Belzer dachte aber wie Frau Maria und gab gern seine Einwilligung auch deshalb, weil theoretischer Unterricht damit verbunden war. Auch schrieb er, daß es gewiß sehr anregend für die jungen Mädchen sein würde, mit vielen gemeinsam das Kochen und das Kochstudium zu betreiben.

»Wenn nur die jungen Damen danach sind«, sagte Herr Dunker kopfschüttelnd. Aber er mußte sich darein ergeben und es gehen lassen.

Anfang August begann ein neuer Kursus. Bis dahin wurde fleißig Englisch getrieben, denn Tante Alice begnügte sich nicht nur damit, mit den jungen Mädchen zu lesen, sie gab ihnen auch schriftliche Arbeiten, um sie zu fördern. Es war ihr nicht recht, daß die Stunden einige Wochen ausfallen mußten. Die jungen Mädchen bedauerten dies einerseits auch, sie waren gern bei der englischen Tante und schwärmten ein wenig für sie. Als sie das letzte Mal bei ihr waren, hatte sie ein krankes Hühnchen bei sich in der Stube. Es lag in einem Korb, von dem der Henkel abgebrochen war. In dem Korb lagen kleine Betten und Deckchen, und das Huhn, das ein Beinchen gebrochen, schaute so behaglich aus seinem wolligen Lager und ließ sich die sorgsame Pflege mit guter Milch und Gerstenkörnern wohl gefallen.

»Ein Entlein hatte ich auch schon einmal in Pflege. Das kennt mich heut noch und watschelt auf mich zu, wenn es mich sieht«, sagte die Tante.

»Ja, dich haben Menschen und Tiere lieb«, äußerte Eva bedauernd.

»Aber die Tiere sind treuer in ihrer Freundschaft«, behauptete die Tante.

Der Rückweg von Langendorf wurde selbstverständlich nicht wieder am Fluß entlang genommen, man wählte stets die Landstraße und konnte immer darauf rechnen, in Rotenau die beiden ritterlichen Schüler Georg und Heinz zu finden, welche den Mädchen regelmäßig dorthin entgegen kamen und sie sicher heimgeleiteten.

Heute sah es sehr gewitterschwül aus, darum hatte Tante Alice die Mädchen etwas früher gehen lassen mit dem Bescheid, wenn der August mit dem Kochstudium glücklich vorüber sei, sich im September wieder regelmäßig zur englischen Stunde einzustellen.

»Wir besuchen dich einmal so und erzählen dir von allem, Tante Alice«, hieß es beim Abschied.

»Gretchen, wir haben heute wieder ein Abenteuer. Sieh nur den Himmel, in der Ferne grollt es schon«, äußerte Eva bedenklich.

Gretchen hatte schon Umschau gehalten und antwortete beklommen: »Wir wollen nur schnell eilen, um bis Rotenau zu kommen, ich hoffe bestimmt, die Brüder sind da mit den Schirmen.«

Sie schritten schnell aus, doch kurz vor dem Dorf kamen schon einige große Regentropfen, Blitze zuckten und der Donner rollte laut und gewaltig.

Da nahten die Brüder mit großen Schirmen und Regenmänteln bewaffnet. Christian schlang einen Mantel um Eva, während Georg seine Schwester bediente.

Eva, in der Meinung, es sei Georg, der ihr half, rief in ihrer frischen Weise: »Wir wußten es ja, daß ihr uns nicht im Stich lassen würdet, ihr guten Jungen.«

Christian, der seinen Hut tief ins Gesicht gedrückt hatte und einen weiten Regenrock seines Vaters um hatte, schmunzelte heimlich, zog fest Evas Arm unter den seinen und schritt mächtig mit ihr aus. Zum Sprechen war jetzt keine Zeit und keine Veranlassung. Es hieß: Vorwärts, so schnell wie möglich.

Nun hatten sie die Stadt erreicht, der Regen ließ nach, auch das Gewitter verzog sich allmählich. Da rief Georg, der mit Gretchen hinter den beiden ging: »Christian, du hast aber einen riesigen Schritt gefaßt, Eva kann ja kaum mitkommen.«

Bei Benennung von Christians Namen zuckte Eva zusammen. Schnell zog sie den Arm aus dem seinigen, und sah ihn an. Sein Gesicht konnte sie nicht wahrnehmen, das steckte tief unter dem Hut, aber nun merkte sie doch, daß der Herr, der sie führte, etwas länger war, als Georg, obwohl dieser in letzter Zeit auch sehr gewachsen war.

»Nun?« sagte Christian, »Sie sind wohl mit meiner Führung unzufrieden, weil Sie so schnell Ihren Arm aus dem meinen ziehen?«

»Entschuldigen Sie nur, Herr Dunker, ich ahnte nicht, daß Sie es waren, sonst hätte ich Ihre Begleitung überhaupt nicht angenommen.«

»Warum denn nicht?« fragte Christian verwundert.

»Weil — nun — weil ich Ihnen ein Dorn im Auge bin.«

»Ein Dorn im Auge? Wer hat Ihnen das gesagt?«

»Gertrud hat mir alles gesagt. Sie hat mir erzählt, daß Sie es durchaus nicht gewollt haben, daß ich in Ihrer Eltern Haus käme, daß Sie sehr unzufrieden gewesen sind, weil es doch geschehen. Ich habe es den ersten Abend gleich gemerkt und kann mir den Grund denken. Nun, das Jahr geht schnell zu Ende, dann sind Sie mich wieder los.«

»Das dumme Mädchen«, rief Christian erregt, »was hat das Kind zu schwatzen von Sachen, die es nicht versteht. Sie sagten, Sie wüßten den Grund meines sonderbaren Benehmens, dürfte ich den vielleicht erfahren?«

»Sie haben natürlich von Ihren Eltern gehört, daß ich nicht Herrn Rechtsanwalt Belzers eigenes Kind bin, sondern ein angenommenes, ein armes, heimatloses Kind, das seine Eltern nie gekannt hat, das nur von der barmherzigen Liebe guter Menschen gelebt hat und noch lebt.«

Ganz erstaunt blieb er stehen und rief: »Davon weiß ich nichts, gar nichts. Sie müssen mich für sehr hartherzig halten, wenn Sie meinen, daß ich deshalb steif und zurückhaltend gewesen bin. Es liegt einzig und allein in meiner Natur, die von der Ihrigen sehr verschieden ist. Wenn ich Sie durch mein Verhalten gekränkt habe, bitte ich sehr um Entschuldigung.«

Sie antwortete nicht darauf, sondern schritt durch die offene Haustür, durch welche die beiden Geschwister vor ihnen eingetreten waren und sich eben der nassen Sachen entledigten.

»Puh, das war aber ein Wetter, gut, daß es so schnell vorüberging«, sagte Georg, sprang auf Eva zu und nahm ihr den triefenden Regenmantel ab. Den Schirm hatte Christian zum Trocknen aufgespannt und war, so schnell er konnte, nach oben entschwunden.

Gretchen umschlang Eva mit den Worten: »Es war recht von Christian, daß er dich führte. Er ist im Grunde nicht so schlimm, wie es mitunter den Anschein hat. Ich freue mich, daß er sich überwunden hat.«

»Es hat allerdings wohl große Überwindung gekostet. Jedenfalls hatte er sich in der Eile, als der Regen so gewaltsam losplatzte, versehen und hat mich statt dich erwischt. Und ich glaubte, es sei Georg!«

Damit ging auch sie nach oben in ihr Stübchen, um sich trockene Füße zu machen.

Am Abend fiel es Eva auf, daß Christian ziemlich unfreundlich gegen Gertrud war.

»Ich weiß gar nicht, was du hast, Christian, du bist so eklig gegen mich, und dabei ist heute der letzte Abend. Was habe ich dir getan?«

»Das laß dir nur von Fräulein Eva sagen!«

»Weißt du es, Eva?« Sie lief zu ihr und sah sie fragend an. Eva schwieg.

»Na komm her, Trude, es ist gut«, sagte Christian. »Morgen bin ich nicht mehr hier, da wollen wir heute noch gute Freunde sein.«

»Ja, morgen bist du nicht mehr hier, und dann währet es sehr lange, bis du wieder kommst. Da mußt du mich heute noch recht liebhaben.« Sie stand schon wieder bei ihm und streichelte ihm die Wangen. Er schlang den Arm um sie und liebkoste sie.

Also morgen verließ Christian das Elternhaus. Eva hatte noch nichts davon gehört. Dann würde es wieder wie vordem sein, freute sie sich darüber? Eigentlich sollte sie wohl.

Jetzt kamen die Eltern. Sie hatten mit Sorgen an die Mädchen gedacht und waren froh, daß sie wohlbehalten im Hause waren. Es wurde zu Abend gegessen und dabei viel von Christians Abreise gesprochen.

»So Gott will, sehen wir dich zu Weihnachten wieder«, sagte die Mutter.

»Und mit dem Doktorhut!« fügte Gretchen hinzu.

»Wer weiß, ob das was wird«, seufzte Christian.

»Ob ich zu Weihnachten überhaupt komme, ist ganz unsicher.«

Bei der Abendandacht wurde das bekannte Abschiedslied gesungen, der Vater betete für den Sohn, der wieder in die Fremde zog und befahl ihn dem Schutze Gottes.

Eva hatte schon Gute Nacht gesagt und war eben zur Tür hinausgegangen, weil sie das Gefühl hatte, die Eltern möchten mit dem Sohne gern noch allein sein. Da kam Christian ihr nach, streckte ihr die Hand entgegen und sagte:

»Wir wollen doch nicht als Feinde voneinander gehen. Ich sehe ein, daß mein Benehmen gegen Sie ein ungeschicktes war. Verzeihen Sie mir?«

»Liegt Ihnen wirklich etwas daran?«

Er sah ihr mit dem treuherzigen Blick, der ihm eigen war, in die Augen und sagte mit Wärme: »Ja, es liegt mir daran. Seien Sie mir nicht böse.«

Da schlug sie ein in die dargebotene Rechte und sagte: »Nein, ich bin Ihnen nicht böse. Leben Sie wohl und lassen Sie es sich gut gehen.«

14. In der Kochschule

Eva saß noch eine Weile sinnend in ihrer Stube. Gretchen kam gar nicht, was hatten sie nur unten noch zu verhandeln? Endlich legte sie sich, aber an Schlafen war nicht zu denken. Warum war nicht Heinz mit Georg ihnen entgegengekommen, wie sonst? Und warum hatte Christian nicht seine Schwester nach Hause geführt, sondern sie? War es zufällig in der Eile geschehen? Wie kam es, daß sie gar nichts gemerkt hatte? Nun so viel ist gewiß, dieser Älteste war ein sonderbarer Mensch, da war Herr Hemsing viel umgänglicher und liebenswürdiger.

Jetzt endlich wurde die Tür geöffnet, Gretchen trat leise ein. Als sie merkte, daß Eva noch wach war, kam sie schnell, setzte sich auf den Rand ihres Bettes, umschlang sie liebevoll und sagte: »Meine arme, liebe Eva.«

»Weißt du es nun auch«, sagt diese, »daß ich ein armes Waisenkind bin?«

»Christian hat es eben unten erzählt, da erst erfuhren wir, daß die Eltern es gewußt. Du hast aber so prächtige Pflegeeltern gehabt und hast noch einen so lieben Vater, an dem du immer einen Halt haben wirst. Und wir wollen dich alle doppelt liebhaben, meine Eva. Du mußt unser Haus immer als Heimat mit ansehen, nicht wahr? Ich bin und bleibe deine Schwester, bin ich nicht immer schwesterlich gewesen?«

»Gewiß, mein Gretchen, ich bin so froh und dankbar, in dir für Lebenszeit eine treue Schwester gefunden zu haben.«

Gretchen schwieg ein Weilchen, dann fuhr sie fort: »Nicht wahr? Du bist Christian auch nicht mehr böse?«

»Nein, ich habe es ihm ja schon gesagt.«

»Es tut ihm so furchtbar leid, daß du sein ungeschicktes Benehmen gegen dich so mißdeutet hast. Sieh, er ist von jeher gegen Fremde zurückhaltend und sonderbar gewesen, aber er ist eine treue, ehrliche Natur, und Hochmut ist nicht in ihm. Daß du meinst, er habe dich verachtet, weil du ein angenommenes Kind bist und nicht weißt, wer deine Eltern waren, das hat ihn gekränkt. Er hatte keine Ahnung davon, so wenig wie wir. Unsere Gertrud ist an allem schuld, sie hat von Mutter tüchtige Schelte bekommen.«

»Nein, das sollte sie nicht. Der Trude sollte deshalb nichts geschehen!«

»Ein Tadel von der Mutter schadet ihr nicht. Sie war alt genug, um zu wissen, daß sie dir Christians unbedachte Worte, die er einmal geäußert hatte, nicht wieder zu sagen brauchte.«

»Liebe Grete, wir wollen die ganze Sache nun ruhen lassen. Es ist alles in Ordnung jetzt, und ich selber habe durch meine Empfindlichkeit ebensoviel Unrecht getan, wie deine Geschwister.«

Die beiden Mädchen versicherten sich aufs neue ihre gegenseitige Liebe und begaben sich dann zur Ruhe.

Eva schlief tief und fest. Durch den Weg nach Langendorf, durch den hereinbrechenden Regen und durch die nachfolgenden Aufregungen war sie wahrscheinlich so müde geworden, daß sie nicht hörte, wie Gretchen sich am anderen Morgen früher als gewöhnlich von ihrem Lager erhob, daß sie erst erwachte, als die Geschwister Christian an den Bahnhof gebracht hatten und er wieder in die weite Welt hinausgefahren war.

Nun nahm das Leben wieder seinen gewöhnlichen Lauf. Es herrschte, wie sonst, die alte Fröhlichkeit und Unbefangenheit zwischen den Geschwistern und Eva, so daß diese sich wieder vollständig zu Hause fühlte und das heitere und muntere Wesen, wie es eben ihr eigen war, bald wieder annahm.

Lieschen kam sehr bald herüber, um sich zu erkundigen, ob die Eltern ihre Zustimmung zu dem von ihr gemachten Vorschlag gegeben hätten, und schien sich sehr zu freuen, daß die beiden Erlaubnis bekommen hatten, an dem Kursus teilzunehmen.

»Das ist fein«, sagte sie »da gehen wir morgens immer miteinander. Dort in der Haushaltungsschule sind eine Menge Pensionärinnen von auswärts, darunter sind viele lustige, ich kenne schon manche davon. Ihr sollt sehen, da gibt es manchen Spaß.«

Und so war es. Die jungen Mädchen kamen immer sehr vergnügt nach Hause, erzählten, was sie Schönes gekocht und gelernt hatten. Sie mußten auch Hausarbeiten für den theoretischen Unterricht machen und waren sehr eifrig bei der Sache. Der Vater neckte mitunter, nannte sie die Kochstudenten und bestellte sich zu seinem Geburtstag eine extra feine Torte.

Da gab es große Heimlichkeiten, als der Geburtstag heranrückte. Rieke wurde verständigt, den Backofen zu heizen, und am Abend vor dem Geburtstag gingen die beiden Mädchen, statt nach oben, in die Küche und dort wurde unter großem Rühren und Schneeschlagen das Werk zustandegebracht. Das Rezept zu einer Torte, die sie in der Kochschule die Woche vorher gebacken, lag vor ihnen, und genau nach Vorschrift wurde verfahren. Das Backen gelang, schön gebräunt kam die Torte aus dem Ofen. Nun, während Gretchen einige von den gebrauchten Sachen in die Speisekammer räumte, überließ sie Eva das bessere Geschäft, die Verzierung der Torte mit Zuckerguß, da Eva im Zeichnen und Malen ihr überlegen war. Auch sollte sie eine kunstvolle 50 in der Mitte anbringen.

»Nun ist sie fertig. Gretchen, sieh, wie fein ich die Linien geschwungen habe und die Sterne dazwischen.« Gretchen kam hinzu und betrachtete das Kunstwerk. Plötzlich stotterte sie erschrocken: »Aber liebste Eva, ich sagte dir, eine 50 zu zeichnen, und du hast den Vater zehn Jahre älter gemacht, hast eine 60 darauf gemacht.«

Eva wurde glühend rot vor Schrecken.

»Was machen wir nun da?« rief sie verlegen.

»Da gibt's nichts zu machen, das läßt sich nicht mehr ändern, der Guß ist ja schon hart geworden. Vater wird dich aber sehr necken, darauf verlaß dich.«

»Hätte ich's dich doch machen lassen«, jammerte Eva, »nun ist der ganze Spaß verdorben.«

»Es ist immer besser, als wenn die Torte verbrannt wäre«, tröstete Gretchen, »aber necken wird der Vater dich.«

So geschah es. »Nun, da habt ihr ja mit einem Male einen sehr alten Vater, gleich zehn Jahre mehr rechnet ihr mir zu.« Eva durfte nicht empfindlich sein, sie hörte es oft am Geburtstag selbst und mußte es später noch oft hören. Aber die Torte war vorzüglich geraten und schmeckte allen herrlich. Zur Strafe aber für ihr Versehen mußte Eva die »6« allein verzehren.

»Mutter«, sagte Herr Dunker zu seiner Frau, »es lohnt sich, die Mädchen in die Kochschule zu schicken, wenn sie mehr solche Sachen lernen, das können wir uns wohl gefallen lassen.«

Aber es kamen leider auch Sachen vor, die nicht der Eltern ganzen Beifall hatten.

Eines Tages kamen die Mädchen mit dem Bescheid, es sollte ein großer Spaziergang unternommen und in Birkenruh, einem Ausflugsort der Städter, Kaffee getrunken werden. Die Bäckereien dazu sollten die jungen Mädchen selbst liefern. Natürlich wurden die Externen, Eva, Gretchen, Lieschen und noch einige andere, auch dazu aufgefordert. Die Eltern überlegten, ob es für ihre Kinder etwas sei, da sie für Eva, als anvertrautes Kind, verantwortlich seien. Da sie aber hörten, daß die Vorsteherin, eine ältere Dame, selbst mitgehen würde, glaubten sie ihre Einwilligung nicht versagen zu dürfen.

Es herrschte große Aufregung unter den Mädchen. Am Tage vorher wurden die Bäckereien großartig betrieben, Topfkuchen, Zuckerkuchen, Kringel und Bretzel, alles mußte von der Jugend selbst gebacken werden. Sämtliche Waren wurden am folgenden Tage in große Körbe gepackt und hinausbefördert. Den Kaffee ließ man sich in der Restauration geben. Es war ein Lachen und Jubeln unter den vielen Mädchen, so daß auch Eva und Gretchen davon angesteckt wurden und ihre Freude ebenfalls laut kundgaben. Das Schönste war, daß man große offene Omnibusse bestellt hatte, deren einer auch die Nachbarskinder im Vorbeifahren abholte, zuerst Eva und Gretchen, dann hielt er vor Kramers Haus, wo Lieschen schon in ausgewählter Toilette seiner harrte. Als sie einstieg und der Omnibus eben abfahren wollte, erschienen Edgar und Otto auf der Bildfläche, grüßten höflich und raunten der Schwester zu: »Um sechs also!«

»Was meinten deine Brüder?« fragte Gretchen.

Lieschen errötete ein wenig und sagte: »Sie holen mich vielleicht ab.«

»Aber es ist doch um sechs noch nicht aus, ich denke um acht Uhr sollen wir zurück sein.«

»Nein, ich weiß es nicht so genau, was sie vorhaben«, entgegnete Lieschen ausweichend.

Nun war der Omnibus auf dem Marktplatz, wo schon andere Wagen waren, die jungen Mädchen aus der Haushaltungsschule, die daselbst ihr eigenes Haus hatte, aufzunehmen.

Unter Lachen, Jubeln und Schwatzen stieg die ganze Gesellschaft ein, und konnte es etwas Schöneres geben, als unter Sonnenschein und blauem Himmel zur Stadt hinauszufahren auf der Landstraße hin, die, zu beiden Seiten von Bergen eingeschlossen, zunächst keinen Fernblick gewährte. Erst als die Berge zurücktraten, erweiterte sich das Tal, man sah schon den Ort liegen, wohin die Gesellschaft strebte. Er lag auf der anderen Seite und war den Mädchen weniger bekannt. Sie hatten aber schon oft den schönen Ausflugsort Birkenruh nennen hören.

Es gab dort außer den Bauernhäusern und kleineren Gasthöfen stattliche Landhäuser, die den Städtern als Sommerwohnungen dienten. In der Mitte von Birkenruh lag dieser Gasthof, von einem schönen, großen Garten umgeben, in dem es allerlei Belustigungen gab. Es konnte Sport getrieben werden, ein Tennisplatz war vorhanden, ebenso ein Platz für Fußballspieler, für Krocket usw.

Im Garten war bereits eine lange Tafel für die angemeldete Kaffeegesellschaft gedeckt. Es entwickelte sich ein buntes Bild mit all den hübschen, in weiß oder andern lustigen Stoffen gekleideten Mädchen, die mit ihrem fröhlichen Geplauder und Lachen den ganzen Garten belebten. Tapfer wurde den Kuchenbergen zugesprochen und herrlich mundete der treffliche Kaffee, der in großen, weitbauchigen Kannen von der freundlichen Wirtin gebracht worden war.

Dann gab es allerlei Spiel im Freien. Als man dessen müde war, erging man sich in dem schön angelegten Park, während die Vorsteherin mit einigen älteren Damen in der Veranda des Hotels sitzen blieb und Handarbeit machte.

Je nachdem die Mädchen sich zueinander hingezogen fühlten, taten sie sich zusammen und durchwanderten Arm in Arm die schönen Laubengänge des Gartens oder setzten sich auf eine der zahlreichen Bänke. Ganz am Ende des Gartens befand sich ein Wäldchen, das im heißen Sommer besonders gerne aufgesucht wurde wegen der schattenspendenden Bäume.

»Dorthin wollen wir gehen«, rief ein lustiges junges Mädchen; sie nannten sie »Lerchlein«, weil sie immer sang und vergnügt war. Zu ihr fühlte sich Eva hingezogen wohl wegen des gleichartigen Temperaments.

»Hier ist es doch auch schön«, meinte Eva, »warum so weit gehen? Wir hören ja kein Wort, wenn Fräulein Herold uns ruft.«

»Gewiß hören wir es, sie hat zudem eine kleine Pfeife, mit der sie uns alle sicher heranholt, komm nur.«

Mit diesen Worten zog sie Eva immer weiter dem Wäldchen zu. Da diese nun vor sich Gretchen mit einer anderen demselben Ziel zustreben sah, so folgte sie um so williger.

Dort war es allerdings schöner als im Garten. Lauter schlanke Birken, die mit ihren weißen Stämmen und den graziös niederhängenden Zweigen sich unter den anderen Bäumen ausnahmen, wie die Jugend unter alten Menschenkindern. Dort wimmelte es bereits von jungen Mädchen, aber was war das? Man spielte von Baum zu Baum, doch unter der weiblichen Jugend erblickte man plötzlich wie aus der Erde gewachsen lauter junge Herren, die flott mitspielten.

»Wie kommen die hierher?« fragte Eva verwundert, »weiß Fräulein Herold das?«

»Ich glaube nicht, es sind Vettern und Brüder von den anderen jungen Mädchen, auch einige Herren aus unseren Tanzstunden. Sie haben sie sich herbestellt.«

»Weiß Fräulein Herold es?« fragte Eva noch einmal.

»Ich weiß nicht, ob sie es ihr gesagt haben. Du brauchst es nicht gerade anzumelden.«

Lerchlein stand schon an einem Baum und machte mit, so blieb Eva nichts anderes übrig, als auch mitzutun, aber sie hatte das Gefühl, als sei nicht alles, wie es sein sollte. »Sieh da, gnädiges Fräulein«, tönte auf einmal eine unangenehme Stimme neben ihr. »Lassen Sie sich auch einmal wieder sehen! Ist der Spaziergang durch die Wiesen gut bekommen?«

»Ja, ganz gut«, erwiderte sie flüchtig, denn eben wurde sie glücklicherweise abgelöst durch ein anderes junges Mädchen und mußte ihren Platz verlassen.

»Glücklicherweise«, denn seit jenem Abend fürchtete sie sich vor diesem Edgar und mied ihn, wo sie konnte.

Sie suchte Gretchen mit ihren Augen, und als sie sie erwischen konnte, sagte sie beklommen: »Du, Gretchen, fühlst du dich wohl in dieser Gesellschaft?«

»Nicht besonders. Es werden recht dumme Redensarten hier geführt und unerlaubte Späße gemacht.«

»Wo sind nur die Herren auf einmal alle hergekommen?« »Da unten, durch jene Tür. Oben, fürchte ich, weiß es niemand.«

Das Spiel hatte aufgehört, die Herren gingen herum und präsentierten den Damen etwas. Jetzt blitzte hier und da ein Feuer auf, und nun gewahrten die beiden, was es war.

Die Herren hatten Zigaretten mitgebracht, und bald sah man die jungen Damen fröhlich und wohlgemut den Dampf in die Luft blasen. Jetzt stand Edgar vor ihnen und bot ihnen von seiner Ware an.

»Wir danken, wir rauchen nicht«, sagte Gretchen ruhig. »Wir verstehen es gar nicht.«

»O, probieren Sie es nur, sehen Sie doch, wie die Liesel es kann.« Er zeigte auf seine Schwester, die nicht weit davon stand mit einem jungen Herrn und mit ihm um die Wette rauchte.

»Nun, nehmen Sie doch, seien Sie nicht so spröde.«

Er drang so lange in sie, bis sie schließlich zugriffen, nur um ihn los zu werden. Sie behielten die Dinger in der Hand, in der Absicht, sie, sobald er den Rücken gewandt, fortzuwerfen. Aber er schien durchaus keine Lust zu haben, schon zu gehen. Eva warf Gretchen einen bitteren Blick zu, den sie verstand. Sie schien sagen zu wollen: »Bleibe bei mir, verlaß mich nicht.«

»Nun, gnädiges Fräulein«, begann Edgar zu Eva gewendet wieder, »Sie machen gar keine Anstalt zum Rauchen. Ja so, Sie haben keine Streichhölzer.« Er zog schnell ein Kästchen aus der Tasche und hatte im Nu Feuer gemacht, das er ihr mit zierlicher Verbeugung hinhielt.

Da, im selben Augenblick sagte eine wohlbekannte männliche Stimme: »Ich glaube gar, man will hier Zigaretten rauchen. Nein, meine lieben Töchter, das wollen wir den Herren überlassen.«

Herr Dunker stand hinter ihnen, und Edgar war wie der Wind von der Bildfläche verschwunden.

»O, Vater, wie gut, daß du gekommen bist«, rief Gretchen, »es gefiel uns gar nicht mehr hier unten, und jetzt, wo das Rauchen anfing, wären wir am liebsten weggegangen.«

»Ihr kommt jetzt mit mir nach Hause. Reinhold hat erzählt, daß seine großen Brüder auch hier sein würden und noch eine Menge anderer junger Leute aus der Stadt. Da beschloß ich, mir die Sache einmal anzusehen. Ist denn keine ältere Dame zur Aufsicht da?«

»Fräulein Herold ist vorn auf der Veranda und unterhält sich mit ihren Freunden.«

»Sie ahnt gewiß nicht, daß eine ganze Herrengesellschaft sich hier eingefunden hat.«

»Verabschieden müßt ihr euch natürlich von der Dame, sagt ihr nur, der Vater sei gekommen, euch abzuholen.«

»Da kommt sie selbst«, riefen die Mädchen.

Die würdige Dame kam mit einer anderen den Weg daher. Sie nahm eine kleine Pfeife an den Mund und pfiff darauf. In zwei Minuten kam der ganze Schwarm herangeflattert wie die Täubchen, harmlos und unschuldig, und umringten die Dame. Sie sagten, daß sie sich herrlich amüsiert, und wurden bald wieder entlassen mit dem Vermerk, nach einer halben Stunde ganz herauf zu kommen.

Gretchen und Eva hatten sich gleichzeitig verabschiedet und der Dame gedankt und eilten nun dem Vater, der diese Zeit des Aufruhrs benutzt hatte, sich still zu entfernen, schleunigst nach.

»Mutter«, sagte Herr Dunker später zu seiner Frau, »das Tortenbacken ist ganz schön, aber immer möchte ich die Mädel nicht in der Gesellschaft wissen. Ich hatte Gelegenheit, mich, eh' ich unsere Kinder mit Edgar entdeckte, ein wenig zu orientieren, und habe Dinge gehört und gesehen, die mir nicht gefallen konnten. Ich war froh, daß ich unsere Töchter in Sicherheit hatte. Es ist jetzt ein zu freies Leben unter der Jugend, das war zu unserer Zeit anders.«

»Die Vorsteherin, eine sehr ehrenwerte Dame, hat davon keine Ahnung gehabt«, erwiderte Frau Maria. »Ich werde Gelegenheit suchen, sie auf diesen Vorgang einmal aufmerksam zu machen. Übrigens, die Nachbarssöhne, die ältesten wenigstens, kommen zum Herbst fort. Edgar macht sein Abiturium, Otto kommt in die Kaufmannslehre. Ich bin recht froh darüber.«

»Wenn nur mit dem Vater die Geschichte nicht einmal schief geht. Man munkelt jetzt schon allerlei in der Stadt, und kürzlich tat der Bankdirektor, mein alter Freund, so eigentümliche Äußerungen über Kramer, die mich erschreckten. Aber laß dir nichts merken.«

»Es wäre traurig, wenn eine unheilvolle Katastrophe über die Familie hereinbräche. Aber sie leben über ihre Verhältnisse, der Luxus ist zu groß, als daß man glauben kann, daß das alles vom Gehalt eines Bankbeamten bestritten werden soll.«

»Darum wollen wir uns immer mehr bemühen, unsere Kinder in der Einfachheit zu erziehen, besonders aber sie zu lehren, in einem christlichen Lebenswandel ihr Glück und ihr Genüge zu finden.«

15. Unerwartetes Leid

»Sagt doch«, fragte am folgenden Tage Lieschen die beiden Mädchen, als sie sie über den Gartenzaun anredete, »warum wurdet ihr so früh von eurem Vater nach Hause geholt?«

»Weil dem Vater das Zigarettenrauchen und manches andere nicht gefiel.«

Lieschen zog ein spöttisches Gesicht. »Was ist dabei, das tun jetzt die meisten Damen in Gesellschaften. Edgar sagte auch, ihr seiet sonderbare Geschöpfe.«

Gretchen lacht. »So, sagte er das? Nun, er hat ja nicht nötig, sich mit uns abzugeben. Wir entbehren seine Gesellschaft nicht.«

»Ihr wollt eben etwas Besonderes sein, das sagen die Eltern auch.«

»Wir richten uns nach den Wünschen unserer Eltern und befinden uns dabei ganz wohl«, sagte Gretchen.

»Und können ebenso lustig sein, wie ihr bei eurem Rauchen und Scherzen mit den jungen Leuten«, fügte Eva hinzu.

»Wie lange bleibst du denn noch hier?« fragte Lieschen plötzlich die Eva.

»Ich denke, bis zum nächsten Mai, dann wird mein lieber Vater mich wieder holen.«

»Aber du wirst jedes Jahr kommen und uns besuchen?«

»Und du mich, Gretchen. Du wirst sehen, wie hübsch ich es habe und wie es sich in unserem Städtchen lebt.«

»Ihr habt euch wohl sehr lieb?« fragte Lieschen wieder.

»Ja, wir lieben uns wie Schwestern und wollen immer Freundinnen bleiben.«

Lieschen sah nachdenklich vor sich hin. Es war, als wollte sie sagen: »Ich möchte wohl auch eine Schwester haben und möchte auch sehen, wo du wohnst und wie gut du es bei deinem Vater hast.«

Acht Tage besuchten die beiden noch die Haushaltungsschule. Dann waren sie froh, als die alte Tageseinteilung wieder stattfand und die Mittwochsbesuche bei Tante Alice ihren Fortgang nahmen. Frau Maria war zufrieden mit dem, was sie in der Kochschule gelernt hatten, es tat ihr nicht leid, sie dahingeschickt zu haben. Gab es abends einmal eine kleine Gesellschaft mit Freunden, so hatten die Töchter gelernt, die Gemüseschüsseln hübsch zu garnieren oder allerlei wohlschmekkende Salate anzufertigen, zum Tee kleinen Kuchen zu backen, sie hatten überhaupt mehr Sicherheit in allem bekommen und gelernt, sich schnell und gewandt zu bewegen. Es hatte in der großen Menge immer eine die andere geschoben, der Ehrgeiz, es den andern zuvorzutun, war geweckt worden, so war die Zeit gewinnbringend und nicht als verloren anzusehen.

Nun kamen die Herbstmonate. Da gab es wieder andere Arbeiten im Haushalt, da wurde das Obst eingeheimst und eingekocht. Beim Apfelpflücken erwiesen sich die Knaben als tüchtige Helfer, sie standen oben auf den Bäumen und brachen vorsichtig die Früchte, welche die Mädchen in große Körbe packten und ins Haus trugen. Die Pflaumen wurden geschüttelt, dabei gab es manchen Spaß und allerlei Kurzweil.

So waren sie eines Tages alle miteinander im Garten. Es war prächtiges Herbstwetter, so daß es eine Freude war, das Obst, das in diesem Jahr in reichlicher Menge gewachsen war, einzuheimsen. Da rief Frau Maria: »Gretchen!«

Eva sah verwundert auf, was es gäbe, beugte sich aber gleich wieder zur Erde, um die schönen Pflaumen, die Georg herunterschüttelte und die ins grüne Gras prasselten, aufzulesen, lachte dazu mit Gertrud, die fleißig half. Da erschien Gretchen wieder mit blassem, traurigem Gesicht und winkte Eva. Sprechen konnte sie nicht.

Diese stand eilend auf und lief ihr entgegen. Sie sehen und ausrufen: »Gretchen, was fehlt dir«, war eins. Gretchen legte den Arm um sie. »Komm zur Mutter, liebe Eva!« Dann schien es, als sei ihr die Kehle zugeschnürt. Angstvoll sah sie Eva an.

»Gretchen, was hast du? Wie siehst du aus? Ist etwas passiert?«

Da sagte sie unter Stocken: »Es ist eben eine Depesche gekommen, du sollst schnell nach Hause kommen, Dein — Vater ist plötzlich — sehr krank geworden.«

Nun war das Erschrecken an Eva.

»Mein Vater!« rief sie, von Schmerz übermächtigt. »Mein lieber Vater! O, da muß ich gleich abreisen und ihn wieder gesund pflegen.«

Gretchen sah sie tieftraurig an. Sie wußte es schon, daß daran nicht zu denken war, denn die Depesche lautete, daß ein Schlagfluß plötzlich seinem Leben ein Ende gemacht habe.

Als sie zu Frau Dunker hereinkam, nahm diese sie in ihre Arme und brachte ihr in schonender, mütterlicher Liebe die Trauernachricht bei von dem plötzlichen Ableben ihres geliebten Pflegevaters.

Ein leidenschaftlicher Ausbruch des Schmerzes erfolgte. Frau Maria ließ sie ruhig gewähren, Eva war eine lebhafte Natur, Maria wußte vorher, daß ein heftiger

Schmerz sie erfassen und sie in laute Klagen ausbrechen würde.

»Nun bin ich ganz einsam und verlassen! Wer wird sich nun meiner annehmen? O, mein lieber Vater, meine liebe Mutter, warum mußtet ihr so früh von mir gehen? Ich hatte mich so darauf gefreut, meinem Vater eine Stütze zu sein, und ich weiß, daß er sich auch auf die Zeit gefreut hat, wo er mich wieder haben würde. Und nun ist alles aus!«

Frau Maria wartete, bis die Schmerzensausbrüche sich gelegt; erst als der Schmerz in einen erlösenden Tränenstrom überging, versuchte sie, ihr Trost auszusprechen. Gretchen aber saß neben ihr, hielt ihre Hand fest umschlungen und weinte zum Herzbrechen mit.

Nun kam Herr Dunker, den Frau Maria gleich aus dem Geschäft hatte rufen lassen. Er war natürlich sehr erschüttert durch die plötzliche Nachricht, sagte aber gleich, Eva die Hand hinstreckend:

»Dann bleibst du natürlich bei uns und wirst unser Kind, liebe Eva. Wenn wir dir auch vielleicht das nicht bieten können, was dein lieber Vater für dich hatte, so wollen wir dich doch herzlich liebhaben und dich halten wie unser Kind. Nicht wahr, Mutter?«

»Ich bin ganz deiner Ansicht, lieber Mann. Ich wollte nur nicht eher etwas sagen, als bis ich deine Meinung wußte.«

»Es heißt: Nimm auf, was Gott dir vor die Tür legt. Dies hat uns Gott unmittelbar vor die Tür gelegt, daran ist kein Zweifel.«

Auf Gretchen hatten diese Worte eine erlösende Wirkung. Sie sah getröstet auf und rief: »Dann wird Eva meine rechte Schwester, o, wie freue ich mich!«

Eva hörte wohl alles, was gesprochen wurde, aber noch konnte sie nichts in sich aufnehmen, konnte keinen Trost fassen, es war alles um sie wie in dunkle Wolken gehüllt.

Herr Dunker überlegte eben mit seiner Frau, daß er sich mit Eva zur Reise nach N. rüsten müsse, allein könne er das arme Kind nicht gehen lassen, da meldete Rieke eine Dame. Auf der Karte stand ein unbekannter Name. Herr Dunker ging hinaus und kam nach einiger Zeit zurück mit der Nachricht, es sei eine Frau Schmieder im Besuchszimmer, sie habe sich als Schwester des Herrn Rechtsanwalt Belzer zu erkennen gegeben, und da sie durch diese Stadt reisen müsse und wisse, daß Belzers Pflegetochter hier in Pension sei, so habe sie gedacht, sie wolle sie gleich mitnehmen, da sie natürlich auch abreisen würde.

Frau Maria eilte schnell, um die Dame zu begrüßen. Sie fand eine kleine, lebhafte Frau in tiefer Trauer, die sehr erschüttert schien über den plötzlichen Todesfall.

»Ich bin Mutter vieler Kinder«, äußerte sie, »aber ich habe alles einem guten Mädchen überlassen, meinen geliebten einzigen Bruder muß ich noch einmal sehen, es ist ja zu plötzlich und unerwartet gekommen.« Während sie nun mit Frau Maria sprach und mit ihr die Abfahrt überlegte, war Herr Dunker zu Eva zurückgegangen und hatte sie nach dieser Tante gefragt, von der sie, seiner Meinung nach, nie gesprochen hatte.

»Ich kenne sie sehr wenig, diese Tante Cäcilie. Sie wohnen sehr weit von uns, ich glaube, sie leben in beschränkten Verhältnissen.«

Für Herrn Dunker war es augenblicklich seiner Geschäfte wegen eine Erleichterung, daß er nicht sofort zu reisen brauchte, doch hoffte er, sich zum Beerdigungstage frei zu machen und dann Eva wieder mit hierher zu bringen.

Frau Maria kam nun mit der Dame ins Wohnzimmer. Sie war sehr freundlich und herzlich mit Eva, es schien jedoch, als ob sich diese etwas fremd ihr gegenüber fühlte. Um 9 1/2 Uhr ging ein Schnellzug, der benutzt werden sollte, da galt es, die Zeit auszukaufen. Es mußten Evas Trauersachen, die sie nach dem Tode der Mutter getragen hatte, schnell hervorgesucht und kleine Änderungen vorgenommen werden.

Gretchen mußte einen Trauerhut besorgen, Rieke das Abendbrot zeitig richten, kurz, es gab so viele äußere Dinge zu bedenken, daß man gar nicht Zeit hatte, über das traurige Ereignis nachzudenken. Erst als man Eva, die sich nun in Gegenwart der fremden Tante sehr zusammengenommen hatte, an die Bahn gebracht und der Vater versprochen hatte, bald nachzukommen, saß die Familie Dunker noch lange beisammen, traurig das Schwere besprechend, das so schnell über die arme Eva hereingebrochen war. Wunderbare, unbegreifliche Wege ging Gott mit diesem Kinde, das klein durch den Tod der rechten Mutter einsam in der Welt zurückgelassen und duch den Tod der prächtigen Pflegeeltern abermals zur Waise geworden war. Aber es stand fest bei Dunkers, wenn diese Verwandten nicht Ansprüche an Eva machten, dann wollten sie sie in ihren Familienkreis aufnehmen, wozu alle Kinder ihre freudige Zustimmung gaben; sie hatten das muntere, allzeit fröhliche und dienstfertige Mädchen herzlich liebgewonnen und freuten sich, sie als Schwester ganz behalten zu dürfen. —

Einige Tage waren nach dem letzten Ereignis vergangen. Frau Maria saß in ihrem Stübchen und las nachdenklich einen Brief ihres Mannes. Heute erwartete sie ihn mit Eva zurück. Er schrieb, daß Belzer, wie alljährlich, einige Wochen an der See gewesen sei, sich aber nicht so wohl wie sonst nach solcher Erholungsreise befunden habe. Da — eines Tages, so habe seine Haushälterin erzählt, habe sie ihn zu Tisch rufen wollen, weil er nicht wie immer zur gewöhnlichen Zeit erschienen sei, da habe sie ihn zu ihrem größten Schrecken, vom Schlagfluß getroffen, tot auf seinem Lehnstuhl am Pult gefunden. Ein Testament habe sich bis jetzt nicht gefunden, er fürchte, es würde keins da sein, und Frau Schmieder schien sehr auf die Erbschaft zu hoffen. Alles Nähere wolle er mündlich mitteilen.

Ob Frau Schmieder nun gewillt sei, Eva künftig bei sich aufzunehmen, davon stand nichts da; nun sie würde ja alles erfahren, wenn ihr Mann heute abend nach Hause kommen würde.

Es war schon spät, als die beiden eintrafen. Eva sah blaß, abgehärmt und verweint aus. Gretchen kam ihr mit schwesterlicher Liebe entgegen und ging gleich, nachdem sie sie ein wenig mit Speise und Trank erquickt hatte, mit ihr nach oben, damit sie bald zur Ruhe komme.

Herr Dunker hatte noch lange mit seiner Frau über alles zu reden. »Die Frau Schmieder«, sagte er, »wollte mir nicht recht gefallen, sie schien mich als einen Eindringling in ihre Rechte anzusehen, obgleich es doch ganz natürlich war, daß ich nach einem etwaigen Testament Belzers forschte.« ›Denken Sie‹, sagte sie, ›daß er dieser angenommenen Tochter alles vermacht hat, wo er eine leibliche Schwester hat, die nicht weiß, wie sie mit ihren sieben Kindern durchkommen soll? Mein Mann hat als Subalternbeamter ein so geringes Gehalt, daß wir nicht wissen, wie wir durchkommen sollen, wenn die Kinder größer werden.‹

Ich antwortete ihr, daß sie es mir auf der anderen Seite nicht verdenken könne, wenn ich an die Pflegetochter dächte, die Belzers als kleines Kind angenommen und treu für sie gesorgt hätten.

›Ja, das haben sie getan‹, entgegnete sie mir, ›aber jetzt ist das Mädchen groß genug, um für sich selbst zu sorgen. Ich würde es sehr unrecht finden, wenn dem Mädchen alles vermacht wäre und die arme Schwester leer ausginge.‹ Ich meinte, es könne ja auch geteilt werden. Da zuckte sie die Achsel und erwiderte: ›Es kommt eben darauf an, ob sich ein Testament findet oder nicht. Im letzteren Fall kommt es mir zu, das ist keine Frage.‹

Herren, die ich bei der Beerdigung traf, die wußten, wie lieb beide das Kind gehabt, bedauerten mit mir, daß kein Testament da war. Der gute Belzer hat nicht an einen so frühen Tod gedacht, hat gemeint, das habe noch lange Zeit. Aber meine Meinung ist, man sollte rechtzeitig seine Bestimmung treffen, zumal hier, wo es sich um ein Pflegekind handelt.«

Frau Maria sah ihren Mann liebevoll und ernst an und sagte: »Hatten wir uns nicht entschlossen, Eva für eigen anzunehmen, ohne auf große Schätze zu hoffen?«

»Es ist nur eines, liebe Frau, wer sagt uns, wie lange wir zu leben haben? Es sind noch vier unversorgte Kinder, wenn Christian mit seinem Studium fertig ist.«

»Wenn man nur so viel bekäme, daß Eva weiterlernen und ihr Examen machen könnte, dann würde sie später auf eigenen Füßen stehen«, sagte Frau Maria, der nun auch einige Bedenken kamen. »Aber«, fügte sie getrost hinzu: »Gott der Herr hat bisher so treu für uns gesorgt, laß uns ihm vertrauen, er wird ferner alles wohl machen.«

»Du hast recht, liebe Maria. Laß uns nicht um eitlen Lohnes willen Gutes tun, nicht, wie die Kinder der Welt, auf Vorteil rechnen. Wir nehmen einfach Eva als Kind unter unsere Schar auf und sehen, auf welche Weise wir am besten für sie sorgen können. Doch es ist zu spät, laß uns zur Ruhe gehen, morgen berichte ich dir mehr von allem, was ich erlebt und erfahren habe.«

Am folgenden Tage sah Eva etwas frischer aus, war aber still und gedrückt. Man sah es ihr an, es war nicht allein die Trauer um den geliebten Vater, es waren andere Dinge, die ihr schwer auflagen. Frau Maria hätte sie gern in den Garten geschickt, wie die Woche vorher, wo sie fröhlich unter dem Obst arbeiteten, aber es war ein gründlicher Regentag mit herbstlichen Winden, was die trübe Stimmung noch erhöhte.

Am Nachmittag, als die Mutter mit den Mädchen bei der Handarbeit saß, fing Eva von der Tante Cäcilie an; sie erzählte, daß selbige nie sehr liebevoll mit ihr gewesen sei, sie habe sie, wenn sie zu Besuch gekommen sei, oft übersehen. Auch jetzt sei sie kurz angebunden gewesen, und dann habe sie ihr etwas gesagt, was sie nie gewußt. Sie habe von einer Großmutter gesprochen, die noch am Leben sein müsse. Es sollte doch versucht werden, diese ausfindig zu machen. Sie fragte nun Frau Dunker, ob sie je davon gehört habe, daß noch eine Großmutter von ihr lebe.

»Dein lieber Vater hat es flüchtig gegen uns erwähnt, doch da die Eltern nie zu dir davon gesprochen, haben wir es natürlich auch nicht getan.«

»Ich weiß nun auch, warum die guten Eltern mir nichts davon gesagt haben.«

Frau Dunker sah von ihrer Arbeit auf. »Du weißt es?« fragte sie.

»Es war«, fuhr Eva fort, »zu der Zeit ein Mädchen bei meinen Eltern, die sich später verheiratet hat. Sie hieß Minna, war sehr treu und den Eltern ergeben. Gegen mich war sie rührend gut, ich kann mich der Zeit, da sie bei uns diente, noch sehr wohl erinnern. Sie wohnt jetzt nicht weit von N. in dem nächstliegenden Dörfchen und war natürlich auch gekommen, als sie von Vaters Tod gehört hatte. Wie glücklich war sie, mich zu sehen und zu hören, daß ich es hier so gut habe. Nun kam Tante Cäcilie und fing von einer Großmutter an, ob Minna nicht wisse, wie sie heiße und wo sie wohne, sie sei doch damals dort gewesen, als ich von Belzers angenommen wurde.

Da sagte Minna ganz aufgeregt: ›Ich habe den Namen von der Frau lange vergessen, weiß auch nicht mehr, wo sie wohnt. Wenn aber das Kind noch einmal der Großmutter angeboten werden soll, dann will ich Eva selber behalten, das leide ich nicht. Nein, meine Eva, wenn wir noch so wenig haben, das Wenige teile ich gern mit dir, zu der bösen Frau darf dich niemand bringen.‹ Sieh, Tante Maria, so steht es mit mir, ich habe niemand Verwandtes auf der Welt, der mich haben möchte.«

»Und wir behalten dich gern, mein liebes Kind. Du sagst nun, wie unsere Kinder: Vater und Mutter, es ist kein Unterschied mehr zwischen dir und unseren Kindern. Bis Ostern bleibst du zu Hause, bis dahin sehen wir, was weiter wird. Nun wollen wir die Sache ruhen lassen und über nichts weiter grübeln und nachdenken. Du bist unser Kind und bleibst unser Kind, alles andere wird sich mit der Zeit finden.«

Gretchen, welche die ganze Unterredung mit angehört hatte und innerlich froh war über das, was die Mutter zuletzt sagte, wurde eben von Rieke hinausgerufen. Ihre Abwesenheit benutzte Eva, Frau Maria noch eins zu fragen.

Sie kam näher, schmiegte sich an sie und sagte: »Werden auch alle damit einverstanden sein, daß ich euer Kind werden soll?« »Natürlich, Eva, wir haben dich doch alle lieb.« »Ja, von denen, die hier sind, weiß ich es. Aber ich meine, ob euer ältester Sohn nichts dagegen haben wird, wenn ich ganz hierbleibe. Es war doch früher etwas anderes, als es nur auf ein Jahr abgesehen war.«

»Darüber kann ich dich ganz beruhigen. Gerade heute morgen hatten wir einen sehr hübschen Brief von ihm. Ich vergaß dir zu sagen, daß er dir seine herzliche Teilnahme aussprechen läßt. Der plötzliche Tod des Herrn Belzer habe ihn sehr erschüttert, schreibt er, er freue sich aber, daß wir den Entschluß gefaßt hätten, dich ganz als unser Kind anzunehmen.«

Eva konnte es nicht wehren, daß ihre Tränen aufs neue flossen. Frau Maria aber nahm sie in ihre Arme und sagte: »So, Evchen, nun siehst du, daß wir dich alle gern hier haben, nun mache dir keine Skrupel mehr, und wenn mein Mann heute abend kommt, rede ihn mit ›lieber Vater‹ an.«

»Liebe, gute Mutter«, gab Eva zur Erwiderung, küßte die Mutter leidenschaftlich und lief dann in ihr Stübchen, um dort Gott dem Herrn zu danken, daß er ihr wieder so gute Eltern geschenkt hatte.

16. Der Besuch in der Villa

Nun war alles wieder wie vordem, nur daß die schöne Aussicht fehlte, alles, was Eva lernte und einheimste, nicht mehr für ihren lieben Vater verwenden zu können, daß das Heim, an dem ihr ganzes Herz hing, für sie aufgehört hatte.

Nach einigen Wochen schrieb Frau Schmieder und benachrichtigte ihrem Versprechen gemäß Herrn Dunker, daß sich trotz allen Suchens und Forschens von seiten ihres Mannes kein Testament gefunden habe, und daß das Gericht, wie es vorauszusehen war, ihr als der leiblichen Schwester des Herrn Belzer den Nachlaß zugesprochen habe. Derselbe sei nicht bedeutend, doch wollten sie ein übriges tun und der Pflegetochter einige hundert Mark davon zukommen lassen, damit sie in den Stand gesetzt würde, sich damit Kenntnisse irgendwelcher Art anzueignen, die sie befähigen würden, für sich selber zu sorgen.

Dunkers hatten einen ähnlichen Brief erwartet und waren nicht überrascht durch denselben, sprachen auch nicht weiter mit Eva darüber, um sie nicht aufs neue aufzuregen. Da Eva gut veranlagt war und sehr gute Zeugnisse von der Schule aufzuweisen hatte, so zeigte sie große Lust, ihr Examen zu machen. Es wurde also dafür gesorgt, daß sie den Winter dazu verwandte, ihre Kenntnisse aufzufrischen, nachzuholen, was etwa versäumt war, besonders in Sprachen, um dann Ostern in ein Seminar eintreten zu können. Tante Alice bot dazu freundlich die Hand. Sie wollte sie auch im Französischen vornehmen und lud die jungen Mädchen ein, am

Mittwoch eine Stunde früher zu kommen, um auch hierin Eva zu fördern. Georg und Heinz erboten sich, sie immer treulich abzuholen, wenn es später dunkel werde. Der gütige Pfarrer aber erklärte, sie im Winter zurückfahren zu lassen, namentlich bei schlechtem Wetter.

Edgar und Otto waren Michaelis in die Residenz gekommen, vor ihnen hatte Eva sich geradezu gefürchtet, da besonders der Älteste immer Mittel und Wege suchte, sie zu belästigen. Herr Hemsing war in die Universitätsstadt zurückgekehrt, um dort sein zweites Examen, zu dem er daheim fleißig gearbeitet hatte, zu machen.

Es war Ende Oktober, das Wetter hatte sich noch fast sommerlich gehalten. Nach den um diese Zeit üblichen Frühnebeln brach täglich die Sonne durch und erfreute die Menschen mit ihren wärmenden Strahlen. Eva und Gretchen befanden sich wieder einmal auf dem Wege nach Langendorf. Als sie an der Villa vorübergingen, blieben sie einen Augenblick am Garten stehen und bewunderten das vielfarbige Laub der Bäume und Sträucher. Sie hatten die alte Dame nicht bemerkt, die in der warmen Oktobersonne langsam und gebückt auf- und abging. Frau Röder aber hatte sie gesehen und winkte mit der Hand. Sie standen unschlüssig da, wußten nicht, wie es gemeint sei, da kam die Unbekannte dicht ans Gitter heran und sagte:

»Ich glaubte immer, die jungen Damen, die sich im Sommer meiner so freundlich annahmen, würden mich einmal wieder besuchen und sich nach der alten, einsamen Frau umsehen. Aber die Jugend mag sich nicht gern mit dem Alter befassen.«

Die Mädchen schwiegen ein Weilchen, als wüßten sie nicht, was darauf antworten. Endlich faßte Gretchen Mut.

»Wir wären gern einmal gekommen, gnädige Frau, aber wir wußten nicht, ob wir es wagen dürften, da Sie uns nicht aufgefordert hatten, wiederzukommen.«

»Ich würde es sehr gern sehen, wenn Sie einmal zu mir kommen möchten, d. h. wenn Ihre Eltern es erlauben.«

»Sie werden nichts dagegen haben. Wenn Sie erlauben, gnädige Frau, werden wir in den nächsten Tagen einmal kommen.«

»Ich bitte darum, es wäre mir lieb, wenn es schon morgen sein könnte.«

Sie nickte ihnen freundlich zu, nahm besonders Eva scharf ins Auge, vielleicht weil sie in tiefer Trauer war, und sah ihnen nach, solange sie konnte.

Die Mädchen waren ganz erfüllt von der Liebenswürdigkeit der älteren Dame und freuten sich auf den morgenden Tag, wo sich ihnen, wie sie hofften, die Herrlichkeiten der Villa und des schönen Gartens erschließen sollten.

In Langendorf wurden sie, wie immer, freundlich empfangen. Tante Alice bot stets des Interessanten so viel, daß die Stunden wie Minuten verrannen. Etty nahm natürlich an allem teil. Gegen Eva waren alle Mitglieder des Hauses doppelt liebevoll. Sie hatte etwas Rührendes in ihrer Trauer. Das silberhelle Lachen war verschwunden, um die Lippen lag ein wehmütiger Zug, in den schönen, lebhaften Augen standen oft Tränen, wenn ihr Leid berührt wurde. Es wußte ja niemand, wie schwer es ihr wurde, sich in ihr ganz verändertes Leben zu finden, so ganz von Dunkers abhängig zu sein, obwohl diese es sie in keiner Weise empfinden ließen.

Ganz überrascht waren die Eltern, als sie ihr Erlebnis mit der alten Dame erzählten. Sie hatten durchaus nichts dagegen, daß sie der Einladung folgten, nur bat der Vater, sich nach dem Namen der Unbekannten zu erkundigen, den sie bis jetzt noch nicht erfahren hatten. Die Mutter aber verspürte Lust, die jungen Mädchen abzuholen und der Dame gleichzeitig einen Besuch zu machen. »Dann entschließt sie sich vielleicht«, meinte Frau Maria, »auch uns zu besuchen und aus ihrer Einsamkeit sich herauszuwinden.«

Am anderen Tage konnten die jungen Mädchen kaum den Nachmittag erwarten. Endlich war die Uhr so weit vorgeschritten, daß sie gehen durften. Als sie an der eisernen Gartenpforte klingelten, kam die Dienerin mit einem großen Schlüssel und öffnete.

»Es ist recht«, sagte sie freundlich, »daß die jungen Damen meine alte Herrin einmal besuchen. Sie hat hier in der Stadt keinen Menschen, der zu ihr kommt. Gehen Sie nur die Stufen da hinauf durch die offene Glastüre, Frau Röder ist im Gartensalon.« Die Mädchen kannten den Eingang schon vom Sommer her, doch da kam Frau Röder, so hatte die Dienerin sie eben genannt, schon. Sie streckte ihnen die magere, gelbe Hand entgegen und sagte: »Es ist schön, daß Sie Ihr Versprechen halten, nun kann ich heute einmal wieder meinen Tee in Gesellschaft trinken, was ich in vielen Jahren nicht getan.« Gretchen wagte zu fragen: »Haben Sie gar keine Verwandten?«

»Ich habe niemand auf der Welt.«

Eva wollte ausrufen: »Gerade wie ich.« Aber sie besann sich, daß Gretchen es mit Recht für undankbar halten würde, da sie doch mit solcher Liebe in dem Familienkreis aufgenommen war, und schwieg.

»Sind Sie Schwestern?« fragte die alte Dame plötzlich. Sie verneinten es.

»Ich konnte es mir wohl denken, da die eine der jungen Damen in Trauer ist, die andere nicht.«

»Mein lieber Vater ist vor einigen Wochen verstorben«, sagte Eva leise, und große Tränen traten in ihre Augen.

»Sie armes Kind! Aber die Mutter lebt doch noch?«

»Sie ist ein Jahr früher heimgegangen.«

»O, dann sind Sie eine Waise.«

Sie nickte stumm, fügte aber gleich hinzu: »Gretchens Eltern haben mich in ihren Familienkreis aufgenommen.«

»Das ist prächtig. Es müssen gute Menschen sein, Ihre Eltern.« Da Frau Röder merkte, daß es Eva schwer war, von ihrem Kummer zu sprechen, so brach sie ab und sagte den jungen Mädchen, daß sie ihnen später Haus und Garten zeigen wolle. Sie klingelte, und alsobald erschien Betty und brachte ein Brett mit Tee und Kuchen, schenkte ein und bat die jungen Mädchen, sich zu bedienen.

»Heute wird es Frau Röder besser munden als gewöhnlich, in Gesellschaft schmeckt es allemal besser«, sagte Betty und nickte ihrer Herrin freundlich zu.

»Ein braves Mädchen, das mir schon viele Jahre treu dient«, bemerkte diese, als Betty gegangen war. »Ich wollte nur, meine Betty hätte auch mitunter etwas Gesellschaft, es will ihr oft gar so einsam werden.«

»Ei«, meinte Gretchen, »wir haben ein älteres, gutes Mädchen und wohnen ganz in der Nähe, da könnten die beiden sich ja nur bekannt miteinander machen.«

»Sagen Sie ihr doch, daß sie meine Betty am Sonntag besucht, es wäre mir sehr lieb, wenn sie eine Bekannte hier fände«, worauf Gretchen erwiderte, daß Rieke es gern tun würde, es würde ihr sehr recht sein, eine

Gleichaltrige zu finden, da es in der Nachbarschaft nur junge Mädchen gäbe.

Als der Tee getrunken war, begab man sich zunächst in den Garten. »Es dunkelt zeitig, und ich darf mich nicht der Abendluft aussetzen«, sagte Frau Röder.

Eva bot der alten Dame ihren Arm, den sie dankbar annahm. Sie zeigte ihnen alle die hübschen Blumenanlagen und ausländischen Gewächse, den Teich mit den beiden Schwänen darauf, holte aus ihrer Handtasche Semmel, mit denen die beiden Mädchen die Schwäne fütterten, und schien sich offenbar zu freuen über den Spaß, den es ihnen machte.

»Wir haben gar nicht geahnt, daß es etwas so Schönes bei Ihnen im Garten gäbe, gnädige Frau«, sagte Eva, deren Züge wieder den alten, belebten Ausdruck annahmen, den sie früher hatten.

»Ich habe es gewußt«, versetzte Gretchen, »Vater hat manchmal davon erzählt, wenn er bei Herrn von Henning war.«

»Kannte Ihr Herr Vater meinen Vetter?« fragte die alte Dame.

»Ja, ein wenig, weil wir Nachbarn waren. Vater ist einige Male bei ihm gewesen, um sich den schönen Garten anzusehen, bei uns war Herr von Henning nie.«

Während Gretchen sprach, beobachtete Frau Röder immer Eva, wie sie die Schwäne fütterte und sich dabei in einer Anmut bewegte, die jedem gefallen mußte. Sie prüfte auch ihre Züge, Augen und Haare, es war, als ob die Gestalt Erinnerungen in ihr erweckte, die sie nicht zu bannen vermochte.

Als die Semmel verfüttert war, ging man weiter. Die schönen Obstbäume waren schon ihrer Früchte beraubt, Frau Röder erzählte, daß sie eine reiche Ernte gehabt habe und die Obstkammer gefüllt sei. »Wie gerne wollte ich abgeben, wenn ich wüßte an wen! Ich habe keine Verwandte, keine Freunde.«

»Auch keine Freunde?« fragte Gretchen verwundert.

»O, wir haben so viele!«

»Ich habe mich seit Jahren ganz von der Welt zurückgezogen, bin auch nicht so gewesen, daß mich die Leute gern haben konnten. Jetzt ist es zu spät.« Sie sagte das wieder mit einem so traurigen Gesicht, daß es den jungen Mädchen ans Herz ging und Gretchen ausrief: »Vielleicht könnte meine Mutter Ihre Freundin werden.«

Eva, die nichts darauf zu erwidern wußte, aber ebenso wie Gretchen fühlte, hatte unbemerkt nach der Hand der alten Dame gegriffen und sie leise gedrückt, was diese mit einem gleichen Druck erwiderte, sie ansah und sagte: »Ein gutes Kind.«

Nun bewunderte man die herrlichen Dahlien, die in entzückenden Farben und den verschiedensten Art sich ihren Augen darboten.

»Wer hält nur den schönen Garten in Ordnung, wer pflanzt, gießt und besorgt dies alles?«

»Ich habe einen Gärtner angestellt, der immer kommt, wenn es nötig ist. Außerdem habe ich eine Gartenfrau, und meine Betty hilft getreulich.«

Es war nicht wie bei Dunkers, wo alle nicht ganz notwendigen Ausgaben vermieden wurden. Da galt es, selbst Hand anlegen, davon wußte Gretchen zu reden, die im Frühling tapfer mit der Mutter Gartenarbeit machte.

Plötzlich ließ Frau Röder sich erschöpft auf einen Gartenstuhl nieder. »Es wäre zu viel für mich«, sagte sie. »Mein Versprechen, Ihnen die Villa zu zeigen, kann ich leider heute nicht erfüllen, da müssen Sie schon ein anderes Mal wiederkommen.«

»Das tun wir gern, wenn Sie es uns erlauben«, riefen beide wie aus einem Munde.

Dann erboten sie sich, die alte Dame bis ans Haus zu führen. Sie nahmen sie sorgsam unter den Arm und geleiteten sie in den Gartensalon, wo sie köstliche Früchte vorfanden, die zur Erquickung bereit standen.

»Was Sie nicht essen, nehmen Sie mit, meine jungen Freundinnen. Sie haben doch Brüder?« »Ja, zwei.«

»Ich vermute, ich kenne sie. Zwei sind mir aufgefallen als wohlgesittete, höfliche junge Leute, die mich nicht nur grüßten, wenn sie mich im Garten sahen, sondern auch dem ungezogenen Treiben anderer, roher Jungen wehrten. Betty sagte mir, daß es Söhne seien eines Herrn Dunker hier in der Nachbarschaft. Man merkt bald die gute Erziehung, auch an Ihnen, meine lieben Mädchen.«

Beide erröteten ob dieses Lobes und freuten sich, Georg und Heinz etwas mitbringen zu dürfen. Da die Mutter verzog zu kommen, so nahmen sie an, diese sei durch Besuch verhindert worden. Sie machten sich darum auf zu gehen, da die alte Dame, gar nicht an Gesellschaft gewöhnt, müde und erschöpft aussah.

Sie bestellten der Mutter, daß Frau Röder sich freuen würde, sie einmal bei sich zu sehen. Diese beschloß, einen Besuch bei der Dame baldigst auszuführen, denn sie glaubte gewiß, daß es derselben nur zuträglich sein konnte, sich allmählich wieder an Geselligkeit zu gewöhnen. So war der erste Anfang gemacht zu einer Bekanntschaft zwischen der Villa und dem Dunkerschen Hause.

Die jungen Mädchen konnten gar nicht genug erzählen von der Güte der alten Dame und von dem wunderschönen Garten. Frau Maria freute sich, wie belebt Eva war durch diesen Besuch, so hatte sie sie seit des Vaters Tod nicht wieder gesehen. Wie fröhlich teilte sie das Obst unter die Brüder, denen sie mit schelmischem Lachen die schönen Äpfel überreichte mit den Worten: »Dies ist die Belohnung für euer höfliches, wohlgesittetes Betragen gegen die alte Dame.«

Sie schmunzelten wohlgefällig dazu und riefen Gertrud, die auch davon haben sollte, wenn sie auch nicht gerade zu den höflichen Schülern gehört hatte. –

»Frau Röder, Sie haben heute ein ganz andres Gesicht als sonst«, sagte Betty am Abend. »Die Stirn ist freier, das Auge klarer, um den Mund spielt nicht immer solche Wehmut.«

»Es hat mir wohlgetan, einmal wieder mit anderen Menschen in Berührung zu kommen.«

»Hab ich Ihnen das nicht gleich gesagt, Sie müßten mehr unter Menschen gehen und nicht immer grübeln über Dinge, die nicht zu ändern sind.«

»Die aber anders hätten sein können. Hätte ich damals – wäre ich damals nicht wie von Sinnen gewesen – ich hätte ja das erbarmungswürdige, kleine Wesen annehmen müssen; wo ist es geblieben, wer hat es erzogen?«

»Wir müssen doch hoffen, daß die gute Dame, die es brachte, es behalten hat.«

»Das ist die große Frage. Hat sie selbst viele Kinder gehabt, so hat sie es in ein Waisenhaus getan, wo es vielleicht längst gestorben ist, oder es muß sich, wenn es groß geworden ist, in der Welt herumplagen, um sein Leben zu fristen.«

»Wenn wir wenigstens den Namen von der Dame wüßten, die das Kind gebracht hat.«

»Den hat sie mir auch nicht gesagt. Es hatte ja keinen Zweck, denn nach dem, was sie mit eigenen Ohren hörte, wußte sie ganz genau, daß Sie nichts von dem Kinde wissen wollten, und daß Sie nie daran denken würden, Ihre Ansichten zu ändern.«

»Es hat allerdings viele Jahre gewährt, bis ich meine Ansichten geändert habe. Es sind bald 17 Jahre und ich habe nie Gewissensbisse empfunden, bis ich vor zwei Jahren eine Predigt gehört, die mich erschüttert hat, die mir mein ganzes Unrecht, das nicht wieder gut zu machen ist, aufgedeckt hat. Du weißt ja alles, Betty.«

»Ja gewiß, ich weiß es«, sagte diese seufzend. »Ich habe schwere Tage mit Ihnen durchgemacht.«

»Und weißt du, Betty, eine von den jungen Mädchen erinnert mich immer an meine Tochter, die in dem Alter ähnlich aussah.«

»Sie haben recht, Frau Röder, ich habe es auch gefunden. Aber es kommt ja mitunter vor, daß Menschen, die sich nichts angehen, Ähnlichkeit haben. Man könnte ja aber nicht wissen – «

»Es ist ganz ausgeschlossen, so etwas nur zu denken. Die Kleine trauert augenblicklich um ihren Vater, der kürzlich gestorben, die Mutter ist vor einem Jahr heimgegangen, hat sie mir erzählt. Aber liebhaben kann ich das Kind um seiner Ähnlichkeit willen mit meiner Tochter. Liebhaben will ich sie, um damit etwas gutzumachen, was ich an der Enkelin versäumt habe. Weißt du denn nicht mehr, aus welcher Stadt sie kamen?«

»Das habe ich in der Aufregung auch nicht gefragt oder vergessen. Es mußte irgendein Städtchen in der Nähe von Berlin sein.«

»Es kamen ja auch zwei Herren daher, die mir Geld

abforderten für das Begräbnis meiner armen Tochter. Sagten sie nicht, woher sie kamen?«

»Sie haben es vielleicht gesagt, aber Frau Röder waren so zornig, holten das Geld und warfen es mir zu, daß ich froh war, als ich es den Herren gegeben hatte und sie los war.«

»Gab es denn keine Quittung?«

»Danach haben Sie mich schon so oft gefragt und mich geängstigt. Ja, sie haben mir so ein Papier in die Hand gegeben, wo es aber geblieben, ahne ich nicht. Ich wagte nicht, damit zu Ihnen zu gehen und glaube, ich habe es zerknittert und ins Feuer gesteckt. Nun quälen Sie mich unablässig damit, und damals haben Sie mich so geängstigt mit Ihren Zornausbrüchen, daß ich am liebsten fortgelaufen wäre!«

»Habe nur Geduld mit mir armen Frau, gute Betty, ich bin dir ja so dankbar, daß du bei mir ausgehalten hast, was hätte ohne dich aus mir werden sollen. Jetzt geh, hole mein Abendbrot, ich will mich dann schlafen legen.«

Betty tat, wie ihr befohlen, aber die alte Dame nippte nur davon, saß lange gebeugt da und grübelte.

17. Ein Krach

Von den nächsten Nachbarn hatten Dunkers lange nichts gesehen und gehört. Im Winter waren die Familien nicht mehr im Garten, so daß man weniger voneinander merkte und keine Unterhaltung über den Zaun führen konnte. Die beiden ältesten Söhne waren fort, mit den anderen Jungen hatten Georg und Heinz keine Gemeinschaft, sie gingen andere Wege, die ihnen nicht paßten. Nur Reinhold war ein braver Junge, er suchte, wo er konnte, Unterhaltung mit Gertrud; aber deren wurde immer weniger, Gertrud wuchs heran, die Schule stellte größere Anforderungen an sie, sie hatte nicht viel Zeit zum Plaudern.

Lieschen war die einzige, die Gretchens und Evas Gesellschaft mitunter suchte, doch wir wissen, daß ihre Anschauungen sehr auseinandergingen und Lieschen lieber dem Genuß und den Vergnügungen nachging, als sich an den einfachen Freuden der Dunkerschen Familie zu ergötzen. Es fiel jedoch auf, daß weniger als in früheren Jahren abends ein Wagen vor der Tür hielt, der die Damen ins Theater, Konzert oder in Gesellschaften fuhr, es fiel auf, daß Lieschen viel weniger davon sprach. Sonst liebte sie es, vor Eva und Gretchen zu prahlen mit allem, was sie erlebt, von ihren schönen Anzügen zu erzählen und wer sie darin bewundert hatte, von den Soupers, mit welchen Delikatessen man gespeist worden usw. Jetzt sah man sie, wie gesagt, wenig, und Gretchen und Eva entbehrten es nicht. Sie hatten an ihrer Freundschaft genug und hatten immer vollauf zu tun mit häuslichen und wissenschaftlichen Arbeiten, denn Gretchen lernte alles mit, was Eva zu ihrer späteren Ausbildung gebrauchte. »Schaden kann es mir nicht«, sagte sie fröhlich, »und für Eva ist es angenehmer, wenn ich mitlerne.«

Die Wege nach Langendorf konnten nun, da der Winter nahte, um so lieber unternommen werden, als der gute Pfarrer, wie schon gesagt, angeboten hatte, die Mädchen am Abend zurückfahren zu lassen, was den Brüdern auch recht war, da sie in den oberen Klassen tüchtig zu arbeiten hatten, zumal Georg, der Ostern sein Abiturium zu machen gedachte.

So ging die Zeit dahin. Eines Tages waren Gretchen und Eva in die Stadt gegangen, um Besorgungen zu machen. Sie traten eben aus einem Laden, in dem sie eine Weihnachtsarbeit für die Mutter besorgt hatten, da sahen sie Lieschen daher kommen, mit einer großen Tasche bewaffnet.

»Sieh da, Lieschen geht einkaufen«, sagte Eva, »das sieht man sonst nicht oft, es muß gewöhnlich das Mädchen tun. Was mag sie nur mit dieser großen Tasche wollen?«

Es schien Lieschen unangenehm, gerade jetzt mit den beiden zusammenzutreffen, aber sie waren schon bei ihr und Gretchen fragte lachend:

»Lieschen, was willst du denn für Einkäufe machen mit der riesigen Tasche?«

Lieschen wurde feuerrot und machte ein ganz weinerliches Gesicht.

»Ich sollte eigentlich nichts davon merken lassen, aber ich will es euch erzählen, wenn ihr versprecht, es niemandem weiter zu sagen.« Neugierig hörten sie, was Lieschen berichtete.

»Vater ist jetzt immer so mürrisch, besonders, wenn Mutter Geld haben will. Früher gab er ihr mit vollen Händen, jetzt wird er auf einmal geizig. Nun braucht Mutter aber doch immer viel Geld. Da sie heute alles verausgabt hatte und verschiedene große Einkäufe nötig waren, beim Fleischer, Bäcker usw. — die wollen uns nämlich nichts mehr auf Borg geben, wollen immer bare Bezahlung — da sagte Mutter, ich solle sehen, ein altes Kleid von ihr zu verkaufen. Es wohne in der Kurzen Straße ein Jude, der gern solche Sachen nehme; sie habe schon öfters, wenn ihr gerade Geld gefehlt hätte, dort etwas hingebracht. Ich gehe also in die Kurze Straße und sehe an der Ecke einen Laden, wo verschiedene Sachen durcheinander waren. Ich gehe hinein, da kommt mir ein Herr entgegen mit höflichem Diener. Als ich aber fragte, ob er alte Sachen kaufe, da wird er wütend und schreit mich an:

›Was! Alte Sachen soll ich kaufen? Für was halten Sie mich? Sieht mein Laden aus wie ein Trödelladen? Da müßt ich mich ja in die Seele hinein schämen! Was fällt Ihnen ein, mir alte Sachen anzubieten!‹

Ich war so erschrocken, daß ich eiligst hinauslief. Nun steh' ich hier und weiß nicht, was ich anfangen soll.« Die Tränen kamen ihr wieder, Eva und Gretchen aber standen ganz verwundert, sie waren ganz überrascht, daß die reichen Kramers alte Kleider verkaufen mußten, um Geld für den Fleischer zu bekommen. Und doch hätten sie Lieschen gern geholfen, wenn sie nur gewußt hätten wie.

Endlich machte Gretchen den Vorschlag, sie wollten noch einmal mit ihr in die Kurze Straße gehen, vielleicht fänden sie den Trödelladen heraus.

Das war für Lieschen eine große Erleichterung. So wanderten die drei zusammen und fanden richtig in der angegebenen Straße einen Laden, der allerlei altes Gerümpel schon am Schaufenster zeigte.

»Hier wollen wir nun hineingehen«, riet das beherzte Gretchen, während Lieschen scheu und gedrückt mit ihrer großen Tasche folgte.

Verschiedene Gerüche gab es in diesem Laden nach alten, traurigen Stiefeln, die oben an der Decke aufgehängt waren, nach alten, getragenen Kleidungsstücken, nach wollenen, gebrauchten Jacken u. dgl., kurz nach allem Möglichen und Unmöglichen.

Ein bärtiger alter Jude erschien auf niedergetretenen Schuhen und fragte nach dem Begehr. Als Lieschen das Kleid hervorholte, das von schwerer Seide war und kostbaren Besatz aufwies, funkelten die Augen des alten Mannes, man sah es ihm an, das war etwas für ihn. Aber er tat, als könne er so etwas nicht verwerten, er habe nur mit geringen Leuten zu tun, die solche Sachen nicht kauften. Er fragte aber doch, was Lieschen für das Kleid haben wolle. Als sie den Preis nannte, zwanzig Mark, schlug er die Hände zusammen, sagte, sie solle schnell zusammenpacken und sich davon heben.

Lieschen, die Auftrag hatte, das Kleid um jeden Preis loszuschlagen — denn bares Geld müsse sie haben, hatte sie Mutter gesagt — fragte beklommen, was er denn geben wolle.

»Was ich geben will? Je nun — das Kleid ist abgetragen, es sind Flecke darin« —

»O nein«, fiel Gretchen ihm in die Rede, »Flecke sehe ich keine und der Stoff ist gut. Sehen Sie nur die schwere Seide.«

»Was mach' ich mit schwerer Seide? Solche Ware werd' ich nicht los, bleibt liegen im Laden. Nix wie Schaden hab ich davon!«

»Nun, was wollen Sie denn geben?« fragte Lieschen wieder. Man sah es dem Händler an, er wollte sich das Kleid nicht entgehen lassen, aber den Preis bis zum Äußersten herunter drücken. Lieschen forderte schließlich nur zehn Mark, es wurde aber gehandelt und gefeilscht bis auf sieben Mark.

Sie ließ es fahren, des Handelns müde, gab das kostbare Kleid hin, strich das Geld ein und verließ hoch aufatmend den Laden.

»Welche Luft«, rief Eva, »ich konnte es kaum mehr aushalten.«

»Ich bin froh, daß der Handel hinter mir liegt, so etwas mach' ich nicht wieder. Ich danke euch, daß ihr mitgegangen seid. Ich hätte mich allein nicht wieder in die Straße gewagt.«

»Wir müssen nun eilen, nach Hause zu kommen, Mutter wird sich wundern, wo wir bleiben«, rief Gretchen.

»Ich«, sagte Lieschen, »muß erst meine anderen Besorgungen machen. Mit sieben Mark werde ich nicht weit kommen. Ich weiß nicht«, setzte sie hinzu, »es ist jetzt auf einmal ganz anders bei uns.« Ein tiefer Seufzer kam aus des jungen Mädchens Brust, das sonst immer nur lachte und tändelte und von den Sorgen des Lebens keinen Begriff hatte.

Die beiden jungen Mädchen unterhielten sich unterwegs aufgeregt von dem Fall, der ihnen ganz neu und unverständlich war. Daß man kostbare Kleider für einen geringen Preis verschleudern mußte, um Geld für Fleisch und Brot zu bekommen! Sie hätten jetzt das dem

Lieschen zurückgeben können, was sie ihnen einst entgegenwarf: »Ihr seid sonderbare Menschen.«

Zu Hause empfing sie das trauliche Wohnstübchen, in dem die Mutter mit Gertrud und den fleißigen Schülern bei der hell strahlenden Hängelampe saß. Sie wurden freundlich begrüßt, packten ihre Besorgungen aus und gingen dann hinaus, um gemeinsam das Abendbrot zu bereiten. Von dem sonderbaren Handel bei dem alten Juden schwiegen sie. Sie hatten Lieschen versprochen, nicht davon zu reden.

Am folgenden Tage, Dunkers saßen alle beim Mittagsmahl, kommt Rieke herein, ganz blaß und aufgeregt, mit den Worten:

»Denken Sie nur, Herr Kramer ist verschwunden.«

»Wa — was?« ruft Herr Dunker, »verschwunden? Was soll das heißen?«

»Er ist gestern abend nicht, nach Hause gekommen und die ganze Nacht nicht, und als sie auf der Bank angefragt haben, wurde ihnen gesagt, er sei gestern mittag um 12 Uhr fortgegangen und sei bis jetzt nicht wieder erschienen. Lotte sagt, die Herren dort hätten alle so sonderbare Gesichter gemacht, als ob sie wüßten, was das bedeute. Aber drüben im Hause wäre es schrecklich. Die Frau Kramer schrie immer laut und jammerte, und die Jungen säßen starr da und sagten gar nichts. Fräulein Lieschen liefe immer von einer Stube in die andere und weinte. Lotte sagt, sie möchte keine Stunde mehr im Hause bleiben bei solchem Unglück.«

»Das ist das Ende vom Liede, ich habe es längst befürchtet«, sagte Dunker mit einem tiefen Seufzer und erhob sich vom Mahle. Auch die Mutter und die Kinder waren so erschrocken, daß ihnen aller Appetit vergangen war. Herr Dunker verließ dann das Haus, um in sein

Kontor zu gehen. Er hoffte, dort näheres zu erfahren über das Unglück, das so plötzlich über die Familie Kramer hereingebrochen war.

Frau Dunker war im Zweifel, was sie tun sollte. Sie hatte nie gemerkt, daß Frau Kramer Freude geäußert hatte über einen Besuch, aufdrängen wollte sie sich nicht gern. Aber jetzt war es doch anders. Hier gab es vielleicht Trost zu spenden aus einer Quelle, die nie versiegt, die selten ihre Kraft und Wirkung versagt. Die arme Frau dauerte sie entsetzlich, wenn sie ihr Los mit dem ihrigen verglich. Welchen Halt hatte sie an ihrem prächtigen Mann, wie fest und unerschütterlich stand sein Glaube, wie handelte er im Leben, in allen Dingen, auch den kleinsten, nach dem, was recht, edel und treu war, o wie war sie zu beneiden! Das Mitleid, das sie übermannte, war so groß, daß sie beschloß, gegen Abend hinüberzugehen, um zunächst zu sehen, wie die Sachen standen. Sie wollte und konnte nicht glauben, daß Herr Kramer so gegen seine Familie handeln konnte, daß er sie einfach ihrem Schicksal überließ.

Aber es war so. Als sie hinüber kam, war alles wie ausgestorben im Hause. Beim Klingeln der Glocke öffnete sich leise die Tür, und ein Kopf guckte verstohlen durch die Spalte, dann aber wurde weit geöffnet und Lieschen flog heraus, warf sich leidenschaftlich in Frau Marias Arme und rief mit Tränen:

»Sie sind's, Frau Dunker! Ja, Sie müssen hereinkommen, wenn wir auch sonst niemand empfangen. Sie müssen meine arme Mutter trösten, sie hat seit gestern zu viel durchgemacht.« Ein erneuter Tränenstrom erstickte ihre Stimme, sie faßte Frau Marias Hand und führte sie durch die erste Stube, wo die Jungen saßen, teils lesend, teils arbeitend. In dem zweiten, kleineren

Zimmer, wo nur gedämpftes Licht brannte, saß im Lehnstuhl die unglückliche Frau, starr vor sich hinsehend, Tränen konnte sie nicht finden für ihren namenlosen Jammer.

Frau Maria legte ihr die Hand auf die Schulter. »Frau Kramer«, sagte sie mit liebevoller Stimme, »ich möchte Sie gern trösten, kann es nur mit dem Wort eines, in dessen Mund Wahrheit ist. Unser Heiland spricht: ›Kommet her zu mir alle, die ihr mühselig und beladen seid. Nehmet auf euch mein Joch und lernet von mir, denn ich bin sanftmütig und von Herzen demütig.‹«

»Das Wort ist nicht für mich. Gott kann nur zürnen über mich, denn ich bin auch schuld an dem Ruin meines Mannes. Ich habe ihn zu Ausgaben veranlaßt, die nicht sein durften, ich habe das Geld verschleudert in kostbaren Toiletten, konnte nie genug haben an Gesellschaften und kostspieligen Vergnügungen. Ich hielt ihn für reich und ahnte nicht, daß alles, was nicht mit dem Gehalt bestritten werden konnte, der Bankkasse entnommen wurde. Aber das hätte er mir nicht antun dürfen, daß er sich durch die Flucht dem allen entzog, was nun über mich kommt. Ich hätte mit ihm darben und sparen wollen, aber daß er mich mit der ganzen Familie im Elend sitzen läßt, das kann ich ihm nicht vergeben.«

Frau Maria schwieg. Das Herz war ihr zum Zerspringen voll. Also Unterschlagungen bei der Bank waren vorgekommen, wie sie eben aus dem Munde der Nachbarin vernehmen mußte! Daher die Flucht. Frau Kramer hatte es sich wohl noch nicht klar gemacht, was, wenn ihr Mann hier geblieben wäre, mit ihm hätte geschehen müssen. Er hatte sich dem Arm der Gerechtigkeit entzogen.

»Gehen Sie nur wieder, Frau Dunker. Sie sehen jetzt, mit was für Leuten Sie zu tun haben. Gehen Sie, überlassen Sie uns unserem Elend!«

»Mitnichten, liebe Frau Kramer. Ich komme nicht, um von Ihrem Elend zu hören, sondern um Ihnen, wenn es irgend in unseren Kräften steht, beizustehen und zu helfen.«

»Was gibt's da zu helfen? Unser Haus und unsere Sachen sind bereits verpfändet. In wenigen Tagen müssen wir heraus und alles dahinten lassen, nur ganz weniges wird man uns lassen. Ist das Elend nicht groß genug? Wo soll ich hin mit meinen Kindern?«

»Die im Elend sind, führe in dein Haus.« Dieser Spruch wurde plötzlich lebendig in der Seele der edlen Frau. Ohne Überlegung rief sie:

»Gott sei Dank, daß wir ein eigenes schuldenfreies Haus für uns haben. Kammern und Stube gibt's oben genug. Kommen Sie, liebe Frau Kramer, mit dem, was Ihnen geblieben; was fehlt, dafür schaffen wir Rat. Wir können Sie ja nicht immer behalten, aber Sie sollen wenigstens für die erste Zeit einen Unterschlupf haben. Wir können dann miteinander beraten, was zu tun ist. Schwer liegt allerdings die Zukunft vor Ihren Augen, da alle Kinder noch erwerbsunfähig sind, aber Gott der Herr, der schon oft Wunder getan hat, wird auch hier Mittel und Wege finden, wenn's auch gleich noch dunkel ist vor unseren Augen.«

»Uns wird Ihr Gott nicht helfen, denn wir haben nichts denn Übles getan, haben seiner vergessen, nicht nach ihm gefragt.«

»Wenn Sie das einsehen, liebe Frau Kramer, und sich selbst anklagen, ist schon viel gewonnen. Wir haben nicht einen harten, sondern einen barmherzigen und gnädigen Gott.«

So redete Frau Maria tröstend und ermutigend zu der armen, gebeugten Frau, bekräftigte ihr noch einmal, daß sie sie gern in ihr Haus nähme, sie könne kommen zu jeder Zeit.

»Ich weiß nicht, ob ich es annehmen darf; vielleicht erbieten sich einige der vielen Freunde, mit denen wir verkehrt haben; das Opfer ist von Ihrer Seite zu groß.«

Frau Maria schwieg und fand es für besser, jetzt zu gehen. Sie empfahl Lieschen, dafür zu sorgen, daß die Mutter früh zur Ruhe komme.

»Sie ist diese Nacht immer umhergewandert, hat kein Auge zugetan«, sagte Lieschen, indem sie die Nachbarin hinaus begleitete.

»Gerade deshalb. Und ihr Jungen«, ermahnte sie die vier, die stumm am Tisch saßen und in ihre Bücher guckten, »Ihr müßt jetzt alles tun, der Mutter Freude zu machen.« Es schnitt ihr durch's Herz, wenn sie daran dachte, was aus dieser ungezogenen Schar einmal werden sollte.

Wie dankbar war sie, als sie zurück in ihr stilles, friedliches Heim kam.

Herr Dunker brachte böse Nachrichten über den Entflohenen. Es waren schon seit längerer Zeit Gelder in der Kasse vermißt, und nun — als alles genau revidiert wurde, fehlten Tausende. Und der Dieb war entflohen!

»Mir ist um den Mann bange gewesen vom ersten Augenblick an, als ich hörte, er sei an der hiesigen Bank angestellt. Es war nicht leicht für mich, ihn neben mir wohnen zu haben, statt meines geliebten Bruders. Ich möchte sagen: Gott sei Dank, daß das Haus wieder in andere Hände kommt«, sagte Herr Dunker, als er spät am Abend mit seiner Frau allein war.

»Du sagtest früher einmal«, äußerte Frau Dunker, »du habest ihn schon auf der Schule gekannt und hättest da etwas mit ihm gehabt.«

»Jetzt kann ich es dir ja sagen, da er einmal als Betrüger vor aller Welt entlarvt ist. Ich wollte seinem Ruf nicht schaden und habe hier zu niemand davon gesprochen. Es konnte ja sein, er hatte sich gebessert, aber ich traute ihm nicht, als ich sein scheues und verstecktes Wesen wahrnahm. Wir waren, wie du weißt, auf der Schule in der Residenz in einer Klasse, wir hatten also auch Turnstunden zusammen. Vor den Turnstunden entledigten wir uns unserer Uhren, oder was wir sonst dergleichen bei uns hatten. Ich hatte eine besonders wertvolle goldene Uhr mit Kette, diese hier, von meinem Großonkel und Paten bekommen und war stolz darauf, wurde deswegen bewundert und auch beneidet von meinen Mitgenossen. Eines Mittwochs, ich erinnere mich des Tages wie heute, es war im März, legten wir auch unsere Uhren ab, wie gewöhnlich, und als ich die meine wieder anlegen will, ist das Fach im Schrank leer. Ich hatte mich an dem Tage etwas lange mit Plaudern aufgehalten, so daß der größte Teil der Schüler verschwunden war. Das war insofern fatal, als nicht gleich nachgeforscht werden konnte. Am anderen Tage wollte natürlich keiner die Uhr gesehen haben oder etwas wissen. Es hieß, die habe gewiß ein Bettler oder Gauner während der Turnstunde genommen.

Meine Eltern waren sehr ungehalten und böse. Ich bekam Schelte genug, weil ich das kostbare Kleinod nicht besser verwahrt hatte. Da es nicht anders zu erforschen war, so wurde ein Geheimpolizist beauftragt.

Und siehe da, genau nach vier Wochen brachte er die Uhr. Wie er es angefangen, ist mir nicht mehr gegenwärtig. Sie wurde gefunden bei dem jungen Kramer, und das Ende vom Liede war, daß er von der Schule verwiesen wurde. Ich glaube, er wollte eigentlich studieren, er ist aber später, wie ich hörte, zum Bankfach übergegangen. Ich habe ihn nie wiedergesehen, aber du kannst dir denken, wie ich erschrak, als er mein nächster Nachbar wurde. Und als wir uns das erste Mal wieder begegneten, da wußte ich, nach seinem Ausdruck und seinem ganzen Wesen zu urteilen, daß ich in meiner Nähe einen rachsüchtigen Feind haben würde. Viel Angenehmes haben wir in den Jahren von seiner Nachbarschaft ja auch nicht gehabt.«

Frau Maria seufzte tief. Sie wußte, was sie im stillen an der Nachbarschaft getragen hatte. Es war vielen kleinen Nadelstichen zu vergleichen, aber es hatte oft weh getan. Jetzt wußte sie, woher alles kam. Die Frau war vom Manne beeinflußt, wer weiß, was er ihr vorgesagt von ihrem Mann, aus Furcht, dieser könnte von ihm erzählen, was er auf der Schule mit ihm erlebt hatte.

»Die Frau hat natürlich auch viel Schuld«, meinte Herr Dunker, »weil sie mit ihm über die Verhältnisse gelebt hat. Es kommt ja so oft vor, daß die Leute für reicher gelten wollen als sie sind. Daher kommt so viel Elend und Unglück, es rächt sich stets.«

»Was sagst du nun?« fragte Frau Maria, nachdem sie ihrem Mann von ihrem Besuch drüben und von ihrem Anerbieten erzählt hatte.

»Ich konnte mir ja denken, daß meine liebe Frau, so wie ich sie kenne, derartiges anstellen würde. Meine Genehmigung hast du, mach', was du willst, richte es ein, wie du denkst. Als getreue Nachbarn müssen wir so handeln, wenn wir uns nach der vierten Bitte im Katechismus richten wollen.«

18. Wieder ein Abschied

Am anderen Morgen gab es einen großen Rummel im Dunkerschen Hause. Rieke, Gretchen und Eva waren in den oberen Räumen so geschäftig, daß sie das Klingeln an der Haustür überhörten. Ein junger Herr mit einem sehr frohen Gesicht kam in die Tür, hörte wohl das Rummeln da oben, wunderte sich aber über die Stille unten im Hause. Er mußte sehr bekannt sein, er guckte in alle Stuben, und da er niemand fand, wagte er sich bis in die Küche. Da stand Frau Maria am Herd, eifrig mit Kochen beschäftigt.

»Hier wird zu Mittag Besuch erwartet«, dachte der junge Mann, »da darfst du nicht lange stören.« »Frau Dunker, ich merke, ich komme zu ungelegener Zeit.«

»Sie sind's, Herr Hemsing! Ja, heute müssen Sie uns alle entschuldigen, wir sind in großer Arbeit.«

»Wollte nur melden, daß ich mein Examen glücklich bestanden habe.«

Da konnte Frau Maria doch nicht anders, sie mußte sich vom Herd losmachen und ihm mit herzlichen Worten gratulieren. »Leider kann ich nicht bitten, näher zu kommen, wir haben Mittagsgäste.«

»Ich will nicht stören, hatte sonst vor, etwas Wichtiges mit Ihnen zu besprechen.«

»Vielleicht ein anderes Mal. Sie wissen, ich bin gern bereit, guten Rat zu erteilen oder mit sonst etwas behilflich zu sein. Heute jedoch sind meine Gedanken ganz erfüllt von dem traurigen Schicksal unserer Nachbarn.«

»Wieso?« fragte er teilnehmend, »hat sich dort etwas Trauriges ereignet?«

»Haben Sie noch nicht gehört, wovon die ganze Stadt spricht?« Mit wenigen Worten teilte sie ihm mit, was geschehen war und wie sie sich entschlossen hätten, die arme Frau mit den Kindern für die erste Zeit bei sich aufzunehmen, bis sich ein Ausweg gefunden.

»Immer bereit, den Hilflosen beizustehen! Gottes Segen wird über Ihr Haus kommen, nein, es ist schon eine gesegnete Heimstätte für alle.«

»Wir sind dankbar, daß wir es können. Wenn wir kein eigenes Haus hätten, wäre es ja unmöglich.«

»Kann uns nicht jemand helfen? Sind die Brüder da?« rief eine Stimme von oben.

Mit einem Satze war Hemsing oben. »Die Brüder sind noch nicht da, aber einer, der gerne hilft, wenn er helfen darf.«

»Sie dürfen schon«, erwiderte Gretchen errötend. »Ich glaubte, es seien die Brüder. Wir bringen den kleinen Schrank nicht allein von der Kammer in die Stube.«

»Das wollt' ich meinen, dazu gehören männliche Kräfte. Kommen Sie, Rieke, Sie sind stark, wir beide wollen einmal unser Heil versuchen.«

Und siehe da, jetzt ging es vortrefflich.

»Ja, was ein Mann ist, das merkt man gleich«, schmunzelte Rieke.

»Das denk' ich auch, Rieke. Gibt's noch etwas?«

»Ja, wenn Herr Hemsing mir noch bei der Kommode helfen will, die bringen die Fräuleins auch nicht fort.«

»So, nun dank ich schön.« Gretchen dankte auch und Hemsing sagte: »Nun will ich eilen fortzukommen, ich habe schon gemerkt, daß ich hier überall im Wege bin.«

»Im Gegenteil«, rief Eva, »Sie haben uns ja geholfen.«

»Wie kommen Sie überhaupt nach Langendorf?« fragte Gretchen. »Bleiben Sie längere Zeit dort?«

»Ja, fürs erste.« Indem er die Treppe hinabeilte, rief er: »Ich habe nämlich mein Examen glücklich bestanden.«

»O, dann gratulieren wir!« riefen beide Mädchen die Treppe hinunter. Doch die Haustür klingelte schon, er hatte es wohl gar nicht mehr gehört.

Nun wurde die Stube für Frau Kramer und Lieschen instandgesetzt. Als alles fertig war, sagte Eva: »Wie traulich und gemütlich ist es hier oben, es wird Frau Kramer gewiß gefallen. Wie traurig muß es sein alles zu verlieren, nichts mehr sein eigen nennen zu können.«

»Welche Freude wohl heute in Langendorf herrschen wird, da der Sohn sein Examen gemacht hat!« antwortete Gretchen. Sie war nicht ganz bei der Sache.

»Nun müssen wir Rieke helfen in den Kammern für die Jungen.«

»Die werden nur ganz einfach hergerichtet«, meinte Gretchen. »Einige Betten bringen sie mit. Eva, wie glücklich und stolz wohl Tante Alice ist auf ihren Neffen.«

»Du scheinst plötzlich mehr in Langendorf zu sein als hier, Gretel.«

Rieke wurde nach unten gerufen, und die beiden Mädchen vollendeten die ihnen übertragene Arbeit. Dann gingen sie hinunter, den Tisch zu decken, zu Mittag wurde die ganze Familie erwartet. Als sie unten im Hause waren, hörten sie draußen ein lautes Klopfen. Es kam vom Garten her. Eva, die sehen wollte, was es sei, kam verwundert herein und sagte: »Die Jungen hantieren mit der Gartenpforte herum, ich hörte, wie einer zum anderen sagte: ›Die Mutter mag nicht über die Straße gehen, sie will durch die Gartenpforte schlüpfen.‹«

Frau Maria war bewegt, als sie dies vernahm. »Die Feindschaft hat ein Ende, der Durchgang ist wieder frei«, sagte sie leise. Eigene Gedanken bewegten sie. Wie traurig hatte es sie berührt, als vor Jahren die Tür mit einem großen Brett verrammelt wurde, aber wie wenig ahnte sie damals, daß eine arme, unglückliche Frau sie wieder öffnen lassen würde, um ungesehen ins Nachbarhaus schlüpfen zu können. Sie wollte der Schande vor den Leuten entgehen. Da kam sie schon, die arme Frau, gedrückt und traurig durch die Gartenpforte, die früher immer Freundschaftspforte genannt worden war. Frau Maria empfing sie mit der ihr eigenen Freundlichkeit, die der wahren Liebe entspringt, und führte sie nach oben in das für sie hergerichtete Zimmer. Eine wohltuende Wärme empfing sie. Sie ließ sich auf einen am Fenster stehenden Lehnstuhl nieder und rief schluchzend: »Ich danke Ihnen, Frau Dunker, Sie sammeln feurige Kohlen auf mein Haupt.«

»Sagen Sie das nicht, liebe Frau Kramer. Einer trage des anderen Last; kann ich Ihnen die schwere Bürde etwas leichter machen, so bin ich froh und dankbar.«

Lieschen ging still und bedrückt einher und versuchte den Mädchen zu helfen. Ihr Plappermäulchen, das fast nie still stand, war jetzt fast ganz verstummt, und die Jungen drückten sich verlegen herum. Es war ein harter Schlag über die ganze Familie gekommen, besonders Frau Kramer hatte manches schwere Verhör zu bestehen, ehe man sich gerichtlich überzeugt glaubte, daß sie nichts von der Flucht ihres Mannes geahnt hatte. Das Haus, mit allem, was darin war, wurde gerichtlich versiegelt, ihr gehörte nichts mehr davon. Was nun beginnen? Das war die Frage, die der Frau zunächst oblag, denn das stand fest bei ihr, daß sie die Gastfreundschaft der hochherzigen Familie nicht lange in Anspruch nehmen dürfe.

Herr und Frau Dunker überlegten mit ihr hin und her. An einen Bruder ihres Mannes, der in guten Verhältnissen lebte und keine Kinder hatte, hatte sie geschrieben und ihm ihr Elend geschildert. Dorther kam ein Brief, der wesentlich zur Erleichterung beitrug. Er erbot sich, zwei Knaben in sein Haus zu nehmen und für ihre Erziehung zu sorgen. So blieben denn nur die beiden jüngsten, Reinhold und Friedrich. Sie selbst war früher vor ihrer Verheiratung Buchhalterin gewesen in einem größeren Geschäft, als solche dachte sie, wenn sie alles wieder auffrischte, mit ihren beiden jüngsten Söhnen sich durchzuschlagen in einer Stadt, wo die Buchhalterinnen gut gestellt waren. Als sie diesen Plan der Frau Dunker unterbreitete, fand diese ihn sehr annehmbar, erbot sich, mit ihr nach L. zu fahren, wo sie eine Cousine hatte, die sie für Frau Kramer interessieren wollte.

So reisten die beiden Frauen eines Tages ab und kamen am folgenden Tage erleichtert wieder. Frau Marias Cousine, eine alleinstehende, wohlhabende Dame, die auch das Herz auf dem rechten Fleck hatte, war von Mitleid ergriffen gewesen, als sie von dem Unglück der Frau Kramer gehört hatte. Sie hatte ein Weilchen überlegt und dann gesagt: »Ich habe eine größere Wohnung als ich brauche und habe schon oft die Einsamkeit schmerzlich empfunden. Ich will Frau Kramer umsonst bei mir aufnehmen, und wenn ihre Tochter, wie ich höre, gut kochen kann, so mag sie bei mir als Stütze eintreten, ich gebe ihr außer freier Station etwas Gehalt. Aber die beiden Knaben kann ich nicht übernehmen.«

Dies Anerbieten war so köstlich, daß es nicht von der Hand gewiesen werden konnte. Man mußte versuchen, auch diese bei guten Menschen unterzubringen.

Herr Dunker reiste darum auch in dieser Angelegenheit nach L., wo er mehrere Freunde hatte, die ihm von einer billigen Pension sagen konnten. Frau Kramer hoffte nämlich, wenn sich für sie eine gute Stelle gefunden, ein Pensionsgeld für die beiden Jüngsten erschwingen zu können. Eine Lehrerfamilie fand sich bereit, die beiden aufzunehmen, während Herr Dunker sich verpflichtete, für das erste Jahr durch Sammlungen bei guten Freunden für das Pensionsgeld aufzukommen, bis Frau Kramers Verhältnisse sich etwas geklärt haben würden.

Es war Anfang Dezember, eine gute Zeit, um in Geschäften Anstellung zu finden. So war es Frau Kramer gelungen, durch frühere, sehr gute Zeugnisse in einem Hauptgeschäft, in einem großen Warenhaus als Buchhalterin erster Klasse engagiert zu werden. Die beiden größeren Söhne waren bereits abgereist zu dem Onkel, sie, Lieschen und die jüngsten hatte ihre Koffer gepackt und wollten den andern Morgen mit dem ersten Zug nach L. abdampfen.

Der letzte Abend war gekommen. Wieder ein Abschied von den Leuten des Nachbarhauses. Aber wie ganz anders, als vor Jahren, wo die Trennungsstunde schlug von den inniggeliebten Geschwistern. Diese gingen einer fröhlichen Zukunft entgegen, während hier eine Familie, durch die Sünde ihres Oberhauptes zerrissen und getrennt, wandern mußte, und eine unglückliche Frau, die von der Barmherzigkeit guter Menschen abhing, einer ungewissen Zukunft entgegenging.

Frau Kramer erging sich, als sie den letzten Abend mit Frau Maria allein saß, in Selbstanklagen. Sie beweinte ihren Hochmut, ihre Verschwendung, ihre Putzsucht und rief ein über das andere Mal aus:

»Wenn ich doch jetzt das unnütz verausgabte Geld hätte, wie glücklich wollte ich sein.« Auch wegen der schlechten Kindererziehung klagte sie sich an, daß sie zu den Unarten der Knaben nicht scheel gesehen, daß sie sie sich selbst überlassen habe, wenn sie abends im Theater oder in Gesellschaften gewesen, daß sie die einzige Tochter nicht zur Einfachheit erzogen, sondern die Eitelkeit und Gefallsucht in ihr genährt habe.

»Sagen Sie mir das eine, Frau Dunker, wie haben Sie es angefangen, aus Ihren Kindern das zu machen, was sie sind. Ich wollte, ich wüßte das Geheimnis.«

»Es ist kein Geheimnis, liebe Frau Kramer. Mein Mann und ich, wir haben unser Haus auf christlichem Grund erbaut. Das ist ein fester und sicherer Grund. Wir suchen unser Leben nach Gottes Wort, nach den Lehren unseres Heilandes einzurichten. Der Glaube an Ihn macht's, daß wir unser Tagewerk fröhlich treiben, und die tägliche Bitte um Seine Hilfe läßt alles wohlgelingen. Darum sei es ferne, uns zu rühmen, wir dürfen den Erfolg bei unserer Arbeit uns nicht selber zuschreiben, sondern müssen dem die Ehre geben, dem sie gebührt.«

»Davon verstehe ich so wenig, ich wollte, ich wäre wie Sie.«

»In mir ist viel Schwachheit und Unvollkommenheit. Halten Sie sich täglich an Gottes Wort. Einen besseren Rat kann ich Ihnen nicht geben. Sie sollen sehen, das gibt Ihnen Kraft und Stärke, macht Sie tüchtig zu allem, was Sie unternehmen. Vor allen Dingen gibt es Ihrer Seele inneren Frieden in aller Not dieses Lebens.«

So sprach Frau Maria zu der schwer geprüften Frau, redete ihr Trost und Mut zu, so daß sie mit guten Vorsätzen in die unbekannte Zukunft hineinging. Die drei Mädchen, die im Nebenzimmer saßen, waren auch ernst gestimmt, versprachen einander zu schreiben und von nun an gute Freunde zu bleiben.

Dann kam Herr Dunker mit den Knaben, die er bei sich in seinem Zimmer gehabt, wo er sie treu und ernst ermahnt hatte, sich gut zu halten in der Pension, gehorsam und fleißig zu sein und ihrer Mutter, die es so schwer habe, Freude zu machen. Sie hatten alles Gute versprochen, das traurige Ereignis schien Eindruck auf sie gemacht zu haben.

Am nächsten Morgen hielten Dunkers mit den Abreisenden eine gemeinsame Morgenandacht. Dann sangen sie miteinander:

Gib uns, Herr, in allen Dingen,
Daß wir unser Amt und Werk
Wohl anfangen und vollbringen,
Gib uns Weisheit, Kraft und Stärk'.
Ohne Deine Hilf' und Gunst
Ist all' unser Tun umsonst.
Hilf uns, Herr, in allen Dingen
Und laß alles wohlgelingen.

Dann folgte ein tränenreicher Abschied. Der Zug nahm die Nachbarn auf und führte sie einer ungewissen Zukunft entgegen.

Alle früheren Bekannten von Kramers, die in gesellschaftlichen Beziehungen zu ihnen gestanden, hatten sich von ihnen gewendet, als es keine Ehre mehr war, mit ihnen zu verkehren. Nur die Nachbarn, die oft von ihnen über die Achsel angesehen worden waren, denen gegenüber sie sich feindlich erwiesen, hatten sich ihrer Not erbarmt und das Wort zur Wahrheit gemacht: »Liebet eure Feinde.«

19. Das verlorene Portemonnaie

»Trudel, mein Kind, was für eine lange Unterredung hatte Reinhold mit dir beim Abschied?«

»Denke dir, Mutter, welch ein guter Junge der Reinhold ist. Er sagte mir, er hätte die Absicht gehabt, wenn er erwachsen und etwas Tüchtiges geworden sei, hätte er mich heiraten wollen. Aber nun könne es nichts werden. Er wolle sehr fleißig sein und tüchtig arbeiten, damit er einmal viel Geld verdiene. Dann wolle er seine Mutter zu sich nehmen und für sie sorgen, dann dürfe sie sich nicht mehr plagen. Jetzt müsse sie für ihre Kinder arbeiten, dann wolle er für sie arbeiten. Ist das nicht schön?«

»Das ist sehr brav von ihm, Gott helfe ihm, daß er seine guten Vorsätze auch ausführe.«

»Das tut er, Mutter. Was Reinhold sagt, das tut er auch.«

Sie streichelte ihrem Töchterchen die Wangen und sagte: »Hoffentlich helfen die anderen Brüder auch mit, ihre Mutter zu ernähren.«

»Er bringt es allein fertig, das kannst du glauben, Mutter.« Mit diesen Worten hüpfte die Kleine vergnügt fort, unbekümmert um ihre dereinstige Zukunft.

In diesem Augenblick trat Gretchen ein, die, mit großer Schürze angetan, einen sehr wirtschaftlichen Eindruck machte.

»So, Mutterchen«, sagte sie, »nun ist alles in Ordnung. Es ist gut, daß wir wieder allein sind. Auf die Dauer wäre es doch zuviel für dich geworden, Mutter, du siehst angegriffen aus.«

»Die Arbeit und Unruhe ist es weniger, es ist das innere Weh über die unglückliche Familie, die, nun in alle Winde zerstreut, vielleicht noch viel Schweres durchmachen muß.«

»Mutterchen, du mußt nicht so viel daran denken. Nun ist bald Weihnachten, da wollen wir uns freuen und uns auf das schönste Fest rüsten.«

»Da hast du recht, mein Gretchen. Hoffentlich haben wir die Freude, Christian hier zu haben. Er schrieb heute, daß er seine Doktorarbeit eingereicht habe und hoffe, uns bald Freude zu machen.«

Plötzlich rief Gretchen: »Ich freue mich doch, daß die vier Kramer'schen Jungen fort sind. Am ersten Tag waren sie still und bescheiden, aber nachher haben sie sich oft sehr frech und unverschämt betragen, besonders wenn ihr nicht dabei wart. Unsere Brüder sind doch anders.«

Die Mutter lachte. »Bisher hattest du oft etwas an ihnen auszusetzen. Sie haben auch ihre großen Fehler und müssen zurechtgewiesen werden, aber sonst sind es brave Burschen. Übrigens, Reinhold ist auch ein guter Junge, an ihm wird die Mutter noch Freude erleben.«

»Ja, den nehme ich aus, den hab' ich auch gern. Wie hat er gestern geweint, als vom Abschied die Rede war. Es ist ihm sehr schwer geworden, seine Heimat zu verlassen und in ganz fremde Verhältnisse zu gehen.«

Herr Dunker kam am Abend sehr fröhlich aus dem Geschäft. Er rieb sich vergnügt die Hände und erzählte seiner Frau, daß der Kommerzienrat ihm eine ziemlich bedeutende Gehaltszulage in Aussicht gestellt habe, mit der Begründung, daß seine Söhne heranwüchsen und er zu ihrer ferneren Ausbildung größere Mittel bedürfe.

»Was mich besonders freut, ist, daß er mir einen namhaften Beitrag zu meiner Sammlung für Frau Kramer ausgehändigt hat; ich habe überhaupt hier bei meinen Freunden mehr Teilnahme gefunden, als ich dachte, und habe schon ein ganz hübsches Sümmchen für sie eingeheimst. Ich denke, wir fahren kurz vor Weihnachten einmal nach L. und bringen ihr das.«

»Dann nehmen wir die beiden Mädchen mit. Cousine Martha bat mich darum, ihr Gretchen zuzuführen, sie sei ihre Pate, und sie kenne sie kaum. Auch wird Lieschen sich freuen, Gretchen und Eva wiederzusehen. Überhaupt macht man die Weihnachtseinkäufe, wenn man es haben kann, in einer Großstadt besser als hier. Ich möchte den lieben Mädchen, die sich in dieser schweren Zeit treu bewährt haben, da es wirklich viel Arbeit gab, gern eine Freude machen.«

»Gewiß, Mutter, ich auch. Also baldigst eine Weihnachtsreise nach L.!«

Die Winterabende nach Tisch waren stets sehr gemütlich im Dunker'schen Hause, Jung und Alt freute sich darauf, da es während der Anwesenheit der Kramers im Hause nicht zu der gewohnten Ruhe gekommen war. Heute war der Vater in besonders guter Stimmung. Er zog seine Börse und rief: »Weihnachten rückt heran, da müssen wohl die mageren Geldbeutelchen etwas gefüllt werden.« Und mit freigebiger Hand spendete er nach allen Seiten, so daß unter den Kindern großer Jubel herrschte ob dieser unerwarteten Freude. Sie kamen alle und brachten dem gütigen Vater ihren Dank.

»Gretchen und Eva«, äußerte die Mutter im Laufe des Abends, »ihr wart lange nicht zum Lernen bei Tante Alice, ich denke, morgen könnt ihr wieder gehen.«

»Wir möchten gern, Mutter, wollten dich schon darum bitten. Hemsings lassen uns am Abend nach Hause fahren.«

»Herr Hemsing ist auch jetzt daheim. Weißt du übrigens«, wandte sich Frau Maria an ihren Mann, »daß Hemsing sein Examen glücklich bestanden hat? Ich habe gar nicht wieder daran gedacht, weil wir mit den Kramers so viel zu tun hatten.«

»Das hättest du mir sagen müssen, liebe Frau, ich hätte ihm gern gratuliert. Nun, wir holen alles nach, am Weihnachtsfest laden wir die lieben Pfarrersleute zu uns ein, da muß auch die Tante Alice mitkommen.«

»Hoffentlich kommt Herr Hemsing vor Weihnachten noch einmal. Er sagte kürzlich, er wolle mich wegen einer Sache um Rat fragen. Hört, ihr Mädchen, solltet ihr ihn morgen sehen, so sagt ihm, er könne jeden Tag kommen, ich sei immer bereit für ihn.«

»Nun wird es bald ein Jahr, als wir ihn hier hereinbrachten mit seinem gebrochenen Fuß«, sagte Georg, der an einer hübschen Zeichnung arbeitete.

»Er wollte erst gar nicht«, fügte Heinz hinzu. »Später sagte er, er sei froh, uns alle kennengelernt zu haben.«

»Wir freuen uns auch der Bekanntschaft des lieben Pfarrhauses. Die Frau Pfarrer hat etwas sehr Sympathisches für mich«, setzte die Mutter hinzu.

Gretchen beugte bei diesem Gespräch den Kopf tiefer, und Eva sah sie von der Seite an.

Am folgenden Tage machten sie sich gleich nach Mittag auf den Weg nach Langendorf. Es gab in diesem Jahr noch keine Kälte, es war nebeliges, trübes Wetter, aber die Mädchenherzen schlugen froh. Sie überlegten, was sie alles von dem Gelde, das der Vater gespendet hatte, kaufen wollten. Sie dünkten sich so reich, daß sie für alle Menschen, die ihnen nahestanden, Geschenke machen wollten. So verging die Zeit im Fluge unter angenehmen Gesprächen. Ehe sie sich's versahen, tauchte der Langendorfer Kirchturm vor ihnen auf, und bald wanderten sie durch die bekannte Pforte in den Pfarrhof. Da sahen sie aus einem der Ställe die bekannte Gestalt der Tante mit der großen grauen Schürze herausgucken. Aber sie sah heute gar nicht fröhlich aus, sondern hatte ein ganz betrübtes Gesicht. Sie gingen zu ihr, sie zu begrüßen.

»Ich nehme Abschied von der alten Jule«, sagte sie traurig, »Sie ist krank, morgen soll sie erschossen werden.«

Die Jule war ein altes Pferd, das bisher nur ausnahmsweise gebraucht worden war, da es weder Lasten ziehen noch Kutschwagen mehr fahren konnte. Es aß schon lange das Gnadenbrot, und gerade deshalb, weil es alt, schwach und hilfsbedürftig war, gehörte es zu Tante Alices Lieblingen. Tagtäglich hatte es aus der verheißungsvollen Schürzentasche seinen Zucker oder seine Portion Hafer bekommen, heute zum letztenmal, darum war die Trauer groß. Sie streichelte das alte Tier mit sanfter Hand, steckte ihm noch ein Stück Zucker in den Mund und verließ den Stall mit Tränen im Auge.

»Tante, willst du gern noch bleiben, dann gehen wir wieder nach Hause.«

Da richtete sich Tante Alice stolz in die Höhe: »Nein«, sagte sie, »meine Pflichten versäume ich deshalb nicht«, und schritt mit den beiden Mädchen dem Hause zu. Da kam Etty, hocherfreut, daß sie die Freundinnen endlich wiedersah. Diese berichteten das traurige Erlebnis. Man hatte schon davon gehört und bemitleidete die arme Tante sehr.

»Mein Bruder ist eben zu euch gegangen«, sagte Etty. »Habt ihr ihn nicht gesehen?«

Sie verneinten es: »Dann wird er den Hof verlassen haben, als ihr mit Tante Alice im Stall stecktet. Es ist gut, daß ihr kommt, es wird Tante Alice etwas ablenken von dem Kummer um das alte Pferd. Aber es kann nicht länger am Leben bleiben, es ist sich selbst zur Last.«

Als die Mädchen, nachdem sie Kaffee getrunken hatten, nach oben kamen, war Tante Alice wieder ganz die eifrige Lehrerin, das Studium der Sprachen wurde ernst betrieben.

Herr Hemsing war unterdes bei Dunkers angelangt und von der Hausfrau herzlich empfangen worden.

»Es hat mir so leid getan, Sie kürzlich so schnell abweisen zu müssen«, sagte sie. Sie erzählte ihm nun ausführlich von den Nachbarn, und wie sie an dem Tage für so vieles zu sorgen gehabt, wie sie die ganze Sache seelisch angegriffen habe, so daß sie für etwas anderes kaum Gedanken gehabt habe. Heute aber sei sie bereit, ihm zu dienen mit gutem Rat oder was er sonst von ihr haben wolle.

»Ich wollte weniger einen guten Rat, möchte nur eine Frage beantwortet haben.«

Frau Maria sah ihn verwundert an. »Eine Frage? Ich wüßte nicht, was ich Ihnen für eine Frage beantworten sollte? Sie sehen so ernst, so feierlich aus, Herr Hemsing, was haben Sie nur?«

Jetzt kam es heraus, was er schon längst auf dem Herzen gehabt. Er hatte die wichtige Frage an Frau Maria, ob sie gestatten würde, sich um ihre älteste Tochter Margarete zu bewerben.

»Um unsere Margarete?« fragte sie, wie aus den Wolken gefallen. »Da bin ich allerdings überrascht. Unser Gretchen, das so wenig Äußeres hat?«

»Auf äußere Schönheit sehe ich nicht, Frau Dunker. Für mich hat Fräulein Gretchen etwas Anziehendes. Der Ausdruck der Augen, das klare, freundliche, selbstlose Wesen ist es, was sie mir begehrenswert macht. Ich habe Gelegenheit gehabt, sie im stillen zu beobachten seit einem Jahr. In treuer Pflichterfüllung geht sie ihren Weg, immer auf das, was des Nächsten ist, sehend, an sich erst denkend, wenn alle anderen befriedigt sind. Wie rührend ist sie in ihrer Liebe gegen Fräulein Eva.«

»Das beruht auf Gegenseitigkeit«, unterbrach ihn Frau Dunker. »Eva ist auch ein liebes, prächtiges Mädchen.«

»Dagegen habe ich nichts«, sagte er lächelnd. »Ich schätze Fräulein Eva sehr.«

»Und dann ist sie viel hübscher, anmutiger.«

»Frau Dunker, setzen Sie Ihr eigenes Töchterchen nicht herab. Ich habe nun einmal Fräulein Margarete liebgewonnen und frage Sie, würden Sie bereit sein, sie mir anzuvertrauen?«

»Ich würde sie niemandem lieber geben als Ihnen. Doch weiß ich nicht, wie sie selber darüber denkt und mein Mann.«

Es klingelte. »Jetzt kommt mein Mann, gestatten Sie, daß ich ihn rufe.« Sie ging eilig zur Tür hinaus, faßte ihren Mann am Arm, als er eben in seine Stube gehen wollte, und flüsterte leise: »Komm schnell in mein Zimmer, Hemsing ist da, er will unser Gretchen heiraten.«

»Nur zu, nur zu«, sagte der geschäftige Mann, »es freut mich herzlich. Ich bin in höchster Eile, habe etwas ganz Wichtiges zu erledigen, muß gleich wieder fort.«

»Aber Vater, dies ist doch wichtiger als alles andere, einen Augenblick wirst du doch Zeit haben, du gehörst doch dazu.«

»So etwas kannst du schon allein abmachen. Bitte, störe mich jetzt nicht, es sind dringende Geschäftssachen — muß gleich ein Telegramm aufgeben, der Herr Kommerzienrat wartet draußen. Sage ihm, meine volle Zustimmung hat er.«

Sie wußte schon, wenn der Mann im Geschäftseifer war, war nichts mit ihm zu machen.

»Mein Mann kann augenblicklich nicht kommen, er hat dringende Geschäftsangelegenheiten, zudem wartet ein Herr draußen auf ihn.«

»Nun, hoffentlich hat er nichts dagegen, wenn ich mir sein Töchterchen hole. Es handelt sich zunächst ja aber um Fräulein Margarete selber. Sie haben nie bemerkt, Frau Dunker, ob sie ihr Herz mir zuneigen könnte?«

»Aufrichtig gestanden nein. Aber die Mädchenherzen sind ja unergründlich. Sie müssen Ihr Heil selber versuchen.«

»Ich danke Ihnen, Frau Dunker. Ich darf mir also erlauben, öfter bei ihnen einzusehen?«

»Gewiß, Herr Hemsing, so oft Sie wollen.« Sie schieden mit herzlichem Händedruck.

Er ging und Frau Marias Herz war tief bewegt. Ihre Älteste wurde begehrt, und zwar von einem Manne, den sie hoch schätzte, der nicht auf äußere Vorzüge sah, sondern der den inneren Wert erkannte, doch sie hatte nicht viel Zeit, darüber nachzudenken. Sie hörte schon die alte Pastorenkutsche auf dem Fahrdamm rumpeln, nach wenigen Minuten hielt sie, die Mädchen würden gleich, so wähnte sie, ins Eßzimmer gestürmt kommen.

Nein, es geschah nicht. Es währte ziemlich lange, ehe

die Haustür klingelte, und auch da erschienen sie noch nicht. Was hieß das? Sie gingen langsamen Schrittes nach oben, es währte lange, bis sie herunterkamen. Endlich, endlich erschienen sie, aber nicht frisch und lebendig wie sonst, sondern beide mit bedrückter Miene. Was war ihnen denn passiert?

»Nun Kinder, ich habe lange auf euch gewartet. Ihr pflegt immer gleich zur Mutter zu kommen, und heute gingt ihr erst lange nach oben und du, mein Gretchen, siehst verweint aus?«

Als die Mutter dies sagte, begann Gretchen abermals bitterlich zu weinen, und Eva stand dabei mit so traurigem Gesicht, daß es aussah, als möchte sie am liebsten auch anfangen.

»Eva, Kind, sage doch, was ist dem Gretchen?« fragte Frau Dunker besorgt. Sie glaubte nun, es hänge mit Herrn Hemsing zusammen, daß er voreilig gewesen und irgendeine Ungeschicklichkeit begangen habe. Doch bald sollte sie eines anderen belehrt werden.

»Mutter, ich kann es dir ja sagen«, begann Eva. »Wir waren so vergnügt, als wir abfuhren, es war so reizend im Pfarrhaus, Pastors waren besonders gut und lieb zu uns, ebenso Tante Alice. Als wir nun unterwegs sind, greift Gretchen zufällig in ihre Tasche und fühlt, daß ihr Portemonnaie verschwunden ist.«

»Und mein ganzes Weihnachtsgeld, alles, was ich mir gespart habe, dazu die zehn Mark von Vater«, schluchzte Gretchen. »O, ich bin zu unglücklich.«

»Gretel, ich teile mit dir«, tröstete Eva. »Ich habe es dir gleich gesagt, wir tragen den Schaden zusammen.«

»Kinder, wir wollen doch erst einmal sehen, ob es nicht wieder zu finden ist. Vielleicht hast du es im Pfarrhaus selber verloren, sonst lassen wir es in die Zeitung setzen und ein ehrlicher Finder bringt es. Nun komm her, mein liebes Kind, gräme dich nicht, es ist doch nicht das Schlimmste.«

»Ich hatte mich so gefreut, daß ich in diesem Jahr so viel erspart habe, und nun ist alles dahin.«

»Was ist hier passiert?« ließen sich zwei jugendliche Stimmen vernehmen. Georg und Heinz kamen aus ihrer Arbeitsstube und sagten, sie seien durch die klagenden Töne herbeigelockt, auch Trude stand auf einmal da und schaute ratlos auf die Gruppe. Als sie vernahmen, was sich zugetragen, meinte Georg, es sei doch noch lange kein Beinbruch, es wäre im vorigen Jahr viel schlimmer gewesen, als sie den armen Herrn Hemsing mit gebrochenem Fuß ins Haus gebracht hätten.

»Er hatte aber nicht sein Portemonnaie mit ganzem Inhalt verloren«, jammerte Gretchen.

»Du hältst also diesen Fall für trauriger, als Hemsings Fall auf dem Eise«, zürnte Heinz.

»Das wollen wir doch Herrn Hemsing erzählen.«

Die Knaben wußten es durch Humor und Redereien aller Art dahin zu bringen, daß Gretchens Tränen allmählich versiegten und sie schließlich über die Brüder lachen mußte. Sie versprachen, am folgenden Tage, sobald es ihre Zeit erlaubte, nach Langendorf zu gehen und dort nachzusehen, ob jemand das Portemonnaie gefunden habe.

Der Vater ließ heute lange auf sich warten, er kam sogar nicht zur Zeit des Abendessens, sondern erst kurz vor neun Uhr. Es kam selten vor, daß die Geschäftsstunden überschritten wurden, aber Herr Dunker fühlte sich als Freund und Vertrauter des Kommerzienrats mitunter verpflichtet, wenn es etwas Besonderes im Geschäft gab, die Arbeitszeit zu verlängern.

Das war gerade heute der Fall, wo es Frau Maria sehr am Herzen lag, mit ihrem Mann die wichtige Sache vom Nachmittag zu besprechen. Aber selbst, als er da war, als die Kinder sich schon alle zur Ruhe begeben hatten, und sie hoffte, nun eingehend mit ihm reden zu können, war er so gedankenlos, so ganz mit seinen Angelegenheiten beschäftigt, daß er dem, was seine Frau sagte, wenig Aufmerksamkeit schenkte. Erst, als sie sagte: »Hast du denn gar kein Interesse für deine Älteste, ich meine, es ist doch eine wichtige Sache, wenn ein Mann sie zur Ehe begehrt«, da rief er aus: »Was, unser Gretchen soll heiraten? Wer will sie denn in aller Welt? Ich kenne niemanden.«

»Aber, Vater, ich nannte dir doch den Namen. Er ist nicht aus der Stadt, er ist vom Lande.«

Jetzt ging dem Vater ein Licht auf. »Doch nicht der Hemsing?«

»Freilich«, und Frau Maria erzählte nun alles, was Hemsing ihr gesagt.

Das war dem Vater denn auch lieb zu hören. Er meinte, er wolle den beiden gern seinen Segen geben, denn daß das Gretchen wolle, daran zweifle er nicht.

Am folgenden Morgen, die Knaben und Gertrud waren eben zur Schule gewandert, die übrigen saßen noch am Frühstückstisch, kommt jemand eilenden Fußes zur Haustür herein.

»Das ist Herrn Hemsings Schritt, den kenne ich«, ruft Gretchen errötend.

Da klopft es, der Vater sagt eben leise zur Mutter: »Mutter, geht es jetzt schon los mit der Grete, so früh am Morgen?«, da tritt Hemsing ein.

Er greift in die Tasche und fragt: »Hat eine von den jungen Damen ein Portemonnaie verloren?«

»Ich, Herr Hemsing«, ruft Gretchen, eilt auf den jungen Mann zu und sieht ihn so strahlenden Auges an, daß er, hingerissen vom Augenblick, beschließt, gleich heute das entscheidende Wort zu sprechen.

»Ich danke Ihnen«, sagt sie mit so innigem Ausdruck, daß sein Mut wächst.

»Wo haben Sie es gefunden?«

»Tante Alice hat es im Pferdestall gefunden. Sie war gestern abend noch einmal mit der Laterne bei dem alten Pferd, und als sie ihm, als letzten Leckerbissen noch ein Stück Zucker in das Maul stecken wollte, schnuppert das alte Pferd an einem braunen Gegenstand herum. Tante Alice nimmt es ihm weg und findet ein gefülltes Portemonnaie. Zum Glück war es noch nicht aufgegangen. Wir dachten gleich, daß es einem der jungen Mädchen gehören müsse, denn Etty hatte sie aus dem Stall kommen sehen.«

»Ja, wir waren dort mit Tante Alice, und ich erinnere mich«, rief Gretchen ganz belebt, »daß ich dort mein Taschentuch herausgezogen habe, wahrscheinlich ist es dabei herausgefallen. O, wie dankbar bin ich, wie freue ich mich. Ich hätte sonst keinem Menschen etwas zu Weihnachten schenken können.«

»Von dem Unglück habe ich ja noch gar nichts gehört«, rief der Vater.

»Es hat Tränen genug gegeben«, versicherte die Mutter, »aber du warst gestern abend überhaupt unzugänglich für alles.«

»Auch heute muß ich leider fort. Guter Herr Hemsing, entschuldigen Sie mich, ich muß ins Geschäft.«

Und eiligst verließ er das Haus.

Frau Maria gab Eva einen Wink, die Tassen abzuräumen, half selber mit, das Gebäck hinauszutragen, und so kam es, eh' man sich's versah, daß Herr Hemsing sich mit Gretchen allein im Eßzimmer befand.

Als sie es merkte, kam plötzlich große Verlegenheit über sie. Sie stotterte: »Herr Hemsing, Sie hätten gewiß gern noch eine Tasse getrunken?«

»Danke, danke, ist alles schon in Langendorf besorgt.« Darauf wollte sie noch etwas sagen, konnte sich aber auf nichts weiter besinnen als: »Ich bin so froh, daß das Pferd das Portemonnaie nicht gefressen hat. Aber«, fügte sie plötzlich hinzu und reichte ihm die Hand, »Ihnen bin ich so von Herzen dankbar, daß Sie es mir wiedergebracht haben.«

Er lachte herzlich und behielt die Hand fest in der seinen. Sie wollte sie ihm entziehen, da rief er: »Da ich die Hand einmal habe, gebe ich sie nicht wieder los. Darf ich sie behalten, Fräulein Gretchen, immer und immer fürs ganze Leben?«

Sie schwieg, zog aber die Hand nicht zurück. Dann gab ein Wort das andere, und das Ende war, daß sie sich beide ihre Liebe gestanden.

Als die Mutter wieder hereinkam, stand ein glückliches Brautpaar am Fenster, das um ihren mütterlichen Segen bat.

Als sie meinte, sie habe nicht gedacht, daß es so schnell gehen würde, rief er vergnügt: »Das kommt vom Portemonnaie und von der alten Jule!«

»Nein, der Dank gebührt der Tante Alice. Wäre sie abends nicht mit der Laterne in den Stall gegangen, wäre das Portemonnaie nicht gefunden«, äußerte die glückliche Braut.

»Und wäre das nicht gefunden, hätte ich keine Veranlassung gehabt, so früh herauszukommen. Wer weiß, was dann noch alles hätte dazwischen kommen können. Also hoch lebe Tante Alice!«

Frau Maria war tief bewegt und gab dem jungen Paar ihren vollen Segen. Was hätte sie sich für ihr Töchterchen Besseres wünschen können, als einen zukünftigen Pfarrer, der von Herzen gläubig war, mit dem vereint sie dereinst als Pfarrfrau in einer Gemeinde wirken sollte.

Als Eva wieder erschien, blieb sie erschrocken an der Tür stehen. Was war hier vorgegangen? Herr Hemsing Hand in Hand mit Gretchen vor der Mutter sitzend, alle drei so feierlich und ernst!

»Immer näher, Eva«, rief die Mutter, »du kannst gratulieren. Während wir draußen waren, hat sich hier ein Brautpaar entwickelt.«

Da leuchtete es in Evas Augen auf. Sie flog auf Gretchen zu, umschlang sie und wünschte ihr Gottes reichen Segen. Dann wandte sie sich an Hemsing, reichte auch ihm die Hand und sagte: »Das haben Sie recht gemacht, ich habe es mir längst für Gretchen gewünscht, denn ich habe lange gemerkt, daß sie Ihnen gut war.«

Gretchen errötete tief. »Du hast es gemerkt? Ich habe doch nie eine Äußerung darüber getan!«

Eva machte ein vergnügtes Gesicht und meinte lachend, so etwas spüre man schon.

»Ich möchte aber nur bitten, Fräulein Eva, daß Sie, als nunmehrige Tochter des Hauses, mich als Schwager ansehen und die höflichen Bezeichnungen zwischen uns fallen. Also von nun an ›du‹.«

»Also, lieber Schwager, wenn du es so willst.«

»Eigentlich müßte ich nun kehrtmachen, ich versprach, so schnell wie möglich wiederzukommen, ich sollte bei irgend etwas helfen, aber unter diesen Umständen – «

»Mußt du bleiben, bis der Vater kommt und die Geschwister, Georg, Heinz und Trude. Was werden sie alle sagen!«

20. Verlobungsfeier in Langendorf

Ja, was sagten sie? Georg und Heinz blieben ganz verdutzt stehen, als sie nach der Schule heimkamen, und sperrten Mund und Augen auf, als sie Hemsing und Gretchen in vertraulicher Stellung am Fenster des Eßzimmers stehen sahen. Sie fragten Eva, die gerade mit Tellern hereinkam, um den Tisch zu decken: »Du, Eva, was soll das?«

»Geht nur hin und gratuliert, da steht ein Brautpaar.«

»Kommt doch her, ihr Jungen, ihr tut ja heute so fremd«, rief Hemsing, der sich schon über das Gebahren der beiden belustigt hatte. »Nun seid ihr nicht mehr meine Besten, jetzt ist Gretchen meine Allerbeste.«

»Aber Sie gehen doch noch mit uns aufs Eis?«

»Gerade recht. Aber Gretchen geht immer mit. Wenn sie keine Lust hat, bleibe ich bei ihr.«

»Schade«, sagten die Jungen, damit war die Sache abgetan.

Anders Trude. Sie ging gleich auf das Brautpaar zu, machte einen tiefen Knicks und sagte: »Ich gratuliere schön.« Sie hatte schon von der Mutter draußen das Ereignis vernommen und schien sehr glücklich zu sein, nun auch einen Schwager zu besitzen. Ihre Schulfreundin, Anna Ruß, hatte ihr erzählt, daß ihre Schwester sich verlobt habe und daß der Schwager ihr, der Anna, immer schöne Schokolade mitbrächte. Einen solchen Schwager hoffte sie nun auch gewonnen zu haben, dann konnte sie, ebenso wie Anna, mit ihm prahlen.

Nun aber kam der Vater. Als er Hemsing erblickte, rief er: »Guter Hemsing, sind Sie immer noch hier?«

Da kam Gretchen, die einen Augenblick hinausgegangen war, stellte sich neben Hemsing, ergriff seine Hand und sagte: »Lieber Vater, gib uns deinen Segen, wir sind ein Brautpaar.«

»Das ist ja gefährlich schnell gegangen, Kinder! Habt ihr es euch auch richtig überlegt?«

»Schon lange, lieber Vater, so darf ich doch jetzt sagen. Schon seit ich mit einem gebrochenen Fuß dalag. Da hat sich die Liebe zum Gretchen, die mich so treu versorgte, ins Herz geschlichen.«

»Da ist also aus dem Unglück ein Glück geworden. Nun Kinder, meinen Segen habt ihr!« Man sah es dem Vater an, er war glücklich über die Vereinigung.

Als bei Tisch die Gläser fröhlich klangen, klopfte es. Eine junge Dame erschien auf der Schwelle, rosig angehaucht vom schnellen Gehen.

»Hier bist du noch, Gerhard«, rief sie. »Wir dachten, dir wäre wieder ein Unglück passiert.«

»Diesmal nicht, aber ein großes Glück. Man stößt eben auf ein glückliches Brautpaar an!«

Eva war längst aufgesprungen und hatte Etty an den Tisch gezogen. Nun wurde dieser die Lage klar. »Gerhard, du hast dich verlobt und läßt uns in der Angst sitzen! Er sollte uns nämlich«, wandte sie sich an die Tischgenossen, »Leine ziehen, der Knecht war nicht da, und wir wollten Wäsche aufhängen. Aber Gerhard meinte, es sei durchaus nötig, erst das vermißte Portemonnaie zu Dunkers zu tragen, in einem Stündchen wäre er wieder da.«

»Es tut mir leid, schrecklich leid. Aber ich habe rein alles vergessen, was außer Gretchens Bereich liegt. Es war zu schön hier, es ging alles so herrlich glatt vonstatten, ich wünschte es jedem Freier, es ginge ihm wie mir. Etty, sage es nur den Eltern.«

»Jetzt muß ich mich ein Weilchen ausruhen, nun geh' ich nicht gleich nach Hause. Ich muß mir doch das Brautpaar ansehen.«

»Und vor allen Dingen mit anstoßen«, rief Eva, die schon längst ein Glas geholt und eingeschenkt hatte. Nun wurde noch einmal ein Hoch ausgebracht, dann umarmte und küßte Etty die beiden und wünschte ihnen Gottes Segen. »O, was werden die Eltern sagen, sie ahnen ja nicht im entferntesten.«

»Die Eltern wissen alles, sie wissen längst, wen ich auserkoren zu meiner künftigen Hausfrau. Sie wußten nur nicht, ebensowenig wie ich, daß die Bombe heute platzen würde.«

Nachdem die Tafel aufgehoben war, sagte Hemsing plötzlich unruhig werdend: »Etty, ich glaube, ich muß nun doch gehen, sonst denken die Eltern wirklich, es sei etwas passiert, und Mutter kommt wieder mit der Pfarrkutsche, wie damals, als ich den Fuß gebrochen hatte. Wenn du noch bleiben willst?«

»Dann geh' ich natürlich mit«, rief diese. Gretchen und Eva gaben ihnen ein Stück das Geleite, man kann sich denken, wie glücklich die vier miteinander abwanderten. Froh bewegt sahen die Eltern ihnen nach. Sie dankten Gott für die Freude, die er ihrem Kinde und ihnen beschert. Dann ging jeder an sein Tagewerk, während die Brüder und Gertrud zur Schule wanderten, wo letztere ihren Freundinnen erzählte, daß sie nun auch einen Schwager habe.

Am folgenden Tage brachte Hemsing von den Eltern eine Einladung für die Familie Dunker zum nächsten Sonntag. Da wollte er seine Braut den Eltern zuführen.

Diese wünschten, die Verlobung in ihrem Hause zu feiern.

Schon früh am Morgen hielt die Pfarrkutsche vor der Tür. Jung und Alt stieg ein, und die Pferde trabten fröhlich und rasch dahin. Es war Frost eingetreten, man hoffte auf einen klaren, schönen Wintertag.

Es läßt sich denken, wie freudig die Familie begrüßt wurde. Hemsing stand an der offenen Haustür mit Blumen und empfing seine Braut mit offenen Armen. Die Begrüßung mit den Eltern war eine froh bewegte. Sie nahmen das ihnen schon bekannte und liebe Mädchen gern in ihren Familienkreis auf. Sich heute als Hauptperson gefeiert zu sehen, war dem bescheidenen Gretchen fast zu viel, doch mußte sie sich alles wohl oder übel gefallen lassen.

Der erste Besuch des Brautpaares galt Tante Alice. Obwohl es noch früh am Morgen war, stand sie schon in ihrem vornehmen Kleide von schwarzer Seide und begrüßte die beiden mit inniger Freude. Am Sonntag war sie schon immer früh im Kirchenanzug, den Gottesdienst versäumte sie nie. Während sie mit dem jungen Paar sprach, kam der Lieblingshund Flock herbei und legte sein Pfötchen vertrauensvoll auf Gretchens Schoß.

»Siehst du, Margarete, er will dir gratulieren. Die Tiere haben auch Gefühl, oft mehr als die Menschen. Und hier habe ich heute ein krankes Entlein.« Das Entlein hob sein Köpfchen aus dem Krankenkorb und ein leises »Park, park, park« ertönte.

»Was hat's denn?« fragte Gretchen teilnehmend.

»Es frißt nicht, ich weiß nicht, was mit ihm ist. Dazu haben die anderen Enten es gebissen und nach ihm geschnappt, da hab ich's in meine Schürze getan und mit nach oben genommen. Hier hat es Frieden, nicht wahr, mein Entlein?«

Es wackelte mit dem Kopf, als verstände es seine Herrin. Sie beugte sich in ihrem Seidenkleid zu dem kleinen Pflegling, deckte es warm zu und liebkoste es.

Da begannen die Glocken zu läuten. Das Brautpaar erhob sich, und Tante Alice machte sich zum Gottesdienst bereit.

Alle standen fertig gerüstet zum Kirchgang. Der würdige Pfarrer war schon beim ersten Anschlagen der Glocken gegangen. Es war ein feierlicher, schöner Adventsgottesdienst. Nach der Kirche machte das Brautpaar einen Spaziergang. Eva half Etty allerlei in der Küche, Tante Alice ging, von Gertrud begleitet, zur Fütterung ihrer Schar und gewann die Kleine lieb, weil sie großes Interesse zeigte an jedem einzelnen von Tante Alices Lieblingen. Georg und Heinz murrten ein wenig, daß Hemsing das Interesse für sie verloren zu haben schien, und gingen an den Fluß hinunter, zu sehen, ob das Eis schon hielte. Die Eltern saßen im wohldurchwärmten Wohnzimmer und freuten sich des Glückes ihrer Kinder. Die Pfarrersleute hofften, daß sich bald ein Heim für Gerhard auftun würde, es waren mehrere Pfarrstellen frei, eine Berufung stand in nächster Zeit in Aussicht.

Beim Mittagsmahl ging es vergnügt zu. Etty, die mit dem Mädchen allein gekocht, hatte sich mit Ruhm bedeckt und erntete viel Lob. Die Gläser klangen fröhlich zu Ehren des Brautpaares, auch Tante Alice, als Urheberin des Glückes, mußte es sich gefallen lassen, daß man ein Hoch auf sie ausbrachte.

»Nun soll ich an allem schuld sein und habe nichts

dabei getan, habe nicht einmal geahnt, daß Gerhard Liebesgedanken hegte.«

»Du hast aber das Portemonnaie gefunden, um welches am Abend vorher viele Tränen geweint wurden. Wäre es verloren, so säßen wir heute nicht alle vergnügt beisammen, wer weiß, wann ich dann gewagt hätte, um diese liebe Hand zu bitten. Nun gab mir Margaretlein die Hand freiwillig, und ich hielt sie fest fürs Leben.«

»Ich gab sie dir nur, um für das Portemonnaie zu danken.«

»Das war ja eben mein Glück«, scherzte er, und der Pfarrer fügte hinzu:

»Das Portemonnaie muß füglich in großen Ehren gehalten werden. Es muß sich von Geschlecht zu Geschlecht weiter vererben, und die Geschichte von der alten Jule, die es beschnuppert hat, und von Tante Alice, die es ihm sanft entwunden, muß dabei erzählt werden.«

»Gretlein«, rief Hemsing, »dann müssen wir ein Glaskästchen anfertigen lassen und es darin aufbewahren.«

Tante Alice machte plötzlich ein betrübtes Gesicht, das blieb niemandem verborgen, alle wußten sofort, sie dachte an den Tod des alten Pferdes. Als nun aber Ettys Meisterwerk erschien, eine selbstgebackene Torte, da wurde auch die Tante abgelenkt von der traurigen Begebenheit, sie mußte einstimmen in das allgemeine Lob.

So verging die Verlobungsfeier in eitel Lust und Freude. Die Heimfahrt im hellen Mondschein war ein würdiger Beschluß des Tages. —

Am folgenden Nachmittag führte Frau Maria ihren längst beabsichtigten Besuch bei der alten Nachbarin aus. Die Töchter hatten anderweitige Abhaltungen, so ging sie allein. Sie fand Frau Röder in trüber Stimmung.

»Ich glaubte, ich sei ganz vergessen von den jungen Damen, die sich meiner im Sommer so freundlich annahmen. Es ist ja auch kein Vergnügen für die Jugend, eine alte Dame zu besuchen.«

Frau Maria entschuldigte die Mädchen, erzählte von allem, was sie mit den Nachbarn erlebt hatten und wie nun in der letzten Woche die Verlobung einer der Töchter dazu gekommen sei. »Von mir«, fuhr sie fort, »ist es unrecht, daß ich Ihrer, verehrte Frau, so wenig gedacht habe. Die Töchter aber sollen von nun an öfter zu Ihnen kommen und Ihnen vorlesen, dafür will ich sorgen.«

»Ich würde außerordentlich dankbar sein, wenn sie das wollten, gnädige Frau. Ich habe mich zu früh von allem zurückgezogen, lebe seit Jahren, wiewohl früher in einer Großstadt, in tiefster Einsamkeit. Meine Betty, mein treues Mädchen, versorgt mich leiblich wohl, sie sorgt in jeder Beziehung gut für mich, aber geistige Anregung gibt es nicht.«

Frau Röder schien im Laufe der Unterhaltung zu Frau Dunker Vertrauen zu fassen. Sie erzählte ihr, daß sie früh Witwe geworden sei und nur eine Tochter besessen habe, die ihr ein und alles gewesen. Sie müsse aber in der Erziehung viel versehen haben, denn die Tochter hätte einen leichten Sinn bekommen und habe ihr Kummer gemacht. Das Schwerste sei gewesen, daß sie sich hinter ihrem Rücken mit einem jungen Ausländer verlobt habe, dem sie, die Mutter, nicht viel Gutes zugetraut hätte. Sie habe durchaus nicht in die Heirat mit diesem leichtsinnigen Menschen willigen wollen, es habe viel Kämpfe und Szenen gegeben und das Ende sei gewesen, daß die Tochter eines Tages auf und davongegangen sei und sie mit ihrem Kummer allein gelassen habe.

»Sie arme Dame, da haben Sie Schweres erlebt. Kummer an den Kindern halte ich für eins der schwersten Kreuze, die Eltern auferlegt werden können.«

»Es ist noch lange nicht das Schwerste, verehrte Frau. Es hat sich dann noch etwas ereignet, was jetzt beständig an meinem Herzen nagt. Vielleicht kann ich Ihnen später mitteilen, was mich beständig drückt und quält. Heute erlassen Sie es mir, es hat mich schon genugsam angegriffen, was ich Ihnen von meinem Kinde erzählt habe.«

»Sie dürfen nicht mehr davon sprechen, ich sehe es Ihnen an, wie die Sache Sie erregt hat.«

»Es kommt noch etwas dazu, was ich damals in der Verblendung und im Zorn nicht als Unrecht ansah. Aber in späteren Jahren sind mir die Augen geöffnet für meine Sünde. Ich habe auf den Knieen gelegen und Gott um Vergebung gebeten, aber das Unrecht, was ich begangen habe, ist nie, nie gut zu machen. Was würde ich darum gegeben haben, wenn Gott es mir gewährt hätte, aber die Jahre sind dahingegangen, ich alte Frau werde einsam und verlassen bleiben, während sonst — «

Sie legte die Hände vors Gesicht, nein, sie wollte, sie konnte nichts mehr sagen, es war ihr zu schwer.

Frau Dunker suchte absichtlich andere Gesprächsgegenstände auf, weil sie merkte, wie es die alte Dame erregte, wenn sie auf ihren Kummer zu sprechen kam. Sie saßen in einem schön eingerichteten Zimmer. Im Kamin brannte ein helles Feuer, die ganze Umgebung war so geschmackvoll und behaglich, daß man sich wohl darin fühlte. Was Frau Maria wohltuend empfand und ihr den Eindruck gab, daß sie es mit einer Christin zu tun habe, war, daß über dem Sofa ein schönes Bild hing: »Der sinkende Petrus«, darunter die Worte: »Herr, hilf mir« und unter dem Bild ein schön gemalter Spruch: »Gott legt eine Last auf, aber er hilft sie auch tragen.«

Als Frau Maria ihre Augen auf den Spruch richtete und Bild und Spruch sinnend betrachtete, äußerte Frau Röder:

»In früheren Jahren hätten Sie derartiges vergeblich bei mir gesucht. Gott der Herr hat mich in eine ernste Schule genommen, bis ich zu seinen Füßen lag und ausrufen konnte: ›Mein Herr und mein Gott!‹ Jetzt lerne ich daran, ihm stille zu halten und das zu tragen, was er mir auferlegt hat, was ich verdient habe um meiner Sünde willen.«

Es hatte etwas Ergreifendes, wie demütig die Frau geworden war in Gottes Schule.

Über dem Schreibtisch der alten Dame hing ein Bild, das Frau Maria zu fesseln schien. Sie sah immer wieder hin und fragte endlich, ob sie das Bild näher ansehen dürfe. Frau Röder nickte zustimmend.

Es stellte ein junges Mädchen dar in weißem Kleide mit einem Rosenkranz im Haar. Frau Maria stand lange davor, sie wagte nicht zu fragen, ob es die Tochter sei. Da Frau Röder auch nichts sagte, so blieb es unentschieden.

Frau Dunker kam von diesem nachbarlichen Besuch sehr befriedigt nach Hause. »Wir hätten uns ja längst mehr um diese alte, prächtige Dame kümmern müssen«, rief sie, »sie ist es wert, daß man sich ihrer annimmt. Wir müssen versuchen, sie ihrer Einsamkeit zu entreißen, damit sie nicht mehr so viel ihren Gedanken nachhängt.

Ihr Mädchen müßt ihr abwechselnd vorlesen oder ihr anderweitig die Zeit vertreiben helfen.«

»Zu Weihnachten müßten wir ihr ein Christbäumchen anzünden«, rief Gretchen.

»Und etwas dazu singen«, bat Eva.

»Oder am liebsten sie am Heiligen Abend zu uns herüberholen, damit sie mit uns feiert, das dächte ich mir am schönsten«, schlug die Mutter vor.

»Ja, das müssen wir«, frohlockte Eva und schlug vor Freude in die Hände.

Von da an ging Frau Maria öfters zu der alten Dame, so daß sich allmählich ein freundschaftliches Verhältnis zwischen beiden entspann.

Eines Tages war sie mehrere Stunden in der Villa gewesen, sie hatte Frau Röder für einige arme Familien zu interessieren gewußt, so daß sie jetzt eifrig strickte an Strümpfen, Röckchen u. dergl., auch spendete sie Geld, wo es not tat. Heute nun war es Frau Maria gelungen, sie nach dem anziehenden Bild zu fragen, und sie hatte erfahren, daß es der alten Dame Tochter sei, die sie gleich nach ihrer Konfirmation hatte malen lassen.

»Damals«, seufzte sie, »war sie noch unberührt von den Versuchungen der Welt, später war der unschuldige, reine Ausdruck, der das Bild so anziehend macht, nicht mehr vorhanden.«

Da wagte Frau Maria die Frage: »Lebt Ihre Frau Tochter noch?«

»Sie ist gestorben.« Die Worte wurden so hart herausgestoßen, daß sie nicht wagte, weiter zu fragen. Sie merkte der alten Dame an, daß der Zeitpunkt noch nicht gekommen sei, wo sie darüber zu sprechen imstande sei.

Am Abend äußerte Frau Dunker zu ihrem Mann, daß sie seit einiger Zeit ein Gedanke verfolge, den sie nicht wieder los würde.

»Dann vertraue ihn mir an, Mutter. Was hast du denn wieder auf deinem sorgenvollen Herzen?«

»Du wirst mich gewiß auslachen.«

»Keineswegs, wenn es etwas Vernünftiges ist.«

»Ich erzählte dir kürzlich, daß ich bei Frau Röder ein hübsches Bild von der Tochter gesehen habe, verschwieg dir aber, daß mich das Bild unwillkürlich an unsere Eva erinnerte. Es geht von dem Bild derselbe Liebreiz aus, der Eva für alle so anziehend macht. Überhaupt erinnert mich der Ausdruck der Augen, das feine Kolorit, die Nase und der Mund, alles an unser Pflegetöchterchen. Da ist der Gedanke in mir aufgetaucht, ob vielleicht zwischen der alten Dame und unserer Eva irgendein Zusammenhang besteht, ob es vielleicht das Kind der verstorbenen Tochter wäre — «

Nun lachte er doch herzlich. »Nein, gute Frau, deine Einbildungskraft ist groß. Diesen Gedanken gib auf. Es gibt so viel wirkliche Sorgen, die uns einnehmen, daß wir keine Zeit haben, uns unnötige zu machen. Und damit du diese Hirngespinnste fahren läßt, wollen wir übermorgen mit den beiden Mädchen nach L. fahren und Weihnachtseinkäufe machen. Außerdem wollen wir bei der Cousine vorsprechen und uns nach Frau Kramer umsehen. Für diese habe ich eine sehr erfreuliche Überraschung, die du später erfahren sollst. Heute ist es höchste Zeit, uns zur Ruhe zu verfügen.«

Frau Maria tat es fast leid, diese Äußerung zu ihrem Mann getan zu haben. Aber fahren ließ sie den einmal gefaßten Gedanken nicht. Sie nahm sich vor, auf alles genau zu achten, was die alte Dame von ihrer Tochter erzählen würde. Sie wollte es nicht hervorrufen, sondern geduldig abwarten, bis Frau Röder völliges Vertrauen gefaßt haben würde und aus eigenem Antrieb ihr Herz ihr erschließen möchte.

21. Besuch bei Cousine Martha

»Nun, ihr Töchter, sind die Portemonnaies in richtiger Verfassung? Seid ihr schon im klaren, welche Einkäufe ihr machen wollt? Gretchen hat nun nicht nur an Eltern und Geschwister zu denken, sie muß das ganze Langendorfer Pfarrhaus beschenken, den Verlobten, die Schwiegereltern, Etty und Tante Alice nicht zu vergessen.«

»Tante Alice bekommt von uns etwas Gemeinsames, Vater, das haben wir uns schon überlegt«, rief Eva.

»Wenn das Geld nicht langt, wendet Euch nur an den Vater, er muß ja doch für alles herhalten. Nicht wahr, Mutter, du gedenkst mich tüchtig auszubeuteln?«

So scherzte Herr Dunker, als er mit den Seinen der Großstadt zufuhr. Er hatte sich einen geschäftsfreien Tag gemacht und war an solchen Tagen außerordentlich umgänglich und heiter. Heute schien ihn etwas besonders Angenehmes zu beleben. Er teilte es den Seinigen, wie er gestern versprochen, jetzt mit.

»Ich sagte euch, daß ich einen langen Brief von Onkel Ernst hatte. Er schreibt, er habe, seit er Direktor am Gymnasium geworden, eine große Amtswohnung und eine gute Einnahme. Die Geschichte von unseren Nachbarn liege ihm, seit ich davon geschrieben, beständig im Sinn, nun bäte er mich im Einverständnis mit seiner Frau, es zu vermitteln, daß ihm einer von den Söhnen der Frau Kramer überlassen würde. Er wolle für seine Erziehung und sein künftiges Fortkommen sorgen.«

»Das ist ja köstlich«, sagte Frau Maria, die bis dahin schweigsam und sinnend dagesessen hatte.

Die beiden Mädchen aber riefen wie aus einem Munde: »Das muß Reinhold sein.«

»Dasselbe habe ich auch gedacht. An dem wird Onkel Ernst jedenfalls die meiste Freude haben. Wir müssen aber Frau Kramer selbst entscheiden lassen. Es ist mir eine wirkliche Freude, sie zu sehen, denn außer dieser Nachricht habe ich ihr ein hübsches Sümmchen auszuhändigen; meine Sammlung ist von einem Erfolg begleitet gewesen, den ich nicht erwartet habe.«

»Du hast dir aber auch viel Mühe gegeben, lieber Mann.«

»Es ist eine der schönsten Freuden, für andere sorgen zu können. Du hast es ja auch in reichem Maße getan, hast seinerzeit mehr Mühe und Last gehabt als ich«, sagte der edle Mann.

Am Bahnhof herrschte ein großes Gewirre, denn alles eilte vor Weihnachten in die große Stadt, um Einkäufe zu machen, es war kaum eine Droschke zu haben.

»Wir wollen doch zu Fuß gehen, Vater«, bat Gretchen, »wir können uns unterwegs dann die hübschen Läden ansehen.«

»Es ist zu weit, Kind, du kennst die Entfernungen in der großen Stadt nicht. Ihr könnt später noch genug umherlaufen und euch die Läden betrachten. Halt, da steht noch eine Droschke.« Sie eilten darauf zu, und nun ging es in schnellem Trabe durch Straßen und über Plätze der Wohnung der Cousine zu. Endlich wurde gehalten.

Man erwartete die Gäste. Frau Maria hatte sich und die ihren angemeldet, da sie wußte, wie ein plötzlicher Überfall die Hausfrau in Verlegenheit bringen konnte. Die Cousine, eine Frau Hagen, empfing die Verwandte mit großer Herzlichkeit. Hinter ihr stand Lieschen, etwas verlegen, aber hocherfreut, die Nachbarn aus der Heimatstadt zu begrüßen. Drinnen empfing sie ein reich besetzter Frühstückstisch und ein behaglich warmes Zimmer. Als die Reisenden sich ihrer Sachen entledigt hatten, setzte man sich, um sich nach der längeren Fahrt zu erquicken, dann aber in die Stadt zu eilen, um die vielen Einkäufe zu besorgen.

Lieschen eilte hinaus. Sie hatte heute viel zu tun, es war nicht so leicht, ein Mittagessen für so viele allein herzustellen, denn das Mädchen verstand nicht viel vom Kochen, konnte nur einige Handlangerdienste tun.

»Wie macht sich Lieschen?« war Frau Marias erste Frage, als das junge Mädchen das Zimmer verlassen hatte.

»Im ganzen gut«, gab Frau Hagen zur Antwort. »Das Kochen scheint ihr Freude zu machen, doch steht ihr Sinn ein wenig nach Äußerlichkeiten. Sie ist wohl etwas von den Eltern verwöhnt worden, hat mehr als Dame gelebt und wurde nicht zu treuer Pflichterfüllung angehalten. Doch hoffe ich, es soll mit der Zeit besser werden.«

»Und die Mutter?«

»Die Mutter macht mir Sorge. Sie sieht blaß und vergrämt aus und kann sich schwer in ihre jetzige Lage finden.«

»Aber sie muß doch dankbar sein, daß sie bei dir ein gutes Unterkommen hat.«

»Das ist sie auch. Sie ist rührend dankbar, aber man muß in Betracht ziehen, wie schwer diese veränderte Lage für die Frau ist. Aller ihrer Kinder beraubt, ist sie angewiesen, für ihr tägliches Brot zu arbeiten. Auch damit hatte sie in den ersten Tagen Schwierigkeiten. Sie war doch etwas aus allem herausgekommen, war gezwungen, vorher noch einige Stunden zu nehmen, das verzögerte die Anstellung. Erst seit einigen Tagen ist sie nun in dem großen Warenhaus. Um zwölf Uhr kommt sie nach Hause, um zwei Uhr muß sie wieder im Geschäft sein bis um sieben Uhr; jetzt, vor Weihnachten, kommt sie gewöhnlich erst um acht, ja, bisweilen wird es neun. Dann ist sie abgearbeitet und müde, sie ist froh, wenn sie sich, nachdem sie etwas gegessen, auf ihr Zimmer zurückziehen kann. Es ist unverantwortlich von dem Mann, daß er so gegen Frau und Kinder handeln konnte.«

Jetzt kam Lieschen ins Zimmer, und das Gespräch hatte ein Ende. Die Reisenden beschlossen, nun aufzubrechen, da, aus Rücksicht für Frau Kramer, um zwölf Uhr zu Mittag gegessen wurde.

»Ich habe es so eingerichtet«, erklärte Frau Hagen, »damit Frau Kramer nach Tisch noch ein wenig der Ruhe pflegen kann.«

Punkt zwölf Uhr, denn auf Pünktlichkeit hielt Herr Dunker, stieg er mit den Seinen wieder die Treppe zur Wohnung der Cousine empor. Hinter ihnen schlich eine blasse Dame, erschöpft und müde.

Die Mädchen waren mit Paketen beladen und schwatzten fröhlich miteinander. Als sie oben waren und sich umsahen, bemerkten sie die nach ihnen kommende Dame.

»Das ist ja unsere Frau Kramer«, rief Herr Dunker. »Wie schön, daß wir uns einmal wiedersehen.«

Ihr traten die Tränen in die Augen, ihre Züge waren schmerzlich bewegt. »Nun, Frau Kramer«, sagte Frau Maria freundlich, »wie geht es Ihnen?«

»Das Leben ist schwer, Frau Dunker«, war die Antwort.

Tatsächlich war das Leben schwer für eine Frau, die seit ihrer Verheiratung im Wohlstand gelebt, sich nur in Vergnügungen und Gesellschaften bewegt und das Pflichtgefühl hintangesetzt hatte. Dazu kam der schwere Schicksalsschlag mit dem Mann und die Erkenntnis, daß alles, alles anders hätte sein müssen.

»Nur immer getrost, Frau Kramer«, sagte Herr Dunker herzlich. »Immer aufwärts geschaut! Das Leben ist schwer, aber wir haben einen, der uns tragen hilft, ja der uns die Last leicht macht.«

Sie ging in ihr Zimmer, um abzulegen. Als sie sich zum Mittagessen im Eßzimmer wiedertrafen, ging Herr Dunker auf sie zu und überreichte ihr ein Kuvert mit den Worten:

»Im voraus ein kleines Weihnachtsgeschenk von einigen Freunden aus P. zum Zeichen, daß man sie dort nicht vergessen hat.« Sie errötete, nahm mit Dank, was ihr gegeben ward, und ließ das Kuvert in ihre Tasche gleiten. Es war ihr peinlich, soviel Wohltaten von einem Mann entgegennehmen zu müssen, den sie und besonders ihr Mann stets mit Verachtung behandelt hatten. Sie ahnte ja nicht, was die Veranlassung gewesen, die den Haß bei ihrem Mann gegen Herrn Dunker erzeugt hatte, und würde es nie erfahren.

Dem Lieschen war alles wohl geraten, sie sah erhitzt aus und Frau Hagen lobte sie. Auch Herr Dunker äußerte: »Ganz vorzüglich, Lieschen«, und ließ es sich wohl schmecken.

Nach Tisch erlaubte Frau Hagen dem jungen Mädchen, mit Gretchen und Eva, die noch mancherlei zu besorgen hatten, in die Stadt zu gehen. So wanderten die drei vergnügt ab, während die Eltern mit Frau Kramer in ihre Stube gingen, um die Sache wegen Reinhold zu besprechen.

Wie gemütlich und bequem war das Zimmer eingerichtet! Eine zweifenstrige Stube nach vorn heraus mit schönem Sofa, Teppich und Sofatisch, ein hübscher Glasschrank, eine Kommode und was sonst zu einer gediegenen Einrichtung gehörte. Blumen an den Fenstern, einige gute Kupferstiche an den Wänden, daneben ein Schlafkämmerchen mit zwei Betten für sich und ihre Tochter.

»Hier läßt es sich wohl wohnen, ein hübsches, gemütliches Zimmer«, rief Frau Maria, »das hat Cousine Martha gut gemacht.«

»Die Güte der Frau Hagen hat etwas Bedrückendes für mich, und dann das Hasten und Jagen in die Stadt. Morgens um halb acht muß ich aus dem Hause, wenn ich zur rechten Zeit im Kontor sein will, während ich sonst gewohnt war, um acht Uhr das Bett zu verlassen, oder wenn wir spät aus einer Gesellschaft kamen, erst um neun oder halb zehn. Aber es will alles gelernt sein und muß gelernt werden. Wenn nur die ganze Lage nicht so entsetzlich schwer wäre.« Sie konnte sich nicht länger halten, sie weinte bitterlich. Dunkers ließen sie ruhig gewähren, sie wußten, es war eine Erleichterung für die arme Frau.

»Es ist undankbar von mir, ich sehe es ein«, schluchzte sie. »Aber ich brauche Zeit, mich in die gänzlich veränderte Lage hineinzugewöhnen. Haben Sie nur Geduld mit mir, zürnen Sie mir nicht.«

»Keineswegs, Frau Kramer, sprechen Sie sich aus, sagen Sie uns alles, was Sie drückt, die Aussprache erleichtert das Herz.«

»Gerade in dieser Woche habe ich noch etwas Schweres erlebt. Mein Ältester, mein Edgar, schrieb, da er ohne Unterstützung nicht weiter studieren könnte, habe er sich entschlossen, zur See zu gehen. Dies sei schon lange sein Wunsch gewesen, er wolle es mir nur sagen, damit ich mich nicht sorge, wenn ich lange nichts von ihm hören würde.«

»Nun, er wird doch kommen und Abschied nehmen?«

»Ich schrieb ihm gleich, daß ich mich darein fügen müsse, da ich ihm zum Weiterstudieren nichts geben könne. Er möchte doch am vorigen Sonntag noch einmal kommen, damit wir alles Nähere besprechen könnten. Es war eine offene Karte, auf welche ich dies schrieb. Am nächsten Tage kam ein Brief von seiner Wirtin, in dem sie mir mitteilte, daß der junge Herr Kramer alles, was sein war, verkauft habe und abends abgereist sei, sie wisse nicht, ob nach Hamburg oder Bremen. Er hätte gesagt, er wolle drüben sein Glück versuchen.«

»Das ist allerdings sehr eigenmächtig gehandelt«, meinte Herr Dunker.

»Er ist immer sehr selbständig gewesen. Aber Sie können denken, wie mich alles tief bewegt und mürbe gemacht hat.«

»Und Otto?« fragte Frau Maria.

»Er macht sich bis jetzt gut in der Kaufmannslehre.«

»Haben Sie Nachricht von Ihrem Schwager, wie es mit den anderen beiden Knaben geht?«

»Er schreibt, sie gebrauchten strenge Zucht, sie wären etwas verwildert, aber es wären begabte Jungen, aus denen bei anhaltendem Fleiß etwas werden könnte.«

»Gott gebe, daß Sie Freude an ihnen erleben. Und nun die Jüngsten?«

»Die kann ich ja öfter sehen. Sie haben es gut, aber die Pensionseltern klagen, daß sie es bei dem Preis nicht lange werden machen können, von Ostern an müsse die Pension erhöht werden!«

Da kam Herr Dunker mit dem Vorschlag seines Bruders hervor, fragte sie, ob sie damit einverstanden sein würde, ihren Reinhold dahin zu geben als Pflegesohn.

Da brach ein Strahl der Freude aus den Augen der Frau.

»Wie gern, o wie gern nehme ich das gütige Anerbieten an. Wenn Ihr Bruder ist wie Sie.«

»Viel besser, viel besser, Frau Kramer. Er ist ein tüchtiger Pädagoge und ein herzensguter Mann dabei.«

»Und seine Frau, meine liebe Schwägerin Emilie, gleicht ihm an Herzensgüte. Beide sind vorzügliche Erzieher. Reinhold wird in den besten Händen sein!«, fügte Frau Maria hinzu.

»Jetzt erkenne ich, daß es einen Vater im Himmel gibt, der für uns sorgt, auf die Dauer hätte ich es nicht erschwingen können, für beide Söhne Pension zu zahlen. Die Sorge für dies Quartal ist mir heute auch genommen durch Ihre gütige Gabe. O, wie danke ich Ihnen, meine Freunde, für alle Ihre Liebe und Fürsorge. Wie soll ich es je vergelten!«

»Dadurch, daß Sie uns wieder ein bißchen lieb haben«, erwiderte Frau Maria. »Dadurch, daß Sie immer mehr Vertrauen fassen zu unserem himmlischen Vater, der unser bester Freund und Helfer ist.«

»Etwas spüre ich schon davon. Ich folge Ihrem Rat und lese jeden Morgen mit Lieschen, eh' ich gehe, einen kleinen Abschnitt aus der Bibel. Ich fühle, wie es stärkt und erhebt. Doch jetzt«, sie sah nach der Uhr, »muß ich gehen. Ich habe eine halbe Stunde zu wandern bis zum Kaufhaus, es wird sehr auf präzises Erscheinen gesehen.«

Herr und Frau Dunker verabschiedeten sich und begaben sich ins Wohnzimmer zur Cousine, die unterdes den Kaffeetisch gedeckt hatte und die Gäste schon erwartete.

Die Mädchen waren in der Stadt herumspaziert und hatten Besorgungen gemacht. Mit großem Staunen hatte Lieschen von Gretchens Verlobung gehört. »O, wie beneide ich dich«, rief sie aus. »Wie gern möchte ich verheiratet sein, einen guten Mann haben, der mich verzöge, der alles täte, was ich wollte.«

»Aber Lieschen, das ist doch nicht gut«, sagte Eva. »Du hättest doch auch Pflichten gegen ihn.«

»Ich würde mir Dienstboten halten, die kochten und das Haus in Ordnung hielten. Alles selbst tun ist nicht schön. Ich war sehr unglücklich heute morgen, als ich euch abwandern sah, und ich mußte in die heiße Küche und kochen — «

»Dann bist du wohl gar nicht gern bei Tante Martha?«

»O ja, sonst wohl. Aber sie ist sehr streng, das bin ich von Haus aus nicht gewohnt.«

»Wir dürfen auch nicht jeden Morgen herumspazieren wie heute. Das ist nur eine Ausnahme. Unsere Mutter ist streng, wir müssen fleißig sein und tüchtig im Haushalt helfen, nicht wahr, Eva?«

»Das ist auch gut, mir macht das Arbeiten Freude«, erwiderte diese.

»Ihr seid einmal ganz andere Menschen«, seufzte Lieschen.

Als Herr Dunker mit den Seinigen abends auf der Rückreise war, wurde viel von Kramers gesprochen.

»Es wird den armen Leuten doppelt schwer, sich zu fügen, weil sie nicht gewohnt sind, ihren Pflichten zu leben«, sagte Frau Maria.

»Vielleicht hat aber gerade Gott das Schwere über sie kommen lassen, damit sie es lernen und schließlich ihre Befriedigung darin finden«, entgegnete Herr Dunker.

Plötzlich wendete er seine Blicke einem großen Paket zu, das Eva bei sich in der Ecke zu verbergen suchte.

»Was habt ihr denn aber da in dem riesengroßen Paket, ihr Kinder?«

Da gab es fröhliches Lachen und Verstecken. Das dürfe der Vater gar nicht sehen und merken. Daraus solle etwas ganz Wundervolles gearbeitet werden für ihn, er solle sich nur immer freuen, was eines Tages für ihn auf dem Weihnachtstisch liegen werde.

22. Festfreuden

Nun folgten fröhliche Tage im Dunkerschen Hause. Neben der Advents- und Weihnachtsstimmung, die alle beseelte, gab es noch eine Freude, die dem Hause, das eine Braut birgt, ein besonderes Gepräge gibt. Gretchens Antlitz strahlte vor Glück und sie, die sonst in ihrer Erscheinung nichts Auffälliges bot, war hübsch zu nennen, da der Ausdruck ein so lieblicher war. Für Hemsing hatte sie wenigstens große Anziehungskraft. Er erschien so oft er konnte und war immer, wie sich denken läßt, höchst willkommen.

Die Jugend hatte vollauf zu tun mit Weihnachtsarbeiten; was sie am Tage nicht schaffen konnten, wurde abends spät besorgt. Oft, wenn schon alles schlief, saßen Gretchen und Eva traulich in ihrem Stübchen beisammen und arbeiteten für die lieben Eltern. Dabei plauderten sie von diesem und jenem. Als Gretchen einmal äußerte, sie freue sich in diesem Jahr ganz besonders auf Weihnachten, hörte sie Eva leise seufzen.

»Eva, was hast du nur? Freust du dich nicht auf das schöne Fest, das allen Menschen so viel Freude und Segen bringt?«

»Auf das Fest freue ich mich sicher, auf die schönen Weihnachtslieder, auf die Gottesdienste und was sonst zur Verherrlichung Gottes und seines lieben Sohnes dient. Das soll ja unsere Hauptsache sein und sollte uns eigentlich auch genügen, aber — «

»Nun aber? Wir sind doch alle gut gegen dich, fühlst du dich in unserem Familienkreis nicht mehr wohl, lassen wir es an Liebe fehlen?«

»Durchaus nicht! Du weißt, wie glücklich ich mich unter euch fühle, wie dankbar ich euch bin für alle Liebe und Güte, die ihr mir fortdauernd erweist. Es tut mir leid, daß mir ein Seufzer entfuhr.«

»Es ist mir ein Zeichen, daß dich irgend etwas bedrückt — «

»Der Seufzer kam so unwillkürlich, bitte denke nicht mehr daran.«

Plötzlich sagte Gretchen unvermittelt: »Christian kommt ja nun auch.«

War es Zufall oder Absicht, es ließ sich wieder ein Seufzer hören.

»Nun weiß ich es«, rief Gretchen, »es ist wegen Christian, gesteh es nur.«

Da umschlang sie Eva und rief halb lachend, halb weinend: »Der Seufzer ist mir ganz gegen meinen Willen entschlüpft, bitte, denke dir gar nichts dabei, es ist so dumm von mir — «

»Eva, ich kenne dich, du fühlst dich beklommen, weil Christian kommt. Gesteh' es nur, es wäre dir lieber, wenn er nicht da wäre?«

»Das wäre doch außerordentlich selbstsüchtig. Bitte, liebes Gretchen, vergiß diese unfreiwilligen Seufzer, sage es nicht deinen lieben, prächtigen Eltern, ich müßte mich ja schämen vor ihnen. Ich habe gar nichts gegen deinen ältesten Bruder, es ist mir nur nicht — um ganz offen gegen dich zu sein, es ist mir nur nicht — so heimatlich, wenn er da ist. Ich schätze ihn sehr, habe großen Respekt vor seiner Gelehrsamkeit, aber ich habe immer noch mit dem Gedanken zu kämpfen, daß er mich als Eindringling ansieht. Kurz, es ist nicht so wie mit euch anderen Geschwistern. Aber das schadet ja nicht — «

… liegt an ihm. Er ist ein komischer Mensch, seine Zurückhaltung gegen Damen, die nicht zur Familie gehören, ist geradezu lächerlich. Übrigens, in diesen Tagen macht er seinen Doktor.«

Ein Pochen an der Tür ließ sich vernehmen. Die beiden Mädchen fuhren erschrocken zusammen, als die väterliche Stimme rief: »Ich wünsche, daß man sich schnell ins Bett verfügt, das lange Aufbleiben ist schädlich für Geist und Körper.«

Da flog Gretchen an die Tür und öffnete. »Vater, du bist auch noch auf?«

»Ich hatte heute wichtige Briefe zu erledigen unten in meinem Zimmer und hörte über mir das Plaudern. Das ist nichts, Kinder, ihr macht euch krank. Was habt ihr denn vor?«

»Das darfst du nicht wissen, Väterchen, wir gehen jetzt gleich schlafen, bitte, komm nicht herein, die Geheimnisse liegen alle ausgebreitet auf dem Tisch.«

Der Vater drohte mit dem Finger und ging mit seinem Licht in der Hand hinunter. Für die Mädchen war es nun geboten, Schluß zu machen, und das Gespräch von vorhin hatte ein Ende.

Am folgenden Tage gingen Gretchen und Eva, wie es verabredet war, zu Frau Röder, um ihr vorzulesen. Auch veranlaßte Frau Maria die beiden, Noten mitzunehmen und die alte Dame zu fragen, ob sie es möchte, wenn sie ihr einige Weihnachtslieder vorsängen.

Gern stimmte sie dem zu. Als die hübschen jugendlichen Stimmen mit Klavierbegleitung erklangen, da faltete die Alte andächtig die Hände, und Tränen rannen leise über ihre Wangen. Auch Betty steckte den Kopf zur Tür herein und nickte beifällig. »Seit die jungen

Damen bei uns verkehren, wird es doch ein bißchen anders«, murmelte sie vor sich hin.

Frau Röder bat immer noch um mehr, so daß aus dem Lesen heute wenig wurde. »Freude, Freude über Freude, Christus wehret allem Leide. Wonne, Wonne über Wonne, er ist unsere Gnadensonne«, ertönte es von den sangeskundigen Lippen.

»Ich danke Ihnen, meine jungen Freundinnen, ich danke Ihnen, es war mir ein großer Genuß. Meine verstorbene Tochter sang auch so schön, so wunderbar schön; seitdem habe ich nicht wieder singen hören.«

»Aber noch viel schöner klingt es, wenn wir alle miteinander singen; das sollten Sie einmal hören, Frau Röder! Sie müssen wirklich am Heiligen Abend zu uns kommen, da wird viel gesungen, alle die kräftigen Männerstimmen darunter, der Vater singt Baß, die Brüder Tenor, das klingt herrlich. Wollen Sie nicht, liebe Frau Röder?« bat Gretchen.

Sie schüttelte den Kopf. »Ich kann nicht, es würde mich zu sehr aufregen. Ich bin auch zu sehr daran gewöhnt, den Heiligen Abend in tiefster Einsamkeit zu verbringen und würde nur Störung in Ihren schönen Familienkreis bringen, als eine, die nicht dazugehört.«

Zu Hause bestürmten die beiden die Mutter, sie müsse dafür sorgen, daß Frau Röder den Heiligen Abend bei ihnen verlebe. Frau Maria versprach es, fürchtete aber eine Fehlbitte zu tun.

Die beiden Dienstmädchen hatte sich inzwischen angefreundet. Betty war eines Sonntags feierlich von Rieke zum Kaffee geladen und diese hatte schon ein paar mal bei Betty eingesehen.

»Es ist ein sehr nettes Mädchen, die Betty«, hatte

Rieke zu ihrer Herrin gesagt. »Sie ist froh, daß sie jemand gefunden hat, der im Alter zu ihr paßt.«

»Es freut mich auch, Rieke«, hatte Frau Dunker gesagt, »daß du ein älteres Mädchen in der Nachbarschaft gefunden hast. Sie ist auch schon lange bei ihrer Herrin.«

»Ja, sie hat schon viel mit ihr erlebt. Frau Röder hat nur eine Tochter gehabt und die ist jung gestorben.«
»Hat Betty dir von der Tochter etwas erzählt?«

»Nein, nichts weiter. Sie sagte nur, als Fräulein Eva den Kuchen für uns brachte: ›Was für ein hübsches Mädchen, sie erinnert mich etwas an die Tochter von Frau Röder.‹ Sonst spricht sie nicht weiter über ihre Herrschaft.«

Ähnlichkeit hatte ja auch Frau Maria gefunden zwischen dem Bild der Tochter und Eva. Deshalb tauchte immer wieder der Gedanke bei ihr auf, ob irgendein Zusammenhang zwischen diesen beiden Menschen sein könnte. Aber sie wagte mit niemandem darüber zu sprechen, seit ihr Mann sie, ihrer Einbildung wegen, ausgelacht hatte. Wenn sie sich doch von Herrn Rechtsanwalt Belzer die ganze Begebenheit hätte etwas ausführlicher erzählen lassen! Aber damals ahnte ja niemand, daß er so bald sterben würde, und daß Eva ganz als ihr Kind bei ihnen bleiben würde. Nur das war Frau Dunker im Gedächtnis geblieben, daß eine alte Großmutter das Kind energisch zurückgewiesen habe. Und Frau Röder hatte zu ihr von einer Handlungsweise gesprochen, die sie tief bereute.

»Sage doch, Eva« fragte Frau Maria ihre Pflegetochter, als sie einmal allein im Zimmer waren, »du sprachst doch oft von einem Mädchen, das bei deinen Pflegeeltern lange gedient hatte — «

»Die gute Minna«, fiel Eva ihr in die Rede. »Sie sagte immer, sie habe mich großgezogen, darum habe sie mich so lieb.«

»Lebt sie noch?«

»Freilich, aber sie ist längst verheiratet, in einem Dorf in der Nähe meiner alten Heimat. Sie war auch bei Väterchens Beerdigung und weinte so sehr, weil ich wieder fort mußte.«

»Möchtest du sie einmal wiedersehen?«

»Wie gerne, liebe Mutter. Aber die Reise ist weit und kostspielig, das wird nicht gehen.«

»Wie wär's, wenn wir ihr das Reisegeld schickten, und ließen sie einmal herkommen?«

»O, das wäre wunderschön. Da könntest du die gute Minna kennenlernen, und ich hätte die Freude, sie wiederzusehen. Ich danke dir, liebste Mutter.«

Frau Maria wehrte den Dank fürs erste ab. »Jetzt ist's Winterzeit, da geht eine Frau vom Lande nicht gern auf Reisen, aber später, gegen Pfingsten, lassen wir sie einmal kommen. Da kann sie sehen, was aus ihrer Eva geworden ist.«

Diese Aussicht beglückte Eva sehr. Sie hing mit großer Liebe an der treuen Minna, der Hüterin ihrer Jugend. Frau Dunker aber wollte die Idee, die sie einmal gefaßt hatte, nicht fahren lassen; sie hoffte, durch die Frau allerlei Aufschlüsse über das Schicksal der Kleinen zu erfahren, jedenfalls wünschte sie, sich in nähere Verbindung mit ihr zu setzen. Sie dachte es sich zu schön, wenn sie dazu beitragen könnte, der alten Dame Gelegenheit zu geben, eine unselige Tat, die sie zu bereuen schien, wieder gutzumachen.

Nun rückte das Fest immer näher. In einigen Tagen war Heiliger Abend. Die festlichen Vorbereitungen waren nahezu beendigt, das Dunkersche Haus von oben bis unten gescheuert, weiße duftige Vorhänge überall, die Bäckereien waren gut geraten und eine selbstgezogene stattliche Tanne war aus dem Garten geholt und erfüllte die Luft mit ihrem würzigen Duft. Die Kinder des Hauses liefen mit Geheimnissen herum, alle hatten frohe Gesichter, am glücklichsten aber war Gretchen, die ihren Verlobten auf etliche Tage erwartete.

Aber auch ein anderer Gast wurde heute erwartet. Das war der junge Doktor Christian, der schon die Kunde von seinem wohlbestandenen Doktorexamen vorausgesandt hatte in einem Brief, in dem er seine Freude aufs Elternhaus aussprach. Besonders aber, so schrieb er, freue er sich, in Hemsing, seinem Freund, einen Schwager begrüßen zu dürfen.

Gretchen erklärte, den Bruder abends abholen zu wollen. Hemsing, der schon als Gast eingetroffen war, begleitete sie natürlich, Georg und Heinz schlossen sich ihnen an.

»Jetzt gehst du immer mit Grete, gar nicht einmal mehr mit uns, das ist eigentlich langweilig«, murrten die Buben.

Da wandte das Bräutchen sich um und sagte: »Hört, auf dem Rückweg will ich ihn euch überlassen, da nehme ich Christian, und ihr geht mit Gerhard.«

Der letztere sah seine Braut verwundert an. Diese flüsterte ihm etwas ins Ohr, worauf er erwiderte: »Das ist recht, tue das, mein Gretchen.«

Sie mußten noch etwas warten, die Züge waren so voll besetzt, daß sie alle ein wenig Verspätung hatten. Endlich lief der Zug in die Halle, der den Bruder bringen sollte.

»Da ist er! Da ist der Herr Doktor«, riefen die Brüder und winkten einem jungen Mann zu, der sich weit aus dem Zug lehnte und auch mit der Hand winkte.

Nun war er da. Herzliche Begrüßung folgte, dann übergab Christian seinen Gepäckschein einem Träger, und nun ging es im Sturmschritt der väterlichen Wohnung zu.

Gretchen hatte ihren Bruder wirklich unter dem Arm, und Hemsing ging mit den beiden jungen Schwägern hinterdrein.

Nachdem Gretchen allerlei mit dem Bruder besprochen hatte, begann sie: »Christian, ich möchte dich um eins bitten, sei recht freundlich und verwandtschaftlich mit der Eva, Sieh, sie fühlt es sonst, daß sie nicht zur Familie gehört. Ich möchte so gern, daß ihr das Weihnachtsfest nicht verleidet würde durch dein zurückhaltendes Wesen.«

»Hat sie denn derartiges geäußert?«

»Gesagt hat sie nichts, aber geseufzt hat sie, als von deinem Kommen zum Fest die Rede war!«

»Das tut mir leid, wirklich sehr leid. Geseufzt hat sie über mich! Nun, ich will mein Möglichstes tun. Nur verlange nicht, daß ich sie, wie Trude, umarme und küsse.«

»Nein, das hast du nicht nötig. Aber man muß freundlich und herzlich sein gegen Mitglieder des Hauses, besonders gegen eine, die von den Eltern als Tochter angenommen ist.«

»Sieh, wie du Moral predigst. Gutes Gretel, ich will gern alles tun, nur seufzen darf deine Eva nicht über mich. Das tut mir leid. Ja, ich will mein Möglichstes tun.«

»Ich kann wohl meine Gretel jetzt wieder bekommen?« Hemsing stand vor den beiden.

»Gewiß«, sagte Christian erschrocken, »ich wußte nicht, daß du jetzt größere Ansprüche hast als ich.«

»Bedeutend größere«, versetzte Hemsing ruhig und ging mit Gretchen davon.

»Christian, wir wollen dich auch haben«, riefen die Brüder. Sie nahmen ihn in die Mitte, und es währte nicht lange, so schritten sie über die Schwelle des väterlichen Hauses.

Die Eltern begrüßten ihren Ältesten mit herzlicher Freude. Er war noch etwas gewachsen und sah stattlich und gut aus. Auch ein Schnurrbart war entstanden, der ihm hübsch stand und ihm etwas Männliches verlieh.

»Wo ist denn Trude?«

»Sie ist mit Eva in der Küche, wird gleich erscheinen. Sie muß Gretchen öfter vertreten, weil der Herr Verlobte sie nicht immer hergibt«, sagte die Mutter. »Da kommt sie.«

Gertrud kam mit einer großen Schüssel Butterbrote herein, die sie beinah hätte fallenlassen, als sie des Bruders ansichtig wurde. Eva kam hinter ihr mit der Teekanne.

Er begrüßte sein Schwesterchen herzlich und sah sich dann nach Eva um, die eben die Teekanne auf den Tisch setzte.

Sie war noch in Trauer, aber das feine, liebliche Gesicht mit den schönen seelenvollen Augen war fast noch hübscher geworden. Ein ernster Ausdruck lagerte auf der Stirn, eine feine Röte bedeckte Wangen und Hals.

Er ging auf sie zu und reichte ihr die Hand.

»Es hat mir so leid getan, daß Sie Ihren lieben Vater verloren haben, aber es freut mich, daß Sie nun ganz bei meinen Eltern bleiben, Eva, da wollen wir uns von nun an — als Geschwister ansehen.«

»Ich danke Ihnen, Herr Doktor«, erwiderte sie tief errötend.

»Dann dürfen Sie nicht mehr Herr Doktor sagen, sondern wie die anderen Christian.«

So, nun hatte er es doch wohl recht gemacht, er sah Gretchen an, sie nickte ihm freundlich zu, sie war offenbar zufrieden mit ihm.

Eva unterließ es fortan, ihn bei seinem Titel zu nennen, aber »Christian« brachte sie nicht heraus. Wenn sie künftig mit ihm sprach, umging sie es, ihn anzureden.

Frau Maria hatte es wirklich durch Zureden fertig gebracht, Frau Röder zu bewegen, den Heiligen Abend in der Dunkerschen Familie zuzubringen. Georg und Eva hatten es übernommen, sie abzuholen. Als es anfing zu dunkeln, gingen sie hinüber, nahmen die alte Dame in ihre Mitte und führten sie behutsam und vorsichtig in die elterliche Wohnung. Betty ging freudestrahlend hinterher, denn auch sie war eingeladen. Wie glücklich war sie, daß ihre Frau einmal aus dem ewigen Einerlei herauskam, einmal etwas anderes sah und hörte, als nur sie und die Wände ihres Hauses.

Und als sie dann, geführt von Gretchen und Eva, den hellerleuchteten Saal betrat und alle das alte und immer neue Lied anstimmten: »O du fröhliche, o du selige, gnadenbringende Weihnachtszeit«, da wurde sie so ergriffen, daß Tränen ihren Wangen entströmten. Sie wurde in einen bequemen Lehnstuhl gebracht, von wo aus sie die ganze Weihnachtsstube überblicken konnte. Ernst und feierlich tönten ihr die Worte des Hausherrn entgegen, der nach dem Gesang das Weihnachtsevangelium verlas. Dann wurden alle an ihre Plätze geführt. Nun gab es ein Staunen und Wundern über die enthüllten Geheimnisse, ein fröhliches Durcheinanderschwirren, wenn eins dem andern zeigte, was ihm beschert worden. Gretchen strahlte, sie hatte von Hemsing eine schöne Uhr bekommen, er wurde von der Braut mit einem Teppich vor dem Schreibtisch beglückt. Eva bekam von den Pflegeeltern ebenfalls eine Uhr, als Anerkennung ihres Fleißes und ihrer Pünktlichkeit; sie war natürlich hocherfreut darüber. Die Knaben und Gertrud fanden auf ihren Plätzen die Erfüllung verschiedener Wünsche. Auf allen Gesichtern glänzte Freude und Zufriedenheit, nicht wenig auf des Vaters, der eine Schlafdecke bekommen hatte und nicht genug den Fleiß seiner drei Töchter lobend anerkennen konnte.

Die alte Dame aber wunderte sich, wieviel Leben und Freude und Frohsinn in diesem Hause wohnte, wie alles durch die Liebe der einzelnen Glieder des Hauses untereinander verklärt wurde, und sie hatte jahrelang Haß, Bitterkeit und Groll in sich genährt, bis Gott der Herr das harte Herz mürbe gemacht hatte, bis alles, alles in ihr anders geworden war, nur nicht die Einsamkeit, die sie sich selbst erwählt hatte.

»Sehen Sie, liebe Frau Röder«, rief Eva und beugte sich zu ihr, »sehen Sie nur, was die guten Eltern mir beschert haben.« Sie zeigte ihr die Uhr, brachte ihr das schöne Kleid, die Bücher, alles mußte die alte Dame sehen und bewundern. Als sie sich einmal wieder zu ihr beugte, um ihr etwas zu zeigen, zog sie sie noch näher zu sich heran und drückte ihr einen Kuß auf die Stirn. »Mein gutes Kind«, flüsterte sie, »ich habe Sie sehr lieb; ganz besonders lieb.«

Das hörte Frau Maria, die in der Nähe stand. Sie sagte: »Ja, die Eva ist nun auch unser liebes Kind, das uns viel Freude macht.«

Frau Röder sah gedankenvoll vor sich hin. Ihr fiel plötzlich schwer auf die Seele, was wohl aus ihrer eigenen kleinen Enkelin geworden sein mochte. Ob sie noch lebte? Sie mußte jetzt auch in dem Alter dieser jungen Mädchen sein.

Doch zum Grübeln war heute nicht der Ort. Jetzt kam das Brautpaar auf Frau Röder zu. Gretchen hatte ihren Verlobten noch nicht vorgestellt, und nun mußten sie sich zu der alten Dame setzen, die auf einmal für alles, was sie umgab und für alle lieben Menschen, die in diesem Hause lebten, reges Interesse gewann.

Der Abend, den sie heute im Dunkerschen Hause verlebte, war nicht verloren, sie spürte die Regung noch lange nachher.

23. Christians Pläne

Die Eltern Hemsing hatten den Wunsch ausgesprochen, das Brautpaar am zweiten Feiertag bei sich zu sehen; am Tage nach dem Fest, wenn der Herr Pfarrer alle Predigten hinter sich hatte, sollte die ganze Familie nachfolgen.

Frau Röder war gebeten worden, am ersten Feiertag wieder im Dunkerschen Hause einzukehren. Das hatte sie abgelehnt mit dem Bemerken, daß es für ihre Kräfte zuviel sei.

»Aber«, hatte sie hinzugefügt, »wenn Sie mir Fräulein Eva ein Stündchen schicken möchten, so würde ich Ihnen sehr dankbar sein.«

Die drei Brüder machten am Nachmittag einen längeren Spaziergang, das Brautpaar hatte mit sich zu tun, Gertrud hatte eine Schulfreundin zu Besuch, und Eva ging, wie verabredet zu der alten Frau Röder. Diese empfing sie mit herzlicher Freude und nahm den Vorschlag des jungen Mädchens, ihr eine Predigt vorzulesen, mit großem Dank an, da sie am Morgen nicht hatte zur Kirche gehen können.

»Ich hoffe, wenn ich wieder etwas kräftiger werde, den weiten Kirchweg machen zu können, vielleicht im Sommer«, meinte sie. »Das Selbstlesen macht mir Mühe, da meine Augen, besonders im Winter, oft recht schwach sind. Da bin ich dankbar, wenn sich junge Augen finden, die es tun.«

»Ich würde es gern immer tun; jeden Sonntag, wenn Sie es mögen.«

»Gern, mein liebes Kind, wenn es Ihnen nicht langweilig ist, bei einer alten Frau zu sitzen.«

Mit klarer, deutlicher und doch sanfter Stimme las Eva die Weihnachtspredigt. Sie hatte ein sehr angenehmes Organ, und Worte des Friedens und der Freude fielen in das Herz der bekümmerten Frau.

Als Eva geendet hatte, mußte sie der alten Dame erzählen von ihren Eltern, die sie leider so früh verloren hatte. Daß es auch Pflegeeltern gewesen, mochte sie nicht sagen. Ihr waren sie von Anfang an eigene Eltern gewesen; was vorhergegangen, daran rührte sie nicht gern, davon wußte sie auch zu wenig. Sie erzählte von der Liebe und Sorgsamkeit, mit der sie erzogen, wie sie aber auch von frühester Jugend an strengen Gehorsam, an Fleiß und Ordnung gewöhnt sei, wie die Eltern sie dann in eine gute Pension gegeben und wie dann gerade, als sie von zu Hause abwesend gewesen, die gute Mutter gestorben sei.

»Armes Kind«, sagte Frau Röder und streichelte sie. »Ich habe es jetzt auch so gut. Dunkers, bei denen ich nur ein Jahr bleiben sollte, um den Haushalt zu lernen, haben mich gleich als Pflegetochter angenommen. Sie machen keinen Unterschied zwischen den eigenen Kindern und mir. Ostern werde ich wahrscheinlich ein Seminar besuchen, damit ich später einmal auf eigenen Füßen stehen kann.«

»Haben Ihre Eltern Ihnen nichts hinterlassen?«

»Nur ganz wenig. Es reicht wohl nur, um die Seminarkosten zu decken. Soll ich Ihnen jetzt noch ein Weihnachtslied singen, Frau Röder?« Sie sah nach der Uhr. »Um sieben werde ich abgeholt.«

Das Klavier wurde geöffnet, und Eva sang ein Lied nach dem andern. Frau Röder bat immer noch um mehr.

Da klingelte es. Männliche Tritte nahten. Eva hörte es nicht, sie sang gerade: »Es ist ein Ros' entsprungen«, und draußen stand ein junger Mann und lauschte. Welch liebliche Stimme und doch, welche Fülle lag darin! Da Christian, denn er war es, auch gesangkundig war, so war es ihm, als müßte er mit einstimmen. Doch er wagte es nicht, er war ja fremd in diesem Hause.

Als das Lied zu Ende war, betrat er leise das Zimmer, verbeugte sich vor der alten Dame und sagte: »Ich wollte mir erlauben, Fräulein Eva abzuholen.«

Eva erhob sich schnell und stellte ihn vor als Herrn Doktor Dunker.

»Wir kennen uns schon«, bemerkte Frau Röder, »Ihre Frau Mutter hat mir gestern ihre drei Söhne vorgestellt. Aber ich habe allerdings nicht das Vergnügen gehabt, Sie eingehender zu sprechen. Sie waren mit Ihren Brüdern und mit Ihrem jüngsten Schwesterchen vollauf beschäftigt.«

»Es tut mir leid«, sagte Eva nun, »daß Sie sich herbemüht haben, ich hatte Georg gebeten, mich abzuholen.«

Christian runzelte die Stirn. »Georg bekam gerade, als er gehen wollte, Besuch von einem Freund, da bin ich statt seiner gegangen. Es ist Ihnen hoffentlich nicht unangenehm?«

»Nein«, versetzte Eva zögernd, »ich danke Ihnen.«

Christian mußte sich auf den Wunsch der alten Dame setzen und sich ein Weilchen mit ihr unterhalten. Sie schien sich für sein Studium zu interessieren und fragte, da er nun mit allem fertig sei, ob er schon eine Stelle in Aussicht habe.

»Gerade heute habe ich einen wichtigen Brief deswegen bekommen. Ich soll mich entscheiden, ob ich mich entschließen kann, mit einer Gesellschaft von Fachmännern auf eine kleine westindische Insel zu gehen, zur Ausbeutung von Guanolagern. Natürlich bin ich sehr dafür, es ist eine interessante Arbeit, überhaupt lockt mich das Ganze. Welcher junge Mann ginge nicht gern ins Ausland, in die Tropen! Nebenbei sind die Bedingungen sehr vorteilhaft, aber die Eltern wollen mir ihre Zustimmung noch nicht geben, namentlich der Mutter ist der Gedanke schwer, mich so in weiter Ferne zu wissen.«

»Warum so weit fort, junger Mann? Bleiben Sie in der Heimat, es gibt hier auch vorteilhafte Stellen für Leute Ihres Berufes.«

»Ich denke anders, verehrte Frau. Es ist gewiß ein großer Vorteil für einen jungen Mann, fremde Länder und Leute kennenzulernen, mich interessieren auch besonders Pflanzen und Steine und was dazu gehört. Und dann — es wäre nur eine zweijährige Verpflichtung. Zwei Jahre gehen schnell dahin, dann komme ich wieder.«

Eva hatte schweigend zugehört. Dies Neue interessierte sie mächtig. Fast wollte es ihr leid tun, daß Christian solche Pläne hatte. Sie hatte ihn beobachtet, während er lebhaft sprach. Wie wuchs er auf einmal in ihren Augen. Die kühne, freie Stirn, die klugen Augen, die feingebogene Nase, ja, man sah es ihm an, er war ein gescheiter, bedeutender Mann. Aber ein eigenes Wesen hatte er, ganz anders als andere junge Leute. Er hatte sie ziemlich ignoriert bis dahin. Nun auf einmal war er von einer Aufmerksamkeit, Freundlichkeit gegen sie —

Heinz hätte sie gewiß auch gern abgeholt, beinahe wäre es ihr lieber gewesen. Mit ihm stand sie ganz auf geschwisterlichem Fuß, vor Christian hatte sie nicht nur großen Respekt, sondern eine gewisse Scheu, die sie schwer überwinden konnte.

Sie verabschiedeten sich von Frau Röder und traten den Rückweg an. Durch den Garten gingen sie schweigend nebeneinander. Als sie die eiserne Gartenpforte hinter sich hatten, bot er ihr seinen Arm. Zaghaft legte sie den ihrigen hinein.

»Sie sind so fremd gegen mich, Eva. Mit den Brüdern sind Sie ganz anders.«

»Ich kenne Sie noch so wenig«, war die Antwort.

»Und wenn ich nun in die Tropen gehe, werden wir uns immer fremder.«

»Wollen Sie wirklich so weit hinaus?«

»Wenn die Mutter mich läßt, auf jeden Fall.«

Jetzt kam Heinz ihnen entgegen. »Endlich«, rief er, »es währte so lange, wir glaubten schon, es sei euch etwas passiert!«

»Ich hätte den Fuß gebrochen? O Heinz, gleich so ängstlich«, lachte Christian.

»Es ist viel Besuch gekommen, einige Freunde von dir, Christian, von der Schule her.«

»Dann müssen wir eilen.« Man beschleunigte die Schritte, denn Eva war besorgt, sie möchte der Mutter fehlen. Aber Gretchen war schon in der Küche zum Helfen, während Herr Dunker und Hemsing sich den Gästen widmeten.

Der Abend gestaltete sich zu einem sehr anregenden. Es wurde viel musiziert und gesungen, damit die Weihnachtsstimmung nicht verlorenging, die Unterhaltung war der Festzeit angemessen, später vereinigten sich die jungen Leute zu Gesellschafts- und Rätselspielen.

Am anderen Morgen war das Brautpaar schon früh nach Langendorf aufgebrochen, sie wollten zur rechten

Zeit dort sein, um am Gottesdienst teilnehmen zu können. Gretchen sollte die Nacht bleiben, da die ihrigen am folgenden Tag alle erwartet wurden.

Mit der lieben Pfarrersfamilie und Tante Alice wurde ein schöner Feiertag verlebt, die Jugend ergötzte sich mit Schlittschuhlaufen. –

Nach den Feiertagen wurde Christians Vorhaben ernstlich erwogen. Er gestand den Eltern, es sei lange sein Wunsch gewesen, eine Zeitlang in die weite Welt zu gehen. Dies Anerbieten würde nach allen Seiten hin von großem Gewinn für ihn sein. Er würde bei seiner Rückkehr um so leichter eine passende Stelle finden.

Schließlich mochten die Eltern ihn nicht mehr hindern an dem, was er als großen Vorteil ansah für seine Zustimmung, und er war dankbar dafür. Ende Februar sollte die Reise vor sich gehen, vorher hoffte er noch kurz nach Hause kommen zu können, um Abschied zu nehmen.

Als nun aber Hemsing eines Tages freudestrahlend zur Braut kam mit einem Schreiben vom Konsistorium, worin ihm eine Pfarre verliehen war, und er nun daraufhin eine baldige Hochzeit wünschte, um für die Pfarre eine Pfarrfrau zu haben, da rief die Mutter: »Christian, zur Hochzeit können wir dich nicht entbehren, bis zum Sommer mußt du noch bleiben.«

»Das hängt von der Firma ab, die mich aussendet. Mir tut es selbst herzlich leid, unser Gretchen nicht mit unter die Haube bringen zu können, aber Pflicht geht vor Vergnügen.«

Hemsings Vorschlag, schon im Februar Hochzeit zu machen, wurde eifrigst widerlegt. »Du weißt nicht, lieber Schwiegersohn«, ließ sich die Mutter vernehmen, »was alles dazu gehört, um eine Aussteuer fertigzustellen. Wir müssen alle sehr fleißig sein, wenn wir bis zum Sommer alles beschickt haben wollen.«

Hemsing mußte schon gleich seine Stelle antreten, da es vor Ostern viel Arbeit gab. Es wurde beschlossen, daß Etty einstweilen mitgehen sollte, um ihm den Haushalt zu führen. Im Laufe der Zeit wollte dann Frau Maria mit Gretchen einen Besuch dort machen, um sich das Pfarrhaus anzusehen und ihre Einrichtung danach zu treffen.

Es war, zu ihrer Freude, nicht sehr entfernt von P. Man konnte es mit der Bahn in einigen Stunden erreichen und noch an demselben Tage, wenn es sein mußte, wieder zurückkommen.

Nachdem nun die Ferienzeit zu Ende war und das Schulleben wieder seinen Anfang genommen hatte, folgte für Frau Maria und ihre Töchter eine arbeitsreiche Zeit im Hinblick auf die immer näherrückende Hochzeit.

24. Frau Minna Berg

Die Zeit war dahingeflogen, und mancherlei hatte sich ereignet. Christian war noch einmal kurz gekommen und hatte Abschied genommen. Nach einigen Wochen hatte er seine glückliche Ankunft auf den westindischen Inseln gemeldet und die Fahrt über den atlantischen Ozean interessant beschrieben, Georg hatte sein Abiturium mit Auszeichnung bestanden und war zur Universität gegangen, um Theologie zu studieren. Heinz war nach Prima versetzt und Gertrud in die erste Mädchenklasse. Eva und Gretchen arbeiteten mit der Mutter um die Wette an der Aussteuer. Eva war nicht, wie früher beabsichtigt gewesen, aufs Seminar gegangen, Frau Maria wünschte sie einstweilen als Haustochter zu behalten, da Gretchen sich verheiratete.

Da Hemsing sehr nach einer Hausfrau verlangte, so wurde die Hochzeit auf die Pfingstferien angesetzt, denn man rechnete vor allen Dingen darauf, daß Onkel Ernst mit Familie dem Feste anwohnen sollte. Großartige Aufführungen wurden von der Jugend geplant; es gab viel Hin- und Herschreiben zwischen den Beteiligten, und als die jungen Leute zu Pfingsten zusammenkamen, gab es Proben über Proben, und alles verlief glänzend am Polterabend. Natürlich wurde der Beinbruch des Bräutigams als Ursprung der Bekanntschaft verherrlicht. Es gab manchen Spaß und viel Vergnügen.

Onkel Ernst und Tante Emilie ließen sich die Schicksale des Nachbarhauses erzählen, und lauschten mit Teilnahme. Sie lobten Reinhold, der die Ferien bei der Mutter verleben durfte, sehr. Sein Betragen war musterhaft, sein Fleiß vorzüglich, Onkel Ernst hoffte einen tüchtigen Mann aus ihm zu erziehen.

Der Hochzeitstag war ein sehr schöner, wie man ihn sich im Wonnemonat Mai vorstellen konnte. Gretchen war eine liebliche Braut, und die Brautjungfern, Eva, Erna, des Doktor Ernst Tochter, Gertrud und Etty waren prächtig anzusehen in ihrem hochzeitlichen Schmuck und den Blumenkränzen im Haar. Fröhliches Leben waltete in Garten und Haus, bis gegen Abend das junge Paar abreiste, begleitet von den Segenswünschen der Eltern.

Nun hatte die junge Frau schon zweimal geschrieben; ihr höchster Wunsch war, die Eltern einmal als Gäste bei sich zu sehen, doch daran war vorderhand nicht zu denken, es sollte sich noch verschiedenes vorher abwikkeln.

Frau Maria, die ihren Plan still, aber entschlossen verfolgte, hatte Eva veranlaßt, Frau Minna Berg auf etwa acht Tage einzuladen; wenn sie zustimmend antwortete, sollte ihr das Reisegeld geschickt werden. Die Liebe der Frau zu dem jungen Mädchen überwand alle Schwierigkeiten. Sie schrieb, die Schwester ihres Mannes wolle denselben die Zeit über versorgen, und da Kinder nicht vorhanden waren, machte sich die Sache eher.

Heute nun, es war Anfang Juni, sollte Frau Minna eintreffen. Eva wollte an die Bahn gehen und sie abholen. Sie stand in ihrem Stübchen und sah sinnend zum Fenster hinaus.

Wie wunderbar hatte sich doch alles in ihrem Leben einander gefügt. Erst war sie von den guten Belzers angenommen, da ihre Mutter, wie Mutter Belzer ihr erzählt hatte, jung gestorben war. Auch daß der Vater sie verlassen, hatte sie kurz angedeutet, und als sie gefragt, ob derselbe denn nicht eines Tages wiederkommen würde, hatte Frau Belzer geantwortet: »Nein, mein gutes Kind, der ist längst mit einer anderen verheiratet.«

Die Antwort verletzte sie nicht, was lag ihr daran, ob ein Vater, den sie nie gekannt, sich um sie kümmerte oder nicht; sie hatte so gute Eltern, wie sie nur wünschen konnte. Sie hatten für ihr leibliches und geistiges Wohl aufopfernd gesorgt, und als Gott der Herr ihr nacheinander beide genommen hatte, erst die Mutter, dann den Vater, da hatte er schon wieder für Ersatz gesorgt in einer Weise, wie sie sich nie hätte träumen lassen. Er hatte ihr nicht nur treue Eltern wieder beschert, auch liebe Geschwister. Dafür war sie besonders dankbar, sie, die nie den Verkehr mit Geschwistern kennengelernt hatte. Was war ihr Gretchen gewesen in dem Jahr; mit welcher Liebe und Innigkeit hatte sich die jüngere Gertrud an sie angeschlossen, wie freundlich und gefällig, wie bieder und herzlich waren die beiden Jungen, Georg und Heinz, ihr entgegengekommen, wie hatten sie sich stets als Brüder erwiesen. Und doch — trotz alledem wollte sie mitunter ein Gefühl der Heimatlosigkeit überkommen. »Ich wollte, ich hätte einen richtigen Verwandten, jemanden, dem ich wirklich angehörte.« Doch diese Stimmung war vorübergehend. Sie tauchte etwa auf, wenn Frau Maria von Fremden gefragt wurde, wie viel Kinder sie habe, und sie schnell, ohne sich zu bedenken, antwortete: »Fünf.« Dies hatte Eva zufällig gehört und gedacht: »Ja, ich gehöre eigentlich nicht dazu.« Sie hatte eben ein leicht empfindliches Gemüt.

So empfand sie es, wie wir wissen, daß Christian sich von Anfang an nicht als Bruder zu ihr gestellt, wiewohl sie ihn sehr schätzte und zu ihm aufsah. Sie hatte längst erkannt, daß sein etwas herber, verschlossener Charakter daran schuld war, daß er es keineswegs böse meinte; jetzt glaubte sie sich selbst etwas Schuld beimessen zu müssen. Wie kam es denn, daß er mit Etty gleich auf so freundschaftlichem Fuß stand? Sie, Eva, hatte ihm gegenüber gewiß auch etwas Zurückhaltendes, darum kam es bei ihnen so schwer zu einem geschwisterlichen Verhältnis. Daß er es gut mit ihr meinte, wußte sie jetzt. Wie hatte er ihr herzlich und fest die Hand gedrückt beim Abschied, und mit welch treuem Blick hatte er sie angesehen, als er sagte: »Gott behüte Sie, liebe Eva, so Gott will, sehen wir uns in zwei Jahren wieder, dann seufzen Sie nicht mehr über mich, sondern freuen sich ein bißchen?«

Sie wollte Gretchen zürnen, daß sie ihm dies wieder gesagt, aber diese verteidigte sich und sagte, sie habe es nur gut gemeint, man müsse Christian mitunter ein bißchen aufrütteln.

Doch, sie sah nach der Uhr, es war höchste Zeit an den Bahnhof zu gehen. Schnell setzte sie ihr Strohhütchen auf, zog die Handschuhe über und machte sich eiligen Schrittes auf den Weg.

Der Zug lief gerade in die Halle ein, als sie ankam. Sie achtete auf alle Aussteigenden und hatte bald die Rechte gefunden. Frau Minna war noch eine stattliche Frau in den vierziger Jahren. Mit einer großen Reisetasche versehen, kam sie auf Eva zu, die ihr die Tasche abnehmen wollte.

»Wie werd' ich Fräulein die Tasche tragen lassen! Nein, Fräulein Eva, so was gibt's nicht. O, daß ich Sie einmal wiedersehe, ich hab' mich zu sehr gefreut, als die Einladung kam.«

»Aber, Minna, du sollst mich nicht ›Sie‹ nennen,

sondern wie früher ›Du‹ sagen, es ist sonst gar nicht, als ob du meine Minna wärst.«

»Wenn Fräulein erlauben. Es ist mir selbst, als ginge es besser mit ›Du‹. Aber du bist so groß und schlank geworden, ein richtiges, feines Fräulein, ich hab's immer gesagt.« Minna erzählte nun allerlei aus dem Städtchen, und so kamen sie bald im Dunkerschen Hause an.

Frau Maria hieß die Frau freundlich willkommen und lud sie ein, sich zu setzen und eine Erquickung anzunehmen.

»Zuerst will ich nur meine Tasche auspacken. Ich habe der Frau Dunker, die mich so freundlich eingeladen hat, etwas von meiner Schlachterei mitgebracht.« Sie holte ein paar derbe Mettwürste heraus und ein großes Stück Schinken.

Frau Maria meinte, das hätte sie nicht tun sollen, aber die dankbare Gesinnung der Frau rührte sie, so nahm sie das Mitgebrachte mit Dank an. Sie bat Eva, die Sachen in die Vorratskammer zu tragen. Als diese damit hinausgegangen war, sagte sie: »Das ist nun unser liebes Kind, Frau Berg.«

»Wie dank ich dem lieben Gott täglich, daß das Kind in Ihr Haus gekommen ist, Frau Dunker«, rief die Frau, und da ihr das Herz auf der Zunge lag, fügte sie hinzu: »Ich hab' die Eva zu lieb, liebe Frau, habe sie ja von klein an aufgezogen. O, wenn Sie wüßten, wie wir zu dem Kind gekommen sind, das ist eine ganz traurige Geschichte, ich werd' es Ihnen einmal ausführlich erzählen, wenn wir beide allein sind.«

Sie ahnte nicht, wie froh Frau Maria diese Äußerung machte. Von dieser Frau würde sie gewiß wertvolle Einzelheiten erfahren, die imstande waren, in dieser dunklen Sache Aufschluß zu geben.

Da Eva wieder erschien, wurde natürlich nicht weiter davon gesprochen. Das junge Mädchen versorgte nun ihre liebe Minna mit Speise und Trank, und diese streichelte ein über das andere Mal Wangen und Stirn des geliebten Kindes. »Meine Eva, meine gute Eva, wie bin ich froh, daß ich dich einmal wieder hab.«

»Eva, du mußt dann Frau Berg den Garten und das Haus zeigen, auch ihr Stübchen, wo sie schlafen soll.«

Eva ging gern mit der Hüterin ihrer Jugend, sie zeigte ihr alles, was sie interessieren konnte und führte sie endlich in ein niedliches, kleines Zimmer, das Frau Maria für sie bestimmt hatte. Minna schlug immer vor Verwunderung die Hände zusammen und rief: »Das ist ja alles viel zu schön für mich. Das bin ich ja nicht gewohnt, es ist ja wie für Besuch.«

»Du bist auch unser Besuch, Minna. Nun sollst du unsere Rieke kennenlernen, die ist ebenso treu und gut wie du.«

Sie führte sie nach unten, wo Rieke noch mit Putzen und Scheuern zu tun hatte, denn morgen war Sonntag, da mußte alles blitzen und blank sein.

Rieke wischte sich die nassen Hände an der Schürze und reichte der Frau die Rechte. »Das ist also die Minna, von der Fräulein Eva mir so viel erzählt hat. Schauen Sie mich heute nur nicht an, wenn ich im Scheueranzug bin, morgen erscheine ich in sonntäglicher Kleidung, da können wir Bekanntschaft miteinander machen.«

»Denken Sie, ich wisse nichts vom Scheuern? Hab' ich nicht bei Frau Rechtsanwalt Belzer so viele Jahre gedient und sollte nicht wissen, was Scheuern heißt. Ei, meine Frau hatte es gar gern, wenn sie sonnabends durchs Haus ging, wenn da alle Türschlösser funkelten und die Fußböden sauber gewaschen waren. Dann pflegte sie zu sagen: Ordnung und Sauberkeit ist doch etwas Schönes, Minna, du hast alles gut gemacht. Das war mir der schönste Lohn für meine Arbeit.«

»Morgen soll Betty auch kommen, Rieke«, sagte Eva, »dann sollt ihr drei unten im Garten Kaffee trinken, den Kuchen habe ich schon beim Bäcker bestellt.«

Im Weitergehen fragte Minna: »Wer ist denn Betty? Ich mache am liebsten keine neuen Bekanntschaften, ich will ja nur dich, du liebes Evchen, besuchen.«

»Aber du hast Mutter gebeten, daß du unten bei Rieke essen dürftest und Kaffee mit ihr trinken, weil es dich geniert, mit der Herrschaft zu speisen, darum hat Mutter das so angeordnet.«

So geschah es. In der hübschen großen Laube, unten im Garten, wo man den Blick auf den Fluß und die angrenzenden Wiesen hatte, war ein hübscher Tisch gedeckt. Betty hatte sich zur bestimmten Stunde eingefunden, die drei Mädchen waren bald bekannt miteinander und plauderten von diesem und jenem. »Heute bediene ich«, hatte Eva gesagt, war mit der großen Kanne erschienen und hatte eingeschenkt.

»Es ist verkehrte Wirtschaft«, hatte Rieke gesagt. »Wir sollten Fräulein Eva bedienen und sie nicht uns.«

»Heute ist's nun so«, hatte Eva freundlich geantwortet. »Nun will ich gehen und die Eltern versorgen, du, Rieke, siehst, daß deine Gäste tüchtig essen. Der Teller muß leer sein, wenn ich wiederkomme. «

Sie hatten gelacht, und Eva war vergnügt davongegangen.

»Was ist doch das Fräulein für ein reizendes Wesen! Meine alte Dame ist ganz verliebt in sie, wenn sie kommt, lebt meine Herrin ordentlich auf.«

»Sind Sie hier in Stellung?« fragte Minna.

»Ja, ich bin seit vielen Jahren bei derselben Dame. Wir wohnten früher in Berlin, aber meine Frau hat noch in ihren alten Tagen von einem Vetter, der unverheiratet war, ein schönes Landhaus geerbt.«

»In Berlin haben Sie früher gewohnt? Dort war ich auch schon einmal. Das war aber eine Reise, da werd' ich zeitlebens dran gedenken.«

»Mit wem waren Sie denn dort?« fragte Betty, die die Frau schon immer aufmerksam angesehen hatte, als ob sie ihr bekannt sein müsse.

»Mit dem jungen Fräulein, das uns den Kaffee einschenkte. Die hab' ich als ganz kleines Kind nach Berlin gebracht zu ihrer Großmutter, einer alten, garstigen Frau, die das Kind ihrer verstorbenen Tochter verleugnete und es nicht annehmen wollte. Wenn meine Herrin, Frau Rechtsanwalt Belzer, sich der Kleinen nicht erbarmt hätte, was wäre wohl aus ihr geworden. Gewiß nicht das, was sie heute ist.«

Im Eifer des Gesprächs hatte Frau Minna nicht bemerkt, was Rieke wahrgenommen, nämlich daß Betty todesbleich geworden. Das Strickzeug war ihren Händen entfallen, sie saß da und sah starren Auges auf die Sprecherin, die etwas erzählte, was sie miterlebt hatte. »Um alles in der Welt, was reden Sie da, gute Frau. Wir — kennen — uns ja!« rief sie in Absätzen, denn das Reden fiel ihr schwer. »Wir haben uns doch schon einmal gesehen. Sind Sie die Minna, die mit dem kleinen Kind auf dem Arm, begleitet von einer feinen Dame, bei uns erschien, und ich mußte sie wieder gehen lassen, weil ich Frau — «

Nun war das Erschrecken an Frau Minna.

»Sie waren das Mädchen, das uns damals empfing und gleich nichts Gutes weissagte? Jetzt erkenne ich Sie auch wieder. O, mein Gott, wie wunderbar! Und Sie haben ausgehalten bei dieser bösen Frau, die ein so liebes, unschuldiges Kind von sich weisen konnte!«

»Frau Röder ist ganz umgewandelt. Die Frau hat den Schritt tief bereut und gäbe etwas darum, das ungeschehen zu machen, was damals geschehen ist.«

Sie hörten Schritte kommen, plötzlich stand Eva vor ihnen.

»Sie haben ja gar nichts gegessen!« Verwundert sah sie auf die verstörten Gesichter. »Die Kaffeekanne ist auch noch so schwer. Es schmeckt wohl gar nicht. Ich muß wirklich die Mutter rufen, die versteht das Nötigen besser als ich.« Eilig entschwand sie wieder.

»Mutter«, rief sie, »ich weiß nicht, was die drei da unter in der Laube haben. Sie essen nicht, sie trinken nicht, sehen alle ganz verstört aus, ja die Betty ist blaß und ganz zittrig. Die ist gewiß krank geworden. Willst du nicht einmal hinuntergehen und sehen, was das zu bedeuten hat?«

»Das will ich, mein liebes Kind. Und dich möchte ich bitten, geh' ein Weilchen zu unserer Nachbarin hinüber. Sie ist ganz allein, frage, ob du ihr mit etwas dienen kannst, weil ihre Betty nicht da ist.«

»Das will ich gern, liebe Mutter, aber ich glaube, der Betty fehlt etwas.«

»Ich werde nach ihr sehen, und wenn es der Fall ist, schicke ich Sie nach Hause. Dann bist du gerade nötig bei der alten Dame.«

Eva machte sich bereit zum Gehen, und Frau Maria eilte klopfenden Herzens nach der Laube; sie ahnte, daß es dort vielleicht schon zu Aufklärungen über Eva gekommen sein müsse.

Sie blieb hinter der Laube ein Weilchen stehen, ohne daß die Mädchen sie bemerkten, und hörte Bettys Stimme, die eben sagte:

»Sie können es mir gewiß glauben, Frau Röder ist ganz anders geworden. Sie wird Gott auf den Knieen danken, wenn sie hört, daß Fräulein Eva, die sie jetzt schon innig liebt, ihr angehört, daß sie ihre Enkelin ist!«

Bei diesen Worten betrat Frau Dunker die Laube. Die drei erhoben sich sofort von der Bank und Rieke rief: »Frau Dunker! Wenn Sie wüßten, was hier eben herausgekommen ist.« Und sie überstürzten sich im Erzählen der uns schon bekannten Tatsachen.

»Wir beide kamen uns schon bekannt vor, als wir uns zuerst sahen, und als die Rede auf Fräulein Eva kam, da ist alles an den Tag gekommen«, sagte Frau Minna erregt. »Aber nicht wahr, Frau Dunker, zu der Frau lassen wir sie nimmermehr. Sie glauben nicht, wie böse die ist.«

»Wir wollen die Sache ruhig überlegen, Frau Berg«, sagte jetzt Frau Dunker, indem sie sich zu den Mädchen setzte. »Ich habe seit längerer Zeit geahnt, daß Frau Röder die Großmutter unserer Eva ist. Darum, liebe Frau Berg, habe ich Sie herkommen lassen, weil ich die einzige Möglichkeit einer Aufklärung durch Sie hoffte.«

Und nun suchte sie Frau Berg, die schon wieder auffahren wollte, zu beruhigen, sagte ihr wie Gott der Herr das Herz der armen Frau völlig umgeändert habe, wie sie selbst Zeugin gewesen von der tiefen Reue, die Frau Röder ergriffen habe, und wie es ihr, der Frau Dunker, nun die größte Freude machen würde, der armen vergrämten Frau die längst ersehnte Enkelin zuzuführen.

Bettys Gesicht verklärte sich bei den Worten der Frau Dunker. »Wie dankbar bin ich Ihnen, daß Sie mir beistehen, liebe Frau Dunker, daß Sie zugunsten meiner Frau reden. O, was für ein froher Tag wird das werden, wenn Frau Röder alles erfahren wird!«

»Wir müssen vorsichtig sein, Betty, Ihre Herrin ist alt und schwächlich und könnte durch eine zu schnelle Entdeckung Schaden nehmen. Sagen Sie vorderhand nichts, erst nach und nach muß ihr die Wahrheit beigebracht werden.«

»Nehmen Sie es nur in die Hand, liebe Frau Dunker, Sie verstehen es am besten, ich werde mich ganz Ihren Anordnungen fügen. Aber nicht wahr? Sie reden bald mit meiner alten guten Dame, ich gönne es ihr, daß sie, die so viel gelitten hat, endlich von dem Druck befreit wird, der jahrelang auf ihrer Seele gelegen hat.«

Frau Minna schlug ein über das andere Mal die Hände zusammen und rief: »O, daß ich dies noch erleben muß! Was wird mein Mann sagen, wenn ich ihm alles erzähle. Ich habe so oft mit ihm von der bösen Großmutter gesprochen.«

»Die nun die beste von der Welt sein wird, das glauben Sie mir, Frau Minna. Ich werde Ihnen später alles erzählen, was meine Frau mit der Tochter erlebt hat, dann werden Sie begreifen, woher damals ihr Zorn kam.«

»Warum hat sie nur damals nicht einmal fragen lassen, woher wir kämen, wie der Name der Dame gewesen, die sich des Kindleins erbarmt und die Reise nach Berlin mit dem Würmchen machte. Nein, ungehört mußten wir umkehren, den Brief, den die Tochter geschrieben, mußten wir ungelesen zurücknehmen.«

»Den Brief«, fuhr Betty auf, »haben Sie den Brief noch?«

»Ja, den hab' ich aufbewahrt. Erst hat ihn Frau Belzer behalten. Als sie aber schwer krank wurde und ihr Ende herannahen fühlte, ließ sie mich kommen und sagte: ›Treue Minna, nimm den Brief an dich, es könnte sein, er würde eines Tages noch begehrt.‹ Da hab' ich ihn in einem besonderen Kästchen in meiner Kommode aufbewahrt.«

»Das ist mir sehr wertvoll«, rief Frau Dunker, »den Brief, liebste Frau Berg, müssen Sie uns schicken, sobald Sie nach Hause kommen. Aber nun ist bei der wichtigen Sache, die wir verhandelt haben, der Kaffee kalt geworden. Was wird unsere Eva sagen, wenn sie sieht, daß die Mutter nichts ausgerichtet hat? Sie rief mich doch, daß ich Sie zum Trinken ermuntern sollte.«

»Wir holen es nach, Frau Dunker«, sagte Rieke. »Es soll uns noch einmal so gut schmecken, da wir miteinander so etwas Schönes erlebt haben. Betty, trinken Sie, Sie sehen immer noch ganz blaß aus.«

»Mir ist der Schreck in alle Glieder gefahren, ich glaube nicht, daß ich etwas genießen kann.«

Aber auf Riekes dringliches Zureden versuchte sie es, und es ging. Schließlich wurden die drei ganz vergnügt und guter Dinge.

Was aber der Hauptinhalt ihres Gesprächs war, kann sich der Leser denken.

25. Großmutter und Enkelin

»Frau Röder wollte mich heute gar nicht fortlassen, Mütterchen. Sie war so lieb und gut und sagte beim Abschied, am liebsten behielte sie mich ganz bei sich.«

»Sagte sie das?« fragte Frau Dunker, die eben ihrem Mann, der im Wohnzimmer die Zeitung las, berichtet hatte, was sie dort unten in der Laube erlebt, wobei sie sich an seinem Erstaunen weidete.

»Ihr Frauen«, hatte er gesagt und ein halb ungläubisches Gesicht gemacht, »dem, was ihr euch ausdenkt, sinnt ihr nach, das verfolgt ihr mit einer Konsequenz, es ist großartig.«

»Du siehst, lieber Otto«, hatte sie triumphierend gerufen, »daß ich damals recht hatte. Was meinst du nun, sagen wir Eva gleich etwas davon, oder weihen wir sie erst ein, wenn die Großmutter alles weiß?«

»Da es nun so weit ist, nur gleich zur Sache, wenn sie kommt! Wozu noch lange zögern. Tränen wird die Enthüllung sowieso kosten. Die Kinder sind nach Langendorf gegangen, quirlen also nicht dazwischen, dann nur los.«

Als Eva zurückkam, erhob er sich mit seiner Pfeife und ging in sein Zimmer. Es war ihm lieber, wenn seine Maria die Rührszene allein unternahm. Er war nicht für dergleichen.

Frau Maria zog Eva zu sich aufs Sofa. Sie begann damit, daß sie die drei Mädchen da unten in höchster Aufregung getroffen habe, und fuhr dann fort, ihr den ganzen Sachverhalt so schonend wie möglich anzubringen. Die Hauptsache wußte sie ja schon, daß die Großmutter einst nichts von der Enkelin hatte wissen wollen. Nun konnte Frau Maria ihr aber sagen, daß Frau Röder schon seit einigen Jahren diese Tat bereut habe und unendlich beglückt sein würde, in ihr die verlorene Enkelin, die sie schon für tot oder verkommen gehalten, wiederzufinden.

Eva war tief erschüttert durch das, was sie jetzt vernahm, und machte ihren Gefühlen durch einen Tränenstrom Luft, während Frau Maria ihr liebevoll die Wangen streichelte und ihr freundliche Worte zuflüsterte.

»Sieh, durch diese beiden braven Mädchen, die beide ihrer Herrschaft treu geblieben sind, ist alles an den Tag gekommen. Sie haben einander wiedererkannt, denn Minna hat dich damals als kleines Kindchen zur Großmutter gebracht, und als man sie abgewiesen — «

»Hat die gute Mutter Belzer mich behalten, und beide haben mich als ihr eigenes Kind gepflegt und aufgezogen. Nie kann ich es ihnen danken, was sie an mir getan. Und auch euch, die ihr euch meiner nach dem Tod des geliebten Pflegevaters angenommen, wie soll ich euch meine Dankbarkeit beweisen!« Hier umschlang sie die geliebte Pflegemutter und bedeckte sie mit Küssen.

Gerade jetzt steckte Herr Dunker den Kopf zur Tür herein. »Ist alles fertig?« fragte er.

Da mußte Eva unter Tränen lächeln. Sie kannte den Vater, er liebte solche Szenen nicht und entzog sich denselben gern. Eva umschlang den geliebten Vater ebenfalls.

»Nur nicht weinen, mein liebes Kind«, sagte er, als er sah, daß sie schon wieder das Taschentüchlein zur Hand nahm. »Ich weiß alles. Die Mutter hat wieder einmal etwas Wunderbares zuwegegebracht. Du bleibst aber unser gutes Kind und wir deine Eltern, das will ich mir ausgebeten haben.«

»Gewiß, lieber Vater, immer und immer, aber es ist doch schön, daß ich jetzt auch ein Großmütterchen habe, und zwar eins, das ich schon liebe und das mich auch ein bißchen gern hat.«

Frau Maria nahm jetzt Eva unter den Arm mit den Worten: »So, nun sei vergnügt; wir gehen jetzt in die Laube zu unseren Gästen und sehen, was sie unterdes gemacht haben.«

Als sie in den Garten kamen, war die Laube leer, die drei waren wahrscheinlich, wie sie schon vorher geplant hatten, in die Stadt gegangen, um Frau Minna alle Sehenswürdigkeiten zu zeigen.

Es war den beiden ganz lieb, noch ein wenig allein zu sein. Frau Maria ging mit ihrem Töchterchen, das, wie sich denken läßt, innerlich sehr bewegt war, auf und ab im Garten und tröstete sie, als sie traurig sagte:

»Es ist mir so schwer zu denken, daß meine wirklichen Eltern — sie zögerte, als ob sie den Satz nicht gern vollenden mochte, und doch war es ihr ein Bedürfnis, sich gegen ihre Pflegemutter offen auszusprechen, — daß meine Eltern beide nicht recht gehandelt haben.«

»Deine Mutter hat schwer darunter gebüßt, daß sie ihrer Mutter ungehorsam war. Es freut mich, daß ein Brief von ihr an die Mutter noch vorhanden ist, ich bin überzeugt, daß sie darin ihre Schuld bekennt und die Mutter um Verzeihung bittet; das wird Frau Röder versöhnen. Vom Vater wissen wir nichts. Vielleicht, wenn er noch lebt, kommt er auch zur Erkenntnis. Wir wollen Gott darum bitten. Die Hauptsache für dich ist jetzt, deine Großmutter mit Liebe zu umgeben und sie die letzten Jahre ihres Lebens zu erheitern und zu erfreuen.

Nun sorge nicht um das, was vergangen ist, sondern freue dich der Gegenwart.«

Welches junge Gemüt ließe sich das nicht gern sagen, sich der Gegenwart freuen. Im Grunde klopfte ja auch ihr Herz in banger und froher Erwartung, was der folgende Tag bringen würde.

Sieh, da kamen Betty und Minna, Arm in Arm, eifrig plaudernd, den Gartenweg entlang. »Nun, wo bleibt die dritte?« fragte Frau Dunker.

»Rieke hatte große Eile, in die Küche zu kommen, und ich«, sagte Betty, »muß auch eilen, Frau Röder wird lange nach mir aussehen. Das war ein schöner, schöner Nachmittag. Wir zwei«, hier drückte sie der Minna energisch die Hand, »sind heute sehr gute Freundinnen geworden. Das können Sie sich wohl denken, Frau Dunker.« Dann drückte sie Eva die Hand und rief: »O, Fräulein Eva, wer hätte das geahnt. Was wird, o, was wird nur meine Herrin sagen, wenn sie in Ihnen ihre so vielbeweinte Enkelin findet.«

»Verraten Sie nur heute abend nichts, Betty. Morgen komme ich, da wird alles allmählich an den Tag kommen.«

»Verraten werde ich nichts, aber vergnügt will ich sein, so vergnügt, wie Frau Röder mich noch nie gesehen hat. Nun muß ich aber gehen. Sie, liebe Minna, müssen mich begleiten, damit Sie sehen, wo meine Herrin wohnt.«

»Da muß ich schon mitgehen, Frau Dunker. Sie können sich denken, wie mich das interessiert.«

Kaum konnte Eva den folgenden Nachmittag erwarten. Es war ausgemacht, daß Minna die Frau Dunker und Eva begleiten und sich bei Betty aufhalten sollte, bis man nach ihr rief. Eva aber sollte sich im Garten zu tun machen, bis auch sie gerufen wurde.

Frau Röder empfing Frau Maria im Gartensaal. Sie freute sich, wie gewöhnlich, sehr über den Besuch, sah aber heute recht trübselig aus.

»So traurig, Frau Röder? Und das im schönen Monat Juni, wo die Sonne so herrlich scheint, die Vögelein singen, die Rosen blühen.«

»Es ist immer der Monat, der mich am traurigsten stimmt. Ich weiß gar nicht, was meine Betty heute hat. Sie singt und schmettert ein Lied nach dem anderen, das bin ich gar nicht an ihr gewohnt.«

»Vielleicht werden Sie heute auch noch froh, liebe Frau Röder. Ich begreife nicht, warum Sie sich gerade den Juni ausersehen haben, um besonders traurig zu sein.«

»Weil ich im Juni etwas getan habe, was mich seit Jahren bedrückt. Ich habe mir selbst den Kummer zugezogen, den ich nie wieder los werde.«

»Wer weiß«, sagte Frau Maria zuversichtlich. »Wenn Sie sich doch entschließen könnten, liebe Frau Röder«, hier ergriff sie ihre Hand und sah ihr treuherzig und voll Liebe in die Augen, »wenn Sie sich doch entschließen könnten, sich einmal das Herz frei zu sprechen, Ihren Kummer andern mitzuteilen, es würde sich leichter tragen.«

Sie sah traurig vor sich nieder und schwieg. Nach einer Weile blickte sie auf und sagte: »Es ist schwer und demütigend, sein Unrecht zu bekennen, aber zu Ihnen habe ich unbegrenztes Vertrauen, liebe Frau Dunker, ich werde Ihnen alles sagen. Und wenn Sie schlecht von mir denken und sich von mir wenden, so habe ich's verdient und muß die Einsamkeit als Strafe für meine Vergehen weiter tragen.«

Sie begann mit der Erzählung ihrer traurigen Schicksale, sagte, daß sie durch das, was ihre Tochter ihr angetan, so verbittert und böse geworden sei, daß sie, ohne zu wissen, was sie tat, das kleine Kind, das die Tochter ihr zuschickte, einfach von der Tür gewiesen habe. Was sie damit für ein großes Unrecht begangen, sei ihr erst nach Jahren zum Bewußtsein gekommen. Welche Freude und Wonne hätte sie an einem so kleinen Wesen, daß ihr ganz zu eigen gehörte, haben können. Nun sei es vielleicht verkommen oder tot oder in Not, das quäle und drücke sie besonders.

»Vielleicht haben es gute Menschen angenommen und es zu einem tüchtigen Menschenkind erzogen.«

»Sollte es möglich sein, daß die Dame, die es damals gebracht hat, es behalten hätte? Aber ich weiß ja keinen Namen, weiß weder, aus welchem Ort es kam, noch wie die Dame heißt, die es brachte. Nein, liebe Frau, es ist unmöglich, dem noch jetzt nachzuforschen.«

»Bei Gott ist kein Ding unmöglich. Denken Sie nur, unsere Eva, die wir zu eigen angenommen haben, hatte auch nur Pflegeeltern, ihre eigene Mutter hat sie nie gekannt.«

»Wie sind denn die Pflegeeltern zu dem Kind gekommen?«

»Genau weiß ich es auch nicht. Der Pflegevater, den mein Mann in einem Badeort kennenlernte, erzählte uns, das Kind habe eine Großmutter gehabt, die seine Annahme verweigert habe, da haben sie, die keine Kinder hatten, die Kleine behalten und erzogen.«

»Und wo — wo war das?« fragte Frau Röder, die erregt zugehört hatte und nun Frau Marias Hände ergriff und sie gespannt ansah.

»Es ist in der Nähe von Berlin gewesen, in einem kleinen Städtchen, wo auch die Mutter begraben liegt.«

»Wissen Sie — wissen Sie zufällig den Namen der Mutter?«

Frau Maria, die sich auf alles vorbereitet hatte, sagte ruhig: »Die Mutter hieß: ›Frau Dellmann.‹« Da sprang die alte Dame in großer Erregung auf und rief: »Dellmann sagen Sie? Dellmann? Wissen Sie, was sie damit aussprechen? Irren Sie nicht? Täuschen Sie sich nicht? Meine liebste, meine beste Frau Dunker, dann wäre ja, o mein Gott, ich kann es nicht fassen, dann wäre ja unsere liebe, kleine Eva meine Enkelin!«

»Ja, liebe Großmutter, das bin ich«, rief plötzlich Eva, die gerade an der offenen Tür des Gartensaales vorübergegangen war und von Frau Maria herbeigewinkt wurde.

Eva umschlang die alte Dame und rief: »Nicht wahr? Jetzt weisest du mich nicht wieder zurück, jetzt nimmst du mich an. Ich will dich auch immer recht liebhaben, mein gutes Großmütterchen.«

»Das wolltest du wirklich, nachdem die alte Großmutter dich von sich gestoßen, dich verleugnet hat?«

»Daran denkt Eva nicht«, nahm Frau Maria das Wort. »Sie will nur die Großmutter, die sie als Frau Röder schon liebgehabt, mit Liebe umgeben und für sie sorgen.«

»Ich kann es noch nicht fassen. Es ist so schnell über mich gekommen.« Sie war wieder ins Sofa zurückgesunken und bedeckte ihr Gesicht mit beiden Händen. »Es muß doch ein Irrtum sein, es ist mir wie ein Traum.

Können Sie es mir beweisen, liebe Frau Dunker, daß ich nicht träume, daß kein Mißverständnis obwaltet?«

»Ich kann es seit gestern. Das Mädchen, das Ihnen damals die Kleine zubrachte mit Frau Rechtsanwalt Belzer, ist augenblicklich unter Ihrem Dach. Sie und Betty haben einander wiedererkannt und zur weiteren Aufklärung ist ein Brief vorhanden, den die treue Minna aufbewahrt hat. Er ist von der sterbenden Tochter geschrieben und wird Sie mehr als alles andere überzeugen, daß alles kein Irrtum, sondern Wahrheit ist. Wenn Sie wollen, kann das Mädchen kommen und Ihnen bestätigen, was wir sagen.«

»O, wie wunderbar, wie — mir schwindelt, heute nicht mehr, morgen — will ich — das Mädchen sehen.«

Als sie diese Worte gesprochen hatte, war es aus mit ihren Kräften, sie schloß die Augen, fiel zurück und verlor das Bewußtsein.

»O, nun stirbt die gute Großmutter«, rief Eva weinend.

»Still, mein Kind, es ist eine Ohnmacht, Großmutter wird sich wieder erholen.« Sie nahm eine Flasche Kölnisches Wasser, die sie auf einem Nebentisch entdeckte, rieb ihr Stirn und Schläfen damit, und nicht lange währte es, so schlug sie die Augen wieder auf. Ihre Hand fuhr tastend herum, als suche sie etwas. Eva kniete vor ihr und legte ihre Hand in die der Großmutter.

Frau Maria war leise hinausgegangen. »Sie weiß alles, aber Sie, liebe Frau Berg, dürfen heute noch nicht zu ihr, es ist zu viel für die alte Dame. Wir gehen jetzt nach Hause, und Betty, die am besten mit Frau Röder Bescheid weiß, bringt sie zu Bett, Ruhe ist jetzt die Hauptbedingung.«

Frau Dunker hatte recht, eine große Schwäche hatte Frau Röder befallen, so daß sie sich willenlos von ihrer Betty ins Schlafzimmer führen ließ, während Frau Maria mit Eva und Minna ihrem Hause zueilte. Evas Frage, ob sie lieber hier bleiben solle, verneinte die Mutter. »Heute noch nicht, mein liebes Kind. Dein Anblick würde so vieles Vergangene aufrühren, die Großmutter muß erst völlige Ruhe haben, um diese große Aufregung zu überwinden, aber später müssen wir wohl, so schwer es uns wird, in die Trennung willigen. Es ist ein Recht, das der alten Dame zukommt, dich ganz für sich zu beanspruchen. Und ich denke, wir gönnen ihr diese Freude nach allem Schweren, was sie erlebt hat.«

Am Abend saß Eva noch lange an ihrem Schreibtisch. Sie führte regelmäßig Korrespondenz mit Gretchen; was sie heute zu berichten hatte, füllte mehrere Bögen.

Am anderen Morgen, man saß noch beim Kaffee, erschien Betty mit der Botschaft, Frau Berg möchte zu ihrer Herrin kommen, sie habe sich wieder erholt und möchte sie gern sprechen.

»Eigentlich gruselt's mich ein bißchen, daß ich nun die Frau, die ich mir immer so schrecklich vorgestellt habe, sehen soll«, sagte Minna zu Betty, als sie miteinander zur Villa wanderten.

»Das haben Sie nicht mehr nötig, Minna. Frau Röder wird so liebenswert sein, wie sie sich's gar nicht vorstellen können. Und dankbar ist sie Ihnen, das können Sie glauben.«

Es währte lange, bis Minna wiederkam. Man sah, sie hatte geweint. Aber sie war ganz entzückt von der alten Dame.

»Eine charmante Frau, eine ganz charmante Frau. O, wie kann der Mensch sich ändern! Unser Herrgott tut wirklich noch Wunder, nicht nur in der Natur, nein, auch an den Menschen selber. Ich hab' ihr lang und breit alles berichten müssen, sie hat viel geweint und immer wieder die Belzers gesegnet, die so Großes an dem Kinde getan haben. Und mich hat sie nach allem ausgefragt, ich mußte ihr erzählen von meinem Mann, von unserer kleinen Wirtschaft, und als ich sagte, daß uns vor kurzem unsere schöne Kuh gestorben, da rief sie erfreut: ›Nun weiß ich, wie ich mich dankbar erzeigen kann gegen Sie, liebe Frau Berg.‹«

»Und denken Sie, als ich ging, hat sie mir mehrere Goldstücke in die Hand gedrückt und gesagt, dafür sollten wir uns eine andere Kuh kaufen. Was wird sich mein Mann freuen! O, was werden sie alle sagen, wenn ich erzähle, was ich hier erlebt habe! Eh' ich's vergesse, Fräulein Evchen soll gleich zur Großmutter kommen, sie hat schon große Sehnsucht.«

26. Neues Leben in der Villa

Zwei Jahre sind vergangen. Im Dunkerschen Hause hat sich wenig verändert, desto mehr in der Villa der Frau Röder. Es ist, als ob durch das Auffinden der Enkelin ein neues Leben dort eingekehrt sei. Es war vorauszusehen, daß Evas Übersiedlung aus dem Hause der geliebten Pflegeeltern zur Großmutter bald erfolgen mußte. Die Trennung von Dunkers wurde Eva nicht so leicht, doch wer konnte es der alten Dame verargen, daß sie wünschte, ihre Enkelin so bald wie möglich ganz um sich zu haben, sich in den letzten Jahren ihres Lebens am sonnigen Gemüt, an der immer gleichbleibenden Freundlichkeit des lieblichen jungen Mädchens zu erfreuen und zu erquicken. Sie lebte seitdem ordentlich auf. Konnte sie früher stundenlang vor sich hinträumen, so war sie jetzt gleichsam verjüngt, nahm an allem teil, war wieder zugänglich für andere Menschen und beteiligte sich in Haus und Garten an dieser oder jener Arbeit. Besonders rege wurde der Verkehr mit den Nachbarn, Evas Pflegeeltern, aufrecht erhalten. Es war gleich zur Bedingung gemacht, daß man regelmäßig jede Woche zusammenkam.

Heute ertönte lieblicher Gesang aus dem Gartenzimmer, dessen Glastüren weit geöffnet standen. Frau Röder saß mit Frau Maria auf der Veranda, während drinnen die jungen Mädchen, Eva und Gertrud, nachdem sie erst vierhändig miteinander gespielt, ein Duett sangen. Sie hatten beide hübsche Stimmen, die durch Gesangstunden, die sie bei einer tüchtigen Gesanglehrerin nahmen, noch mehr ausgebildet wurden. Sie hatten eben ein Lied beendet, als Frau Röder rief: »Nun noch mein Lieblingslied, meine Eva.«

»Harre meine Seele, Großmütterchen?«

»Ja, mein Kind, singe es mir! Das Lied hat mich oft getröstet, wenn ich es las in meiner Einsamkeit. Wenig ahnte ich, daß es mir noch einmal von meiner lieben Enkelin gesungen würde.«

»Ja, Gottes Wege sind wunderbar«, antwortete Frau Maria. »Wer hätte je gedacht, daß Sie, liebe Frau Röder, je nach P. übersiedeln würden, und daß wir die verwaiste Eva ins Haus bekommen mußten, damit Großmutter und Enkelin sich hier fänden?«

Als die Mädchen geendet hatten, setzten sie sich mit ihrer Handarbeit zu den Damen.

»Wie geht es Ihrer lieben Tochter, der Pastorin Hemsing?«

»Danke, Frau Röder, ihr und dem kleinen Buben geht es, Gott sei Dank, gut. Ich hatte heute einen Brief, schon von ihr selber. In acht Tagen soll die Taufe sein. Mein Mann ist Pate, und nun hat Gretchen den Wunsch, daß ihre liebste Freundin und Pflegeschwester Eva auch Patin bei ihrem Erstgeborenen sein möchte.«

»Nicht Gertrud?« fragte Frau Röder.

»Nein, Eva als die Ältere sollte den Vorzug haben, und meines Schwiegersohns Schwester, die Etty.«

Evas Augen strahlten. So etwas Schönes hatte sie nicht erwartet.

»Da müssen wir nun die gute Großmama um Urlaub bitten, wenn sie nicht selber Lust hat, mitzureisen.«

»Ich will mir's überlegen«, meinte Frau Röder. »Gewünscht habe ich es mir lange, das liebe Gretchen einmal in ihrem Heim als Frau Pfarrer zu sehen, und da es gerade Sommerszeit ist — «

»O Großmütterchen, es wäre herrlich, wenn du mitkommen möchtest. Da brauchte ich dich nicht zu verlassen.«

»Ja«, fuhr die Großmutter nachdenklich fort, »wenn ich noch Platz finde. Die Familie Dunker geht vor.«

»Platz gibt es in Hülle und Fülle in dem großen Pfarrhaus«, rief Frau Dunker. »Es wäre ja köstlich, wenn Sie uns begleiten. Von unseren Kindern werden Christian und Georg fehlen, Heinz und Gertrud nehmen natürlich teil an der Feier.«

»O Gertrud, es wird herrlich«, rief Eva voller Freude. Auch Gertrud, die ein hübsches, schlankes Mädchen geworden war mit kindlichen Zügen und rosigen Wangen, gab ihrer Freude Ausdruck. Sie drückte Eva verstohlen die Hand und flüsterte ihr etwas zu, worauf die Mädchen ihre Arbeiten hinwarfen, die Treppe der Veranda hinunterflogen und im Garten verschwanden.

Die gute Betty war hinten im Garten beschäftigt. Auch bei ihr war das Gedrückte, das ihr ganzes Wesen kennzeichnete, verschwunden. Ein stiller Friede, der von innerem Glück zeugte, lag auf ihrem Gesicht.

»Betty, denke dir«, rief Eva, und faßte sie bei der Schulter, während Gertrud sie bei der andern Schulter packte, so daß die Harke ihren Händen entglitt. »Betty, denke dir nur«, rief Eva freudestrahlend, »ich soll — «

»Sie soll«, vollendete Gertrud den Satz, »sie soll Pate stehen bei Gretes erstem Jungen.«

»Und ich bin Tante zu ihm. Tante Gertrud muß er sagen, nie anders!«

»Kinder, ihr reißt mir die Haare vom Kopf. Ihr seid ja ganz toll vor Freude.«

»Wir freuen uns so, wir müssen uns einmal austoben.«

Damit faßten sie sich um die schlanken Taillen und tanzten den Weg hinunter.

Betty schüttelte den Kopf und brachte ihr Haar wieder in Ordnung. »O, diese Mädchen, wer hätte je gedacht, daß es einmal so lustig bei meiner Alten hergehen würde. Man wird selbst wieder jung dabei! Gott sei Dank, daß das Alte vergangen ist, daß die trüben Zeiten ein Ende haben.«

Sie kamen wieder heraufgetanzt.

»Betty, freust du dich gar nicht?«

»Ja, ich freue mich, freilich, freue ich mich.«

»Und Großmutter kommt mit! Hurra, das ist das Allerschönste dabei!«

»Was, meine alte Dame will auch noch auf Reisen gehen?«

»Gewiß, sie hat eben gesagt, sie wolle mitkommen. Betty, bringe nur ihr Staatskleid in Ordnung. Du sagtest kürzlich, sie habe ein so wunderschönes graues Atlaskleid, es wäre schade, wenn sie keine Gelegenheit hätte, es anzuziehen. Das muß nun zur Taufe heraus aus dem Schrank.«

Jetzt erschienen die beiden Damen, Frau Maria führte sorgsam Frau Röder.

»Hier sind die jungen Mädchen, wir wußten gar nicht, wo sie hin verschwunden waren.«

»Sie sind außer Rand und Band, Frau Röder, hätten mich bald umgerissen vor Freude.«

»Ja, Großmütterchen«, rief Eva, »es ist auch zu, zu schön auf der Welt!«

»Gott gebe, daß du immer so denken kannst, mein Kind.« –

Während die Damen nun hier im Garten noch miteinander redeten, saßen im Dunkerschen Hause zwei lang aufgeschossene Primaner am Tisch in der Eßstube und redeten eifrig miteinander. Es war Heinz Dunker mit seinem besten Freund und Mitschüler, Wilhelm Behrens. Er hatte eine Menge Briefe neben sich liegen und sagte: »Sieh, das sind alles Briefe aus Westindien, die mein Bruder mir geschrieben hat. Übrigens ist er jetzt auf der Heimreise, er kann in vierzehn Tagen hier sein.«

Während die beiden Jünglinge miteinander sich beschäftigten und Heinz immer wieder neue Briefe hervorsuchte und dem Freund daraus vorlas, war die Mutter mit Gertrud heimgekehrt. Eva hatte sie, wie sie oft tat, begleitet, um ein Stündchen in der alten, ihr so liebgewordenen Heimat zu verweilen. Frau Maria war mit Gertrud in die Küche gegangen, um dort einiges zum Abendbrot herauszugeben, und Eva schlüpfte ins Eßzimmer, wo sie die beiden eifrig mit den ausländischen Briefen fand.

Sie legte die Hand auf Heinz' Schulter und bat: »O, Heinz, gib mir doch auch einmal ein paar von den Briefen, ich habe lange nichts aus Westindien gehört.«

Da packte er eine ganze Handvoll zusammen und reichte sie ihr mit den Worten: »Da, Eva, gib sie mir aber ja alle wieder, wenn du sie gesehen hast.«

Lachend erwiderte sie: »Natürlich, ich will dir deine Heiligtümer nicht entwenden«, setzte sich damit ans Fenster, und begann eifrig zu lesen. Plötzlich errötete sie, als sie einen Brief zu Ende gelesen hatte, und sah sinnend vor sich hin. Dann nahm sie einige andere vor, und nachdem Heinz seinem Freund noch von den Schattenseiten gelesen, die Christian beschrieb, wie z. B. die Plage der Moskitos und anderer Insekten unerträglich sei usw., verabschiedete sich dieser, und Heinz war mit Eva allein im Zimmer. Da stand letztere auf und sagte:

»Heinz, in allen Briefen stehen Grüße an mich, und du hast mir keinen ausgerichtet.«

»Ja, er läßt dich immer grüßen«, stotterte Heinz verlegen, »ich habe dich nur nicht gleich gesehen und nachher hab' ich's vergessen. Ja«, fuhr er fort, »er läßt auch noch fragen, wenn er nun wiederkäme, ob du dich denn auch ein bißchen freutest? Das ist eigentlich eine unnötige Frage, es ist ja ganz natürlich, daß wir Geschwister uns alle furchtbar freuen, wenn er wiederkommt.«

»Was habt ihr denn miteinander?« fragte Frau Maria, als sie unvermutet ins Zimmer trat.

Eva errötete wieder, und Heinz sagte: »O, ich hatte vergessen, Eva Grüße auszurichten von Christian, darüber ist sie böse.«

»Grüße muß man immer gewissenhaft ausrichten, das merke dir, lieber Heinz.« Dann sah sie Eva mit freundlichem Blick an. Vor diesem Blick aus den klaren forschenden Augen senkte Eva das Köpfchen. Auf einmal stürzten ihr Tränen aus den Augen, sie umschlang die geliebte Pflegemutter, während Heinz, im Fortgehen begriffen, seine Briefe zusammenraffte und sagte:

»Na, zum Weinen ist doch die Geschichte noch lange nicht, die Mädchen sind ja zu empfindlich.«

Fort war er. Frau Maria zog Eva zu sich aufs Sofa. »Nun sag mir, mein liebes Kind, was macht dich betrübt? Du warst erst so glücklich. Sieh, Heinz ist noch ein wenig jungenhaft, er versteht sich nicht auf Mädchenherzen. Christian hat heute auch an mich geschrieben und mich gebeten, dir mit herzlichem Gruß zu sagen, daß er oft an dich gedacht und gern wüßte, ob du ihn nicht vergessen, ob du nicht wieder seufzen würdest, wie ehedem, wenn sein Kommen in Sicht sei.«

»Gewiß nicht, liebe Mutter, wie könnte ich wohl. Herr Doktor ist ja so gut gegen mich, steht so hoch über mir — «

»Das ist's ja eben, er ist dir immer fremd geblieben, gewiß nicht ohne Schuld seinerseits. Euer Verhältnis ist nie ein geschwisterliches gewesen. Ich verstehe es, ihr seid selten zusammengekommen, und ihr habt beide etwas Zurückhaltendes gegeneinander gehabt. Aber wenn er nun kommt, meine Eva, sei freundlich und herzlich zu ihm, wie zu einem guten Bruder, du siehst, es liegt ihm etwas dran.«

»Ich habe nur« — stotterte sie verlegen. »ich habe immer ein bißchen Angst vor ihm.«

Jetzt lachte Frau Maria. »Nein, meine Eva, dazu ist kein Grund vorhanden. Nun wollen wir uns alle auf die Taufe von Gretchens Bübchen freuen und alle Sorgen dahinten lassen. Und geseufzt wird nicht, wenn Christian kommt, das versprichst du mir?«

Sie versprach es noch einmal und trocknete ihre Tränen, denn jetzt kam der Vater, der durfte von der dummen Geschichte nichts wissen.

Am Abend lag sie noch lange wach. Was war es nur, das sie nicht schlafen ließ? Immer und immer kam es ihr wieder in den Sinn, was Christian von ihr geschrieben und was sie mit der Mutter über ihn gesprochen. Es war doch ein Rätsel, sie freute sich wirklich auf sein Kommen, und doch, wenn sie es sich vorstellte, ward ihr beklommen ums Herz. Er wollte ihr, schien es, Rechte einer Schwester einräumen, und wie gerne wollte sie auch ihn wie einen Bruder liebhaben. Sie hatte ihn gern und doch, das merkte sie deutlich, war es ein anderes Gefühl, als sie es Georg und Heinz gegenüber hatte. Sie war sich selbst nicht klar darüber.

Die Mutter aber schrieb denselben Abend an Christian: »Wie es mir scheint, lieber Christian, wird deine Neigung zu Eva erwidert; sie ist sich jedoch zur Zeit selbst noch nicht klar darüber. Aber ein Mutterauge sieht scharf. Vater und ich geben dir unseren vollen Segen zu deinem Vorhaben. Aber du weißt, sie hat jetzt eine Großmutter, die auch ein Wörtchen dreinzureden hat. Such vor allen Dingen dir erst Evas Vertrauen zu gewinnen, geh nicht stürmisch darauf los.«

Der Brief wurde nach Bremen unter der Adresse der Firma gesandt, für welche Christian gearbeitet hatte, denn er war bereits unterwegs und hoffte, in nächster Zeit heimzukehren.

27. Das Tauffest

Dem Zehnuhrzug an der kleinen Station Wendorf entstieg eine ganze Gesellschaft Herren und Damen, alte und junge. Sie eilten einem großen Omnibus zu. Der Primaner Heinz hatte schon den Wagenschlag geöffnet und stand höflich da, die Gesellschaft zum Einsteigen ermunternd.

»Großmama muß den besten Platz haben, es fragt sich nur, welches ist der bequemste, hinten oder vorn?«

»Nicht ganz hinten, wenn ich bitten darf«, bat Frau Röder, »es wird mir zu beklommen.«

»In der Mitte ist's am besten. Komm, Gertrud«, rief Etty, »wir beide setzen uns hinten in die Ecke und lassen Frau Röder und die Eltern in der Mitte sitzen, Eva und Heinz können dann vorn den Beschluß machen.«

Etty und Gertrud stiegen schnell ein, die andern folgten. Nachdem verschiedene Körbe, Taschen und Tücher unter den Bänken Platz gefunden, knallte der Kutscher und fort rummelte der alte Omnibus auf der Landstraße dahin.

»Eigentlich hätten wir ein Auto nehmen müssen«, sagte Herr Dunker, »es ist gar nicht zeitgemäß mit diesem altmodischen Fuhrwerk.«

»Aber für uns Damen ruhiger und gemütlicher«, versetzte Frau Maria, »das Rasen wäre nichts für Frau Röder gewesen, nicht wahr, liebe Großmama?«

»Ich bin sehr dankbar, daß wir nicht mit dem Auto fahren, es ist für mich der Schrecken aller Schrecken.«

»Ein famoses Fuhrwerk, nicht wahr, Eva?« konnte

sich Heinz nicht versagen zu bemerken, worauf diese leise zustimmend nickte.

Man fuhr dahin in der heitersten Stimmung. Das Wetter war so schön, wie man es sich im Juni nur wünschen konnte. An duftenden Wiesen, wogenden Kornfeldern ging es vorüber in einen grünen Buchenwald hinein, wo die Vöglein auf den Zweigen saßen, singend und jubilierend. Das ermunterte auch die Jugend zum Singen. Frische Volkslieder erklangen, in die auch die Väter gesangsfroh einstimmten. Bald war das Dorf erreicht, in dem der junge Pastor Hemsing nun zwei Jahre tätig war. Man kannte ja schon die Heimat der jungen Pfarrersleute, aber heute galt es ein besonderes Fest zu feiern, darum waren alle Insassen des Wagens von froher Stimmung beherrscht.

Man fuhr in den Pfarrhof ein. Da ward schon die Haustür geöffnet. Hemsing stand grüßend und winkend in derselben. Hinter ihm, über seine Schulter weg, erschien das glückstrahlende Gesicht der jungen Frau. Herzliche Begrüßung von jung und alt, zärtliche Umarmungen, Händeschütteln, wie es so Brauch ist, bis alle glücklich im großen gemütlichen Wohnzimmer am vielversprechenden Frühstückstisch Platz genommen.

Das Festessen sollte erst nach der Taufe um vier Uhr stattfinden.

Frau Röder, von dem vielen Ungewohnten angegriffen und ermüdet, wurde nach oben geleitet, wo sie ruhen sollte bis zur Taufhandlung. Die beiden Großmütter und die jungen Mädchen begehrten natürlich den Täufling zu sehen, während die Herren sich in das Studierzimmer zurückzogen. Heinz bedauerte, seinen Bruder Georg nicht da zu haben, und schlenderte davon, das Dorf und die Umgebung in Augenschein zu nehmen. Um drei Uhr jedoch war alles in Festkleidung und Feststimmung im besten Zimmer versammelt, um der heiligen Handlung beizuwohnen. Die jungen Mädchen hatten den Tauftisch mit zartem Grün und Rosenknospen geschmückt. Etty und Eva waren beauftragt, das Kindlein zu halten, während der Vater Hemsing die Taufhandlung vollzog.

Gerhard Otto wurde der Kleine getauft, zur großen Befriedigung aller Anwesenden. Bewegten Herzens nahm die Mutter ihr getauftes Kind, ebenso bewegt trat auch die Großmutter hinzu, sich des Kindleins freuend.

Dann ging es zum fröhlichen Mahle.

Ernste und scherzhafte Reden wechselten miteinander ab, man saß lange bei Tisch und ließ sich die Speisen vortrefflich munden. Später wurde im Gartenzimmer bei weitgeöffneten Flügeltüren der Kaffee eingenommen. Man war so eifrig in der Unterhaltung, daß ein Klopfen ganz überhört wurde. Die Tür wurde leise geöffnet und herein traten zwei junge Männer, der eine, ein frischer flotter Student, den man bald mit dem Ausruf: »Georg, wo kommst du her?« begrüßte.

»Mich scheint niemand zu kennen, ich muß mich wohl sehr verändert haben?« Kaum hatte er den Mund zum Sprechen geöffnet, so rief Frau Maria: »Das ist ja unser Christian!«

Und im Nu war er umringt von der ganzen Gesellschaft. Es rief und schwirrte durcheinander: »Christian, wo kommst denn du in aller Welt her?« Es gab ein Umarmen, ein Begrüßen, keiner achtete auf den anderen, alles drängte zu Christian hin.

Eva, die ganz blaß geworden, als sie ihn erkannte, entschlüpfte unbemerkt in den Garten. Sie konnte ihn jetzt in der großen Menge nicht begrüßen, warum nicht, das war ihr selbst nicht klar. Sie ging nach unten, hinunter in den Garten, wo das Gebüsch am dichtesten war, und setzte sich in eine Rosenlaube.

Der Lärm der durcheinander redenden Stimmen drang aus der Ferne zu ihr. Sie glaubte, sie würde jetzt nicht vermißt, wenigstens fürs erste nicht. Später hoffte sie dann, sich unbemerkt zu den jungen Mädchen zu gesellen, die gewiß bei dem schönen Wetter in den Garten kommen würden. Da machte sich dann die Begrüßung mit den Neuangekommenen eher.

»Komm Christian nur recht freundlich und herzlich entgegen«, hatte die Mutter gesagt. Sie hatte es auch gewollt, und nun auf einmal war wieder diese Scheu und Beklommenheit über sie gekommen. Wer konnte aber auch denken, daß er so plötzlich hereinbrechen werde, während sie ihn noch auf dem Ozean schwimmend sich dachte. Und nun sollte sie ihn mitten in der Gesellschaft freundlich und herzlich begrüßen, wo aller Augen auf sie gerichtet waren? Nein, das konnte sie nicht.

Plötzlich wurde der Eingang zur Laube verdunkelt. Eine hohe Gestalt stand da, Eva sprang auf mit den Worten: »Herr Doktor!«

Er runzelte leicht die Stirn, verbat es sich aber diesmal nicht.

»Wo stecken Sie in aller Welt, Eva, ich habe Sie immer mit den Augen gesucht. Nun, nachdem ich von den Meinigen gründlich begrüßt und ausgefragt worden bin, nachdem ich oben gewesen und mich vom Reisestaub befreit habe, dachte ich, mich einmal im Garten nach Ihnen umzusehen. Die Damen sind alle mit dem kleinen Buben beschäftigt, die Herren sind gegangen, sich die Kirche anzusehen. Und ich möchte Ihnen sagen, Eva, wie herzlich ich mich gefreut habe, daß Sie jemanden gefunden haben, dem Sie zu eigen gehören. Meine Eltern waren ja nur Pflegeeltern zu Ihnen, die Geschwister nicht wirkliche Brüder und Schwestern — «

»Ich habe sie aber lieb, als ob es eigene Eltern wären. Sie haben mehr an mir getan, als die eigenen hätten tun können. Auch meine Pflegegeschwister sind mir wie eigene Brüder und Schwestern — «

»Ausgenommen der Christian, der taugt nicht zum Bruder, na, der hat's nicht besser verdient.«

Da übergoß eine jähe Röte Evas Gesicht, Hals und Nacken, sie senkte beschämt das Köpfchen, wußte nicht gleich zu antworten. Endlich sagte sie: »Wir müssen uns erst etwas näher kennenlernen, Herr Doktor.«

»Ja, Sie haben recht, wir müssen uns näher kennenlernen. Vielleicht darf ich hoffen, daß es dann zu einem besseren Verhältnis zwischen uns kommt, besser als —«

Sie errötete wieder und schlug fragend die Augen zu ihm auf, als man plötzlich Schritte herantraben hörte und in demselben Augenblick Ettys frische Stimme sich hören ließ: »Hier bist du, Christian, wir haben dich schon überall gesucht.«

Die beiden Mädchen, Etty und Gertrud, standen atemholend vom schnellen Laufen, vor der Laube, während er ruhig sagte: »Ich mußte doch Eva auch ›Guten Tag‹ sagen.« Sie fanden das beide so natürlich, er war ja Evas Pflegebruder, so gut wie Georg und Heinz. Sie gingen nun alle vier dem Hause zu. Christian mit Etty, die eben sagte: »Wir hielten das Bübchen heute für den Held des Tages, nun bist du es geworden, Christian, alle Welt verlangt nach dir, du sollst erzählen von deinen Taten auf der Insel, von deiner Rückfahrt und wie es kommt, daß du gerade zum Tauffest des Neffen eintreffen konntest.«

»Ich empfing ja den Brief der Mutter in Bremen, worin sie schrieb, daß ihr alle heute zum Tauffest bei Gretchen und Gerhard versammelt sein würdet. Da habe ich meine Geschäfte in Bremen so schnell ich konnte erledigt und bin hierher geeilt, um euch zu überraschen.«

Eva und Gertrud gingen umschlungen hinter den beiden her. Gertrud sah Eva besorgt an und sagte: »Evchen, du freust dich doch auch, oder hat dich Christian wieder geärgert? Er ist manchmal komisch.«

»Nein, er hat mich gar nicht geärgert. Ich bin sehr glücklich, es ist hier bei Gretchen wunderschön.«

»Nicht wahr? Das finde ich auch!« rief Gertrud erleichtert. »Nun komm zu Bubi, er schläft jetzt und sieht so wunderlieblich aus.«

Daß Christian so unvermutet gekommen war, belebte die ganze Gesellschaft. Alles lauschte gespannt seinen Erzählungen, und der Tag endete so froh, wie er angefangen hatte. Pastor Hemsing dankte in der Abendandacht für den reichen Segen, den der Tag gebracht, betete für den Täufling, daß ihn Gott in seiner Gnade erhalten, ihn wachsen und gedeihen lassen wolle zu seines Namens Ehre. Er dankte für die glückliche Heimkehr Christians und betete, daß Gott der Herr sie alle stärken und erhalten wolle im rechten lebendigen Glauben an ihn und in der Gemeinschaft und Liebe untereinander.

Schluß

Es mochten vier Wochen vergangen sein, da kam Herr Dunker eines Tages fröhlichen Antlitzes nach Hause und rief:

»So, Mutter, nun ist die Sache fertig. Christian hat die Stelle an der großen chemischen Fabrik hier bekommen. Er ist, nachdem er bei mir im Kontor war, einmal zum Direktor gegangen, um mit ihm allerlei zu besprechen. Schon am ersten August kann er eintreten.«

Frau Maria war sehr erfreut. »Gott sei Dank, da behalten wir unsern Jungen in der Nähe. Das ist viel Segen, viel Freude, für die wir Gott zu danken haben.«

Und als er nun selbst kam, freudestrahlend, wurde er von der ganzen Familie glückwünschend umringt.

Als er später mit den Eltern allein war, sagte er: »Liebe Eltern, meine Einnahme ist so, daß ich eine Frau ernähren kann. Darf ich zu Frau Röder gehen?«

»Unsern Segen hast du, das weißt du, lieber Sohn.«

Er ging langsamen Schrittes der Villa zu. Er war, seit er die Wochen zu Hause zubrachte, ein täglicher Gast dort gewesen. Frau Röder hatte ihn ganz in ihr Herz geschlossen, er hatte es durch sein offenes, nun nicht mehr zurückhaltendes Wesen, das sich in der Fremde abgeschliffen, dahin gebracht, daß Eva wirklich die Scheu vor ihm verloren hatte und nun offen und unbefangen mit ihm verkehrte. Er hatte nicht die leiseste Andeutung auf das Gespräch gemacht, das sie am Tauftag in der Laube gehabt hatten, war aber immer liebenswürdig und natürlich gewesen und hatte sich das »Herr Doktor« ruhig gefallen lassen. Sie hatten auch der Großmutter mitunter zusammen vorgesungen, kurz, das »Sichkennenlernen« war immer besser gelungen.

Und doch betrat er mit einer gewissen Befangenheit den Garten. Er ging nicht zur Haustür hinein, sondern schritt geradewegs auf die offene Glastüre zu, die in das Gartenzimmer führte, und fand, wie er sich gedacht, die alte Dame in ihrem Lehnstuhl sitzend, allein. Lange redeten die beiden miteinander. Sie drückte ihm zuletzt die Hand und sagte: »Suchen Sie sich meine Eva, sie ist im Garten beim Himbeerpflücken.« Das ließ er sich nicht zweimal sagen. Eilenden Schrittes hatte er bald den hinteren Garten erreicht, wo er Eva, ein Körbchen mit Himbeeren unter dem Arm, an einem mit herrlichen Rosen bedeckten Busch stehend, erblickte.

Sie wandte sich um, als sie Schritte hinter sich hörte, erschrak nicht mehr wie früher, wenn er kam, sondern rief:

»Sehen Sie, Herr Doktor, diesen wundervollen Rosenbusch, wie herrlich er blüht. Und dies halb verschlossene Röschen, ist es nicht reizend?«

»Darf ich es mir pflücken?« fragte er.

»Gern, pflücken Sie, soviel Sie wollen.«

Er pflückte nur das eine und befestigte es an ihrem Gürtel. Sie errötete und sagte: »Ich wollte gerade eben die gepflückten Himbeeren ins Haus tragen, es gibt jetzt viel einzumachen von den Früchten des Gartens.«

»Und ich wollte Ihnen eben gerade etwas Schönes mitteilen. Setzen wir das Körbchen einstweilen dort auf die Bank und uns daneben.«

Neugierig, was er zu berichten habe, folgte sie ihm und vernahm nun, daß er so glücklich gewesen war, hier am Ort eine so einträgliche Stelle in der chemischen Fabrik zu bekommen.

Erfreut reichte sie ihm die Hand und rief: »Ich gratuliere, Herr Doktor, da bleiben Sie in der Nähe der Eltern, und auch wir können uns öfter sehen.«

Als er aber dann fortfuhr, daß er willens sei, sich eine Lebensgefährtin zu nehmen, die Freude und Leid mit ihm teile, und daß er sich eine erkoren, die es verschmähte, seine Schwester zu sein, daß er aber hoffe, sie werde es nicht verschmähen, sein Weib zu werden, da traf ihn ein wunderbar leuchtender Blick ihrer Augen. Es war ein »Ja« ohne Worte. Nun war ihr auf einmal das Rätsel gelöst, warum sie sich nicht in ein geschwisterliches Verhältnis zu ihm hatte hineinleben können. Es war eine andere Art der Zuneigung, die sie für ihn empfand, eine andere Liebe, die Geschwisterliebe übertrifft. Das Hineintragen der Himbeeren in die Küche war vergessen, man hatte viel, viel Wichtigeres miteinander zu reden, dort auf der Bank, unter der jungen Linde. Und als sie endlich aufstanden und der Villa zuschritten, da waren sie ein glückliches Brautpaar, das sich von der Großmutter den Segen zu ihrer Verlobung holen wollte.

Die alte Dame war tief bewegt. Sie erhob beide Hände und segnete die vor ihr Knieenden aus vollem Herzen. Dann ging es zu den Eltern, die nicht mehr erstaunt waren, aber glücklich, daß alles so gekommen. Sie schlossen Eva in die Arme, und Frau Maria sagte: »Nun nicht mehr Pflegetochter, sondern eigenes, geliebtes Kind!«

Gertrud, die zufällig ins Zimmer kam, blieb verwundert an der Tür stehen.

»Na, Christian«, sagte sie endlich, »nun habt ihr euch wohl als Bruder und Schwester zusammengefunden, so vertraulich hat man euch ja noch nie nebeneinander stehen sehen. Nun hört doch wohl das ›Herr Doktor‹-Rufen von Evas Seite auf.«

»Für Eva bin ich von nun an ›Christian‹, aber sie ist nicht meine Pflegeschwester, sondern meine geliebte Braut, das merke dir, Gertrud.«

Diese sperrte Mund und Augen auf und rief: »Sie bleibt aber doch meine Schwester?«

»Das wird sie erst recht, Trude. Du sollst sie noch viel, viel lieber haben, als du sie gehabt.«

»Das kann ich gar nicht«, sagte Gertrud, die schon Eva umschlungen hielt, »denn ich habe sie schon immer so liebgehabt, wie man nur jemand lieben kann.«

Heinz seinerseits war ganz zufrieden mit der Sache und freute sich, daß beide am Ort blieben und ihre Wohnung, nach der Großmutter Wunsch, in der Nachbarschaft, im oberen Stock der Villa dereinst nehmen würden. »Das«, meinte er, »werden dann unsere besten Nachbarn, mit denen wir stets in Frieden und Eintracht leben werden.«

»Das gebe Gott«, sagte der Vater. »Böse Nachbarn sind ein Kreuz, unter dem wir alle geseufzt haben. Aber Gott der Herr hat auch da alles zum Besten gelenkt und wird ferner alles gut machen, wenigstens mit Frau Kramer und ihren Kindern. Des armen Mannes wolle Gott sich erbarmen und ihn zur Einkehr bringen.« Nun erschien Betty mit Tränen in den Augen glückwünschend. Sie brachte von Frau Röder eine Einladung zum Abend, die freudig angenommen wurde.

Betty konnte es sich nicht nicht versagen, zu ihrer Freundin Rieke in die Küche zu eilen, um ihrem dankerfüllten Herzen Luft zu machen.

»Kommen Sie mit heute abend und helfen Sie mir, es geht heute hoch her bei uns.«

Und als am Abend die Gläser klangen, erhob sich Herr Dunker und ließ das Brautpaar leben. Zum Schluß sprach er noch einige ernste Worte:

»Möge Gott unser geliebtes Brautpaar, das er so wunderbar zusammengeführt hat, segnen und behüten, möge er es so glücklich machen, wie wir, meine liebe Frau und ich, es geworden. Erbauet euer Haus auf dem Grund, der nicht wankt, auf dem Glauben an unsern Herrn und Heiland Jesum Christum. Möchte sein Wort in allen Lebenslagen, in Freude und Schmerz stets eures Fußes Leuchte und ein Licht auf eurem Wege sein. Dann wird das wahre Glück in eurem Hause und in eurem Herzen wohnen. Der Segen Gottes aber und sein Friede wird auf euch ruhen.«

Alle Teilnehmenden waren durch den Ernst dieser Rede tief bewegt. Die Großmutter aber faltete die Hände und sagte leise: »Der Herr hat Großes an mir getan, des bin ich fröhlich.«

In der Reihe H (»Heimatlicht«) in der Edition C sind erschienen:

Helene Hübener, REICH IN GOTT
Edition C, Nr. H 1, 248 Seiten

Helene Hübener, MARIA UND LISA
Edition C, Nr. H 2, 256 Seiten

Helene Hübener, VERSCHLUNGENE WEGE
Edition C, Nr. H 3, 224 Seiten

Helene Hübener, ES MUSS DOCH FRÜHLING WERDEN
Edition C, Nr. H 4, 336 Seiten

Helene Hübener, DREI FREUNDINNEN
Edition C, Nr. H 5, 160 Seiten

Helene Hübener, UNTER EINEM DACH
Edition C, Nr. H 6, 224 Seiten

Helene Hübener, AUS DEM LEBEN EINER WAISE
Edition C, Nr. H 7, 248 Seiten

Helene Hübener, IM ROSENHAUS
Edition C, Nr. H 8, 208 Seiten

Charlotte Woerner, VRENELIS GOLDENES HÄMMERLEIN
Edition C, Nr. H 9, 136 Seiten

Charlotte Woerner, GEISSEN-KASPARS GROSSES ERLEBNIS
Edition C, Nr. H 10, 80 Seiten

Charlotte Woerner, GEISSEN-KASPARS NEUE HEIMAT
Edition C, Nr. H 11, 200 Seiten

Rosa Sauer, DER SCHATZ IM ACKER
Edition C, Nr. H 12, 160 Seiten

Bertha Schmidt-Eller, HAUS GUDELIUS
Edition C, Nr. H 13, 184 Seiten

Käthe Dorn, DAS WEISSE KLEID
Edition C, Nr. H 14, 64 Seiten

Margarete Lenk, DES WALDBAUERN FRIEDEL
Edition C, Nr. H 15, 120 Seiten

Kristina Roy, OHNE GOTT IN DER WELT
Edition C, Nr. H 16, 64 Seiten

Helene Hübener, GROSSMÜTTERCHEN
Edition C, Nr. H 17, 280 Seiten

Wilhelm Jörn, ANNEGRET STELLT DAS HAUS AUF DEN KOPF
Edition C, Nr. H 18, 112 Seiten

Helene Hübener, TANTE HEDWIG
Edition C, Nr. H 19, 272 Seiten

Käthe Dorn, DIE SCHÖNSTEN HÄNDE
Edition C, Nr. H 20, 64 Seiten

Kristina Roy, IM SONNENLAND
Edition C, Nr. H 21, 128 Seiten

Helene Hübener, DIE SILBERNE KETTE
Edition C, Nr. H 22, 292 Seiten

Kristina Roy, DREI KAMERADEN
Edition C, Nr. H 23, 120 Seiten

Margarethe von Oertzen, IN FRIEDEN
Edition C, Nr. H 24, 172 Seiten

Bertha Schmidt-Eller, HORST WESTERMANNS SENDUNG
Edition C, Nr. H 25, 160 Seiten

Helene Hübener, OLGA UND IHRE SCHWESTERN
Edition C, Nr. H 26, 296 Seiten

Kristina Roy, DER KNECHT
Edition C, Nr. H 27, 64 Seiten

Kristina Roy, GLÜCKLICHE MENSCHEN
Edition C, Nr. H 28, 64 Seiten

Helene Hübener, DIE NACHBARN
Edition C, Nr. H 29, 308 Seiten

Weitere Titel in Vorbereitung